KB041169

이별의 이유조차 우리는 알지 못한 채로

# 재와 환상의 그림갈 level. 16

주몬지 아오

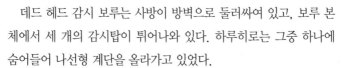

# 1. 그녀가 있었다

데드 헤드 감시 보루는 사방이 방벽으로 둘러싸여 있고, 보루 본체에서 세 개의 감시탑이 튀어나와 있다. 하루히로는 그중 하나에 숨어들어 나선형 계단을 올라가고 있었다.

메리의 말에 따르면, 과거에 하루히로와 동료들은 데드 헤드 감시 보루 공략전에 참가했었다고 한다. 그렇다는 것은, 이 나선 계단을 오르내린 적도 있다는 건가? 전혀 기억나지 않고 아무런 감흥도 없다. 선입견이 일절 없기 때문에, 지금 보이는 것, 들리는 소리, 그밖의 단서에 집중할 수 있다. 그렇게 생각 못 할 것도 없다. 분명 그렇게 받아들이는 편이 좋겠지.

전향적, 긍정적이라기보다, 현실은 현실로, 있는 그대로 수용하는 수밖에 없다.

도대체 어찌 된 일이야? 라거나.

왜 이렇게 된 걸까? 라거나.

작작 좀 해, 라거나.

그냥 만사가 다 귀찮아졌어, 라거나.

솔직히 그런 기분이 들기도 한다. 인간이니까. 당연하다.

하지만, 그건 그야말로 기분일 뿐이다. 기분은 그때그때 바뀐다. 변해간다. 그런 것에 일일이 휘둘려봤자 별수 없다.

소중한, 틀림없이 아주 소중했던 사람을 잃어서 마음속에 커다란 구멍이 뚫린 것이다.

그 구멍을 물끄러미 들여다보고 있으면 슬픈, 괴로운, 속절없는, 그런 감정에 사로잡힌다. 차라리 이 구멍 속으로 뛰어들고 말까?

그런 어리석은 생각이 머리를 스치기도 한다. 인간이니까. 어쩔 수가 없다.

그래서 하루히로는 자기 마음속에 생긴 구멍 쪽으로 할 수 있는한 눈길을 주지 않기로 한다. 자기도 모르게 쳐다보게 되면, 슬그머니 외면한다. 결코 응시해서는 안 된다.

나선 계단을 다 올라가니 원형 방으로 나왔다. 여기가 최상층이다. 창문을 통해 사방을 돌아볼 수 있다.

이 방에는… 아니, 이 방에도 사람은 고사하고 개미 새끼 한 마리 없다.

"…이럴 거라고 예상은 했지만."

생물은 고사하고 책상이나 의자 같은 가구조차 보이지 않는다. 가장자리에 나무통과 나무상자가 몇 개 나뒹군다. 일단 확인해봤으나, 나무통도, 나무상자도 전부 속은 비어 있었다.

그런대로 높은 천장 구석에, 해치라고 표현하면 될까? 네모난 문 같은 것이 있다. 저 해치를 통해 옥상으로 나갈 수 있는 게 아닐까? 하지만 키가 닿지 않는다.

하루히로는 나무상자와 나무통을 쌓아 받침대로 삼아 올라가 해치를 당겨 열었다. 사방 약 1미터의 좁은 통로 벽면에 금속 사다리가 설치되어 있다. 통로 끝은 막혀 있는데, 분명 또 해치인지 뭔지로 막아놓은 것 같다.

사다리를 기어 올라간다. 올라간다고 해봤자 통로의 깊이랄까, 높이는 2미터도 채 안 된다.

막다른 곳에는 역시 해치가 있었다. 밀어서 열어보니 예상대로 옥상으로 나갈 수 있었다.

옥상에서는 보루 전체가, 그리고 주위의 황야와 남쪽 숲, 더욱이 오르타나, 그 옆의 언덕에 우뚝 솟은 열리지 않는 탑까지 보였다.

이 데드 헤드 감시 보루는 원래 오크가 점령하고 있었고, 4년인지 5년인지 전에 아라바키아 왕국 변경군과 의용병단이 쟁취했다. 그리고 얼마 전, 대략 두 달 전에 다시금 오크에게 빼앗겼다.

이 보루에서 오르타나까지는 5킬로미터 이상, 6킬로미터는 떨어져 있다. 고작해야 6킬로미터다.

오크, 더 나아가서는 제왕 연합은, 적인 인간을 계속 감시해왔다. 기본적으로는 감시만 한 모양이다. 굳이 건드리지는 않았던 이유는, 인간 따위는 그다지 위협이 되지 않는다고 생각했기 때문일까? 제왕 연합의 중핵인 오크와 언데드의 본거지에서 멀리 떨어져 있다는 사정도 원인 중 하나였는지도 모른다. 오르타나에 가까운 다무로에는 고블린, 사이린 광산에는 코볼트도 있다. 오크는 데드 헤드 감시 보루와 리버사이드 철골 요새에 병사를 배치했었다. 인간족이 본격적으로 북상을 꾀하지 않고 오르타나에만 머물러 있다면 굳이 대병력을 보내 괴멸시킬 필요까지 없다. 인간 같은 것은 하찮은 존재일 뿐이다. 그렇게 간주했던 건지도 모른다.

감시탑은 세 개 있다. 옆 감시탑 옥상에 누군가가 올라왔다.

누구겠는가, 저 지저분하게 덥수룩하게 자란 수염의 남자는, 아라바키아 왕국 원정군 척후병 닐이다.

"어… 이."

닐이 하루히로를 보고 손을 흔들었다.

왜 웃는 얼굴인가? 징그럽다. 아니, 열받으면 지는 거다. 저런 남자는 담담하게 대하는 게 좋다.

"어떤가요? 그쪽은."

"네 쪽과 마찬가지야. 분명."

"데드 헤드 감시 보루는 알맹이는 쏙 빠져나간 빈 껍질이군요."

"구석구석 다 찾아봐도 얻을 건 별로 없을 것 같다. 돌아갈까?"

"네."

원정군의 오르타나 공략전은, 데드 헤드 감시 보루에 오크가 있다는 전제로 실행에 옮겨졌다. 따라서 가급적 신속하게 끝내야 할 필요가 있었다. 도중에 데드 헤드 감시 보루에서 오크 부대가 지원군으로 달려오면 어떻게 하나? 그 경우에는 북문을 열지 않는다.

오크를 안으로 들이지 않도록 한다. 그런 대응책도 미리 세웠다.

결국, 데드 헤드 감시 보루의 오크는 움직이지 않았다.

움직이기는 고사하고, 데드 헤드 감시 보루에 있어야 할 오크들이 싸움이 끝날 무렵에는 사라지고 없었다.

바깥에서 보는 바로는 흔적조차 없는 것 같지만, 정보에 따르면 데드 헤드 감시 보루에는 500 정도의 오크가 머무르고 있었다고 한다. 원정군 입장에서 보면 무시할 수 없는 정도가 아니라 커다란 위협이다. 없다고 생각하고 안심하고 있었는데, 실은 안에 숨어 있다가 우르르 쏟아져 나왔다, 그런 상황이 된다면 눈 뜨고 볼 수 없는 참사다.

그런 까닭에 도적인 하루히로와 척후병인 닐이 데드 헤드 감시 보루에 파견된 것인데, 오크는 역시 자취를 감췄다. 어디로 갔는지 행방까지는 알 수 없다.

어쩌면 수색하라거나 찾아내라는 지시를 받게 될지도 모른다. 그 생각을 하니 벌써부터 우울해졌다. 하루히로도 오크 같은 건 어찌 되든 알 바 아니다. 전혀, 아주, 조금도 마음 쓰이지 않는다고까지는 생각하지 않지만, 너무 오래 동료들과 떨어져 있고 싶지는 않다. 가급적 동료들과 함께 있는 게 좋지 않을까? 그런 느낌이 든다.

진 모기스.

그 빨간 머리 장군은 상당한 야심가다. 목적을 위해서라면 수단과 방법을 가리지 않는다. 이용할 수 있는 것은 뭐든지 이용한다. 볼일이 끝나면 간단히 내쳐버린다.

세계는 넓다. 그런 사람도 있는 거겠지. 별로 있어도 상관없고, 타인의 살아가는 방식에 참견할 생각은 없다.

단, 한 가지 문제가 있다.

보아하니 장군은 하루히로 팀을 이용하려는 모양이다. 하려는 게 아니라, 현재 진행형으로 이용당하고 있다. 하루히로가 왜 닐과 둘이서 데드 헤드 감시 보루에 있는 건가? 파견된 것이다. 장군에게서 명령받은 것이다.

감시탑에서 내려와 방벽 밖에서 닐과 만났다.

"오크라는 것은 제법 만만치 않은 종족이라고 들었는데. 의외로 겁쟁이인 건가?"

"그들이 어디로 갔는지에 따라 다르지요. 도망친 게 아닌지도 모르고."

"하긴, 물건들도 처분하지 않았으니까. 황급히 이동했다는 느낌이 아니야. 고블린에 비하면 잘 통제가 되는 모양이지."

닐은 사람을 깔보는 것 같은 남자다. 하지만 장군 앞에서는 공손함을 넘어 비굴한 태도를 보인다.

천룡 산맥을 넘어 아라바키아 왕국 본토 남부에서는 야만족과의 치열한 싸움이 이어지고 있다. 진 모기스는 10년 이상 남부에서 야만족과 악전고투했고, 그 공적을 인정받아 블랙 하운드인지 뭔지 하는 특별한 부대를 맡게 되었다.

블랙 하운드의 주된 임무는 야만족과 싸우는 일이 아니다. 탈주병을 붙잡는다. 혹은 처형한다. 군의 기강을 유지하기 위한 필요악인지도 모르지만, 아무리 그래도 끔찍하다.

닐도 그 블랙 하운드에 소속되어 있었다고 한다. 장군 입장에서 보면 아이 때부터 키운 부하다. 그런데 친해 보이지는 않는다. 닐은 누구보다도 장군을 두려워한다. 그렇게 보이기도 한다.

"자, 갈까? 하루히로."

닐이 걷기 시작했다. 이 남자 앞에서 걸어갈 마음은 들지 않는다. 바로 뒤에 있으면 상대가 경계한다. 하루히로는 닐의 비스듬히 뒤쪽에 붙어 걸음을 옮겼다.

"헷."

그러자 닐이 살짝 어깨를 흔들며 낮은 웃음소리를 내서, 물어보지 않았으면 좋았을 것을, 그만 물어보고 말았다.

"…왜요?"

닐이 힐끔 뒤돌아본다.

"우수하네."

제멋대로 자라난 수염으로 뒤덮인 뺨이 일그러지고 입 가장자리가 위로 올라간다.

상대하지 않는 게 좋아. 말도 하고 싶지 않아. 하루히로는 그렇게 생각하고 있지만, 닐은 아닌 모양이다.

"스승이 좋았던 게지. 하나부터 열까지 다 가르쳐줬겠지."

그렇게 말하고 또 웃어 보이는 이 남자는 도대체 뭐가 우스운 걸까? 우스운 건 아무것도 없다. 어떻게 웃을 수 있는 걸까? 조금도 웃기지 않는데.

하루히로는 걸어가는 페이스를 흐트러뜨리지 않고 천천히 호흡했다. 빤히 보인다. 닐은 일부러 사람의 신경을 건드리려고 한다. 그런 짓을 해서 뭐가 재미있다는 건가? 무슨 의미가 있다는 건가? 이해할 수 없지만, 하루히로는 닐이 아니다. 전혀 다른 인간이다. 다행스럽게도. 척후병과 도적은 닮은 점이 있긴 하지만, 두 사람 사이에는 그것 외에는 공통점이 없다. 이해 못 하는 것이 당연하다.

황야를 지나 숲으로 들어섰다.

닐이 발걸음을 멈췄다.

"하지만, 안타까워."

닐 앞으로 가고 싶지 않아서 하루히로도 멈춰 설 수밖에 없었다.

뭐가 말입니까? 라고 묻거나 하지는 않았다. 하루히로는 이제 말을 섞을 생각은 없었다.

"좋은 여자였는데."

닐은 얼굴을 반만 하루히로 쪽으로 향하고, 동의를 구하는 것처럼,

"안 그래?"

말하며 두 팔을 벌려 보였다.

"아까워. 뒈져버릴 줄 알았으면 강제로라도 했으면 좋았을걸. 그랬으면 정이 들어서 좀 울었을지도 모르겠네. 이래 봬도 나는…."

억누르자, 억누르자. 그렇게 마음먹었는데.

바르바라 선생님이었다면 분명 여유 있게 받아넘겼겠지. 그리 잘

알지는 못하지만, 바르바라 선생님을.

그야 기억하지 못하니까.

잊어버렸으니까.

그것 또한 원통하다.

간신히 억누르고 있던 감정이 둑이 터진 듯이 쏟아져 나와, 순식간에 폭발했다. 정말로 한순간에 벌어진 일이었다.

하루히로는 닐 옆을 지나쳐 그의 뒤로 돌아갔다. 닐이 반응하는 것보다도 빨리, 오른쪽 무릎 뒤에 오른쪽 발꿈치를 밀어 넣었다. 거의 기습 공격이다. 무릎 뒤쪽을 강타당하면 저항할 수 있는 자는 거의 없다. 자세가 무너진 닐의 목에 두 팔을 둘러 끌어당기고 맨손조르기로 이행했다.

이대로 단숨에 기절시키는 것도 하루히로는 가능하다. 그 정도가 아니라 목숨을 빼앗는 것조차 불가능하지는 않다.

목을 조르는 것이 아니라 무기를 뽑았었다면 어떻게 되었을까? 하루히로는 아마도 닐을 죽였겠지.

반사적으로 죽이지 않았다. 아슬아슬한 타이밍에 이성이 작용한 것인가?

"죄송합니다."

하루히로는 닐이 저항하기 시작하기 전에 맨손조르기를 풀었다.

"머리에 피가 몰려서, 그만…."

닐을 밀쳐내고 뒷걸음질 쳤다. 자기 얼굴을 끊임없이 손과 팔로 비볐다.

순간적으로 욱해서 돌이킬 수 없는 짓을 저지를 뻔했다. 나한테도 이런 면이 있었나? 조심해야겠다.

"너 이 자식…."

닐은 하루히로를 노려보며 단검 자루에 손을 댔다. 이마에 힘줄이 튀어나와 있다. 적반하장으로 화를 내고 있다.

"…아니, 하지만 방금 그건 그쪽이 잘못했잖아요. 바르바라 선생님은, 내… 뭐더라, 그러니까, 은사님이랄까."

"무슨 얼어 죽을 은사야? 그렇고 그런 사이였을 테지."

"별로 믿어주지 않아도 상관없지만, 아닙니다."

분명, 아니라고… 생각한다.

하루히로는 기억하지 못하기 때문에, 백 퍼센트 아무 일도 없었다고는 단언할 수 없지만.

없는, 것 같은 느낌이 든다. 없었을 것이다. 없었… 겠지?

설사 무슨 일이 있었다고 해도, 역시나 아무 일도 없었다고 해도, 마찬가지다.

바르바라 선생님은 이제 없다.

죽어버렸다.

솔직히, 이럴 때, 이런 곳에서, 라는 생각을 안 할 수가 없다.

콧구멍 안쪽이 찡하고 눈시울이 뜨거워진다.

하필이면 닐 따위 앞에서 눈물이 나오려고 하다니. 최악이다.

"부탁합니다…. 하지 말아주세요. 바르바라 선생님 이야기는, 이제…."

하루히로는 고개를 숙였다. 눈물이 터져버리는 것 아닐까 생각하기도 했지만, 그것도 아닌가? 슬픈데도. 울고 싶은 건 사실이다. 하지만 어째서인지 제대로 울 수가 없다.

"엄마가 죽은 것도 아니고."

닐은 내뱉듯이 말하고 걷기 시작했다.

하루히로 팀과 달리 그림갈에서 태어난 닐에게는 당연히 부모가 있다. 아니, 하루히로에게도 낳아주신 부모님은 당연히 있을 테지만, 전혀 기억나지 않는다.

닐의 엄마는 건재한 걸까? 왠지, 이미 죽은 게 아닐까? 라고 느꼈다.

닐 같은 남자라도 엄마가 죽을 때에는 슬퍼했겠지. 그렇지 않다면, 엄마가 죽은 것도 아니고… 라는 말은 분명 나오지 않았을 것이다.

"엄마, 라."

하루히로는 닐의 뒤를 쫓아가면서 쓴웃음을 지었다.

정말로 쓰다.

너무 써서 울고 싶은데도, 웃는 수밖에 없다.

만약 하루히로가, 당신은 엄마 같아요 하고 말했다면 바르바라 선생님은 어떤 얼굴을 했을까? 그런 나이는 아니야, 라며 화를 냈을까?

역시 엄마는 아니다. 누나와도 다르다. 바르바라 선생님은 바르바라 선생님이다.

그녀에게는 엄청나게 많이 신세를 졌고, 여러 가지 일을 배운 기억이, 하루히로의 마음속에는 없다. 그런데도 어째서 이토록 그리운 걸까?

이 손으로 장례까지 치렀는데도, 이제는 없다고 생각할 수가 없다. 그게 아니라, 생각하고 싶지 않은 건가?

하루히로가 어떻게 생각하든, 그녀는 없어졌다.

영원히.

그녀의 육체와 정신은 사라졌지만, 그녀가 사라졌다는 사실은 남는다.

그 사실의 무게도 서서히 감소해갈지도 모른다.

하지만, 지금은 아직 묵직하게 하루히로를 짓누르고 있다.

오르타나 니시초(서쪽 마을)의 도적 길드. 캄캄한 비밀 방에서, 그때 하루히로는 바르바라와 단둘이 있었다.

정말 둘뿐이라고 생각했다.

바르바라의 다그침에 대충 사정을 설명하자 그녀가 불을 켰다.

비밀 방은 벽이 아니라 특별한 처리를 한 실로 짠 불연성 천으로 칸막이가 되어 있었다. 도적 길드에는 그런 작은 방이 몇 개나 있다고 한다. 구조를 전부 다 파악하고 있는 것은, 멘토라 불리는 길드의 상급 구성원뿐이라고 한다.

멘토(조언자)는 그 명칭처럼 도적들을 지도한다. 더욱이 변경백이나 변경군의 상층부에 적절한 정보를 제공하는 역할도 한다.

"흔히들 그렇게 생각하지는 않지만, 우리 도적 길드는 꽤 정치적인 조직이거든."

요염하게 웃으면서 말하는 바르바라의 표정이 하루히로의 뇌리에 각인되어 있다.

그리 간단히는 사라지지 않겠지.

"나는 정치적이기보다는 지극히 성적인 여자지만."

"어, 저기, 이제 그런 농담은…."

"농담이라고 생각해?"

바르바라가 몸의 미묘한 부분을 만졌다.

"앗, 잠깐요…."

하루히로가 당황하자 바르바라는 즐거운 것 같았다.

"괜찮아. 다소 소리를 내도 밖에는 들리지 않아. 그런 구조로 되

2. 죽음의 실재 | 21

어 있으니까. 그래서 나는 이 방이 특별히 마음에 들어."

"확실히, 밖에는 들리지 않아."

이렇게, 명백하게 바르바라가 아닌 다른 사람의 목소리가 났을 때에는 진심으로 놀라서 자빠질 뻔했다.

"…어, 뭐, 뭐야…? 어? 누, 누구세요…?"

"말했잖아."

바르바라는 장난스럽게 목을 울리며 웃었다.

"도적 길드는 정치적인 조직이야. 덕분에 속마음과 겉치레를 구분해서 쓰는 게 습관이 됐어. 우리는 비밀주의거든. 너도 그래줘야겠어."

"…저도요? 비밀주의? 어? 무슨 말이에요…?"

"오르타나가 함락되고 우리도 큰, 지나칠 정도로 큰 타격을 입었어. 그렇기는 해도, 살아남은 사람이 너의 바르바라 선생뿐이라는 건 아무리 그래도 너무 얼빠진 생각이잖아."

"나의, 는 아닌데요, 별로…."

"네가 나를 독점하고 싶어하는 건 전혀 상관없거든? 사랑받는 건 싫지 않으니까."

"시답잖은 농담은 그쯤 해두지, 바르바라."

다른 사람의 목소리가 말했다. 여성인 것 같다.

바르바라는 어깻짓을 했다.

"알았어."

비밀의 방 안을 둘러봐도, 둥근 테이블과 그 위의 램프, 불연성천, 천, 천, 천, 그리고 바르바라가 있고, 물론 하루히로도 있다. 그 것뿐이다. 아무리 봐도 그게 전부라는 생각밖에 들지 않는데도, 다른 사람의 목소리가 자기 이름을 말한다.

"나는 엘라이자."

"옛날부터 수줍음을 많이 타서 말이야."

바르바라는 키득키득 웃으면서 말했다.

"나도 마지막으로 제대로 얼굴을 본 것은 언제였더라?"

"…도적 길드의, 멘토?"

하루히로가 묻자 엘라이자가 목소리만으로,

"그래."

라고 긍정했다.

"나는 주로 의용병단의 동향 파악과 연락책을 맡고 있다."

"의용, 병…."

오르타나가 함락되고 변경군 그래험 라센트라 장군은 잠보라는 오크와 결투 끝에 전사, 변경군은 괴멸되고 의용병단도 또한 패해서 달아났다. 그래도 생존자가 전무하지는 않을 것이다. 하지만, 몇 명이 살아남았고 또 어디로 도망쳤는지는 전혀 알려지지 않았다.

…그렇게 생각했다.

그게 아니었던 것이다.

"의용병단은… 어디로?"

"원더 홀."

엘라이자가 대답했다.

"새로운 이종족이 태두했기 때문에 안전하다고는 말하기 힘들지만. 브리트니가 중심이 되어 오리온, 와일드 엔젤스(황야 천사대), 아이언 너클(철권대), 버서커즈(흉전사대) 정도가 간신히 거점을 만들어 지켜내고 있는 상황."

의용병들이나 그들의 사냥터에 관해서는 메리한테서 대충 들었다. 그렇기는 해도, 머릿속에 그냥 담아뒀을 뿐이다. 그 지식들은 그림자놀이처럼 윤곽만 있고 디테일이 거의 없다.

"그렇군…… 원더 홀에. 뭐, 좀 의심스러웠달까, 거기 있을지도? 라는 정도로는 생각했었지만. 적이 있어서 접근하지 못했지."

"풍조 황야는 남정군의 척후병들이 어슬렁거리니까."

엘라이자가 하루히로가 모르는 단어를 입에 올렸다.

"남정군?"

"적 말이야."

바르바라가 가르쳐준다.

"오크의 각 씨족, 언데드(불사족)의 군세가 남하하자 그에 고블린, 코볼트가 합세했다. 그들을 다 합친 것이 남정군."

남정군은 처음에는 둘로 나뉘어 있었던 모양이다.

한 팀은 엘프가 사는 그림자 숲, 풍조 황야를 통해 침공해서 데드 헤드 감시 보루, 그리고 오르타나를 함락시켰다.

다른 한 팀은 제트리버(분류대하, 噴流大河)를 거슬러 올라가 단숨에 리버사이드 철골 요새를 공략했다.

그 후 오르타나는 고블린에게, 리버사이드 철골 요새는 코볼트에게 주어졌다.

남정군의 대부분은 보아하니 북상했고, 오크 부대는 감시역으로 데드 헤드 감시 보루에 주둔하고 있었다.

"북상이라니, 남정군은 어디로 간 건가요? 북으로… 돌아갔다?"

"그것은 다른 멘토가 알아보고 있어."

바르바라가 말하기를, 살아남은 도적 길드의 멘토는 네 명 있다고 한다. 바르바라와 엘라이자, 그리고 후다라크와 모자이크 형제. 이 형제가 남정군을 수색하고 있거나 혹은 추적하고 있을 터인데, 현재로서는 돌아오지 않고 있다.

"설마 둘 다 들켜서 붙잡혔다거나 그러지는 않았을 거라고 생각하지만."

"무소식은 나쁜 소식."

엘라이자가 말했다.

"무소식은 희소식 아니야?"

바르바라가 어이가 없다는 듯한 말투로 정정해준다.

"하지만 실제로 뭐라 단언할 수 없기는 해. 다른 사람도 아닌 그 형제니까, 임무를 내팽개치고 튀었을지도 모르고."

"저한테도 비밀주의가 되라고, 바르바라 선생님이, 말씀하셨지요."

하루히로와 함께 온 닐이나 안토니에게 바르바라는 의용병단에 관한 정보를 전해주지 않았다. 즉, 바르바라 쪽은 원정군에게 속내를 다 보일 생각은 없는 것이겠지. 적어도 지금으로서는.

"원정군에게 넘겨주는 정보는 제한하고 싶다, 거기에 협력하라는 뜻인가요?"

바르바라는 고개를 저었다.

"협력이 아니야."

"네?"

"너를 우리 도적 길드의 멘토로 삼겠다는 뜻."

"…네?"

"기억을 잃은 처지인데 미안하지만, 인재난이라서 말이야. 올드 캣(늙은 고양이) 손이라도 빌리고 싶거든."

"저 같은 게 해낼 수 있을까요…?"

"해줘야겠어. 엘라이자."

바르바라가 부르자, 불연성 천 자락의 주름으로 보이는 부분에, 거기에 아마 이음새가 있었던 것이겠지, 그리로 키가 작은 여성이 모습을 드러냈다.

잠깐 옆얼굴이 보였다.

그런데 머플러로 얼굴 아래쪽을 덮었고, 긴 머리 때문에 눈도 거의 가려졌다. 품이 넉넉한 어두운 색깔의 옷을 입어서 체형도 잘 모르겠다.

장갑은 손가락이 노출되어 있다. 뭔가 들고 온 모양이다. 은색 병과 술잔인가? 엘라이자는 그것을 테이블 위에 놓더니, 가버리지는 않았지만, 하루히로에게서 등을 돌렸다. 아무튼 얼굴을 보이고 싶지 않은 모양이다.

"우리 길드는 좋은 의미로 적당주의라서 정식 절차 같은 건 없지만 말이야."

바르바라가 뚜껑을 열고 병의 내용물을 잔에 따랐다. 포도주나 그런 거겠지.

"도적을 멘토로 세울 때에는, 일단, 다른 멘토와 맹세의 잔 비슷한 걸 나누게 되어 있어."

바르바라는 잔을 엘라이자에게 건넸다. 엘라이자는 등을 보인 채로 머플러를 약간 내리고 잔에 든 액체를 조금 마신 모양이다. 엘라이자가 돌려준 잔에 바르바라도 입을 댔다.

"다 비워."

바르바라는 그렇게 말하고 하루히로에게 잔을 내밀었다.

이쪽의 의사는 확인하지도 않는다. 강압적이네… 라고 생각하면 서도, 하루히로는 잔을 받고 말았다. 스승인 것이다. 바르바라는 하루히로의 성격을 간파하고 있었다.

"도대체 뭔가요? 이건."

"피야."

바르바라는 히죽 웃었다.

"우리 도적들의."

"헉."

"바보네. 당연히 농담이지. 보이는 그대로, 술이야."

"놀리지 말아주세요…."

냄새를 맡아보니 확실히 알코올 냄새가 났다. 하지만 포도주는 아닌 것 같다.

한숨을 쉬고, 마시다가, 사레들리고 말았다.

"뭐야…. 이거, 독하잖아요…?"

"그리 많은 양은 아니니까 한 번에 쭉 들이켜."

"취하지 않을지…?"

"취해서 음란해지면, 내가 잘 받아줄게."

"그렇게 되지는 않을 거라고 생각하지만요. …아마도. 취해본 적이 있는지 없는지조차도 기억나지 않지만."

술잔을 들이켜 단숨에 전부 목구멍 안으로 흘려보냈다. 몸이 화끈 뜨거워진다. 어지러웠다.

하루히로는 바르바라에게 술잔을 돌려줬다.

"그냥 술인가요? 이거, 진짜로…?"

"글쎄. 어쨌든 독살당하는 게 아닐까 의심하지 않고 마시는 게 중요한 거야."

"그건 생각지도 못했네요···."

"그만큼 나를 믿는다는 뜻이네. 기억이 없어져도 네 몸은 나를 잊지 않았다는 거지."

"또 그런 말을···."

잠시 후에 독한 술이 몸속으로 들어왔다는 느낌은 상당히 희박해졌다. 양이 소량이었기 때문일까? 실은 그리 독한 건 아니었던 걸까?

"우리 도적 길드는, 원정군을 믿지 않고 있다는 거지요?"

"벌써부터 멘토다워졌잖아."

"일일이 놀리지 말아주세요."

"적어도 진위의 확인은 필요하겠지."

"의용병단은?"

"우리는 원래 의용병이니까. 의용병단과 아라바키아의 원정군 중에 어느 쪽에 붙을지는 생각할 필요도 없겠지. 원정군은 이용할 수 있을 만하면 이용한다."

"진 모기스 장군은 오히려 이쪽을 이용하고 싶어해요."

"그러니까. 우리 쪽의 속내는 가급적 보이지 않는다. 상대가 우리가 가진 패를 100이라고 간주하면, 100까지 이용하려고 들 거야. 하지만, 갖고 있는 패를 숨겨 10이라고 생각하도록 하면, 없는 건 쓸 수 없다는 논리에 따라 나머지 90을 보존할 수 있으니까."

바르바라 선생님은 이런 식으로 하루히로를 교육시켰겠지. 저래봬도 근본적으로 사람을 잘 챙기는 타입인 것이다.

"원더 홀의 의용병단도 평온무사한 건 아니야."

엘라이자의 목소리는 왠지 창 밖에서 들려오는 빗소리 같았다.

"원래부터 여러 개의 이계와 이어져 있어서 불안정하고, 아까도 말했지만, 최근 그렌델이라는 강력한 이종족이 나타났다. 그들과의 싸움에 더해서 물자도 충분하지 않아. 언제까지고 원더 홀 내의 거점에만 틀어박혀 있을 수는 없어."

"하지만 밖으로 나가면 온통 적들투성이다 그거군요."

하루히로는 잠시 생각하고 나서,

"적들투성이였다."

이렇게 고쳐 말했다.

"…원정군을 우리 편으로 간주할지 말지는 모호하지만, 명확한 적은 아니야. 우리 편이 아니라고 해도 이용할 수는 있어."

의용병단이 단독으로 움직이면, 오르타나, 리버사이드 철골 요새, 데드 헤드 감시 보루 등을 장악한 남정군은 총력을 기울여 치려고 들겠지.

그러나 원정군이 오르타나를 공격한다고 하면, 정세가 바뀐다.

"의용병단은 어디를?"

하루히로가 묻자,

"분명 리버사이드 철골 요새겠지."

바르바라가 대답했다.

"원정군이 신뢰할 수 있는 우리 편이라면, 연계해서 동시 공격을 꾀하는 방법도 있어."

"…아마도, 말인데요. 제가 생각하기에, 의용병단의 존재를 안다면 진 모기스 장군이 가만 내버려두지는 않을 것 같은데. 어쩌면 자기 지휘 아래에 두려고 할지도 몰라요."

"의용병단이 순순히 따를 리가 없어."

엘라이자는 그렇게 단언했다. 하루히로는 한숨을 쉬었다.

"연계한다는 건, 간단하지 않을 것 같군요…."

바르바라가 고개를 갸웃거렸다.

"그렇다면?"

선생님의 질문이다. 학생 입장에서는 어떻게든 해답을 도출해내야만 한다.

"…연계하지 않고 동시 공격한다거나. 원정군이 공격으로 나설 타이밍을 의용병단이 파악하고 있다면, 그때까지 준비가 갖춰질까 하는 문제는 있지만, 못 할 건 없다고나… 할까."

바르바라 선생님은 정답이라는 듯이 하루히로의 머리를 쓰다듬어주었다.

"조건에 따라서는 수정하게 되겠지만, 당분간은 그게 목적이야. 그렇게 결정했으면, 남은 건 그것을 어떻게 실현시킬까 하는 것. 진모기스 장군인지 뭔지가 밀어붙이기 쉬운 인물이라거나, 의외로 신뢰할 수 있는 남자라거나 하면 편하겠는데. 역시 내가 직접 만나봐야 할까?"

후회는 있다.

없을 리가 없다.

후회의 씨앗은 수없이 많이 있다.

예를 들면, 바르바라를 장군과 만나게 하지 말 걸 그랬다. 하루히로가 제대로 바르바라 대신에 장군과 교섭할 수가 있었다면, 어떻게 되었을까? 바르바라는 어디까지나 오르타나 내의 정보 수집에 전념한다, 그런 형태를 취하는 것도 불가능하지는 않았을 것이다. 하루히로가 든든하지 못하기 때문에 바르바라가 이것도 저것도 다 해준 것이다.

전부 내 탓이라고는 생각하지 않는다. 그건 주제넘은 생각이겠지. 그러나, 뭔가가 달랐다면, 바르바라 선생님을 잃지 않을 수도 있었을지도 모른다.

이렇게도 쉽게 사람은 죽는다.

다음은 내 차례일지도 모른다. 동료 중 누군가일지도 모른다.

눈을 감으면 바르바라 선생님이 웃고 있다.

"그러니까 말이야, 올드 캣."

지금은 없는데도, 이렇게 하루히로에게 가르쳐준다.

"지금 이 순간 여한이 없도록 살아가라는 거야. 단지 그것뿐이야."

그녀는 죽어버렸다.

그렇다고 해서 그 존재가 무로 돌아간 것은 아니다.

오르타나에서는 원정군 병사들이 여기저기에 즉석 소각장을 설치하고 고블린의 시체를 태우고 있었다. 원래부터 화장터는 있지만, 많은 시체를 한꺼번에 태울 만한 설비는 아니다. 게다가 그것은 인간을 위한 화장터다. 기분 문제일 뿐인지도 모른다. 그래도 거기에서 고블린을 태우는 건 좀 아니지 않을까? 게다가 듣자 하니 고블린도 노 라이프 킹의 저주로 좀비화하는 모양이다. 가급적 서둘러 처리해야만 한다는 사정도 있다.

하루히로와 닐은 북문으로 오르타나에 들어가 제일 먼저 천망루로 갔다. 천망루 앞 광장에는 시내 최대 규모의 소각장이 있어서 특히 연기가 심했다. 연기만이 아니라 냄새도 지독하다. 눈도, 코도, 목구멍까지 따갑다. 소각장에서 작업하는 병사들은 눈물이 쉼 없이 줄줄 흐르기도 하고 구역질을 하기도 하고 농땡이를 부리다가 상관에게 야단맞는 등 난리였다.

고블린이 천망루 정문 앞에 설치한 바리케이드는 아직 완전히 철거되지는 않았다. 통행에 방해가 되지 않도록 일단 양옆으로 치워 놨다. 이런 것을 정리하는 것도, 이건 이것대로 상당히 애를 먹는 일이다.

진 모기스 장군은 메인 홀에 있었다. 과거에 변경백이 알현소로 사용하던 방으로, 구석 쪽이 몇 단 높은 단상으로 되어 있고 그 위에 근사한 의자가 놓여 있다. 빨간 머리 장군은 그 의자에 거만하게 앉아 있는 것이 마음에 든 모양이다.

거만하게. 변경 왕 행세인가요?

…라고, 마음속에서 혐오감과 반발심이 빙글빙글 소용돌이치며 날뛰는 것보다도, 오늘만은 놀라움이 앞섰다.

장군은 대개 검은 외투를 걸친 병사를 몇 명 거느리고 있다. 그들은 블랙 하운드 시대부터의 충실한 부하들로 원정군 안에서는 소수파인, 제대로 싸울 수 있는 정예 부대다.

메인 홀에는 장군 외에도 검은 외투를 걸친 병사가 네 명 있었다. 그것뿐이라면 물론 놀라거나 하지는 않는다.

단상 아래에 한 사람 더 있다.

누구일까? 분명히 원정군 병사는 아니다. 하얀 외투를 입었다. 무지가 아니다. 별 문장이, 저건 자수가 들어간 건가? X를 수놓은 것 같은 일곱 개의 별이다.

그 누군가가 돌아보았다.

"오오."

하루히로를 보고 눈을 크게 뜬다.

이 반응은, 알고 있다, 는 뜻이다. 저 온화해 보이는, 몹시 품격 있는 얼굴을 한 남자는 하루히로와 면식이 있다.

지인이겠지. 하루히로도 그를 알고 있다. 아니, 알고 있었다. 잊어버려서, 기억나지 않는다.

"아아… 안녕하세요."

하루히로는 고개를 숙였다.

닐이 의아한 듯한 옆눈으로 하루히로를 보고 있다.

누구지? 메리에게서 이것저것 들었기 때문에 지인들의 이름은 가급적 머릿속에 입력해뒀다. 이름. 약력이랄까, 간단한 프로필. 그것과, 하루히로 및 하루히로 파티와의 관계성. 그런 종류는 가급적 듣고 외워뒀다고 생각한다.

하지만 얼굴은 모른다. 귀로 전해 들은 것만으로는 용모 파악까지는 과연 무리가 있다.

"장군님."

닐이 남자를 신경 쓰면서 걸어 나가 한쪽 무릎을 꿇었다. 고개를 숙인다.

"지금 돌아왔습니다."

장군은 천천히 무겁게 끄덕였다.

우두커니 서 있는 것도 어색하다. 하루히로는 닐 비스듬히 뒤쪽에서 약간 고개를 숙였다.

남자는 아직 하루히로를 보고 있다. 웃는 얼굴이다. 미소 짓고 있다. 뭐지? 희한하게 느낌이 좋다. 딱 봐도 좋은 사람이다.

"그래서?"

장군이 묻는다.

없는 것이다. 설명. 이 남자는 어디의 누구누구라거나. 소개 정도는 해줘도 좋을 텐데. 진 모기스는 그런 상식이 통하는 남자가 아니다. 그것은 하루히로도 뼈저리게 느끼고 있지만.

"네."

닐은 얼굴을 들려고도 하지 않고 약간 잠긴 목소리로 말했다.

"데드 헤드 감시 보루는, 역시 다 빠져나간 뒤였습니다."

"그럼 오크들은 어디로 갔나?"

"송구합니다. 그건… 불명입니다."

장군은 의자 팔걸이를 손가락으로 튕겼다. 그럴 때마다 손톱이 팔걸이에 닿아 제법 큰 소리가 메인 홀에 울려 퍼진다. 왠지 단단한 것 같네, 장군의 손톱. 하루히로는 그런, 아무 상관도 없는 일을 생각하고 말았다.

"의용병단이 정보를 갖고 있는 모양이다."

장군은 그렇게 말하고 남자를 봤다.

의용병단.

분명히 장군은 지금 의용병단이라고 말했다.

닐이 무릎을 꿇은 자세 그대로 남자에게 시선을 향했다.

"…의용병단, 이라고?"

"오리온의 시노하라라고 합니다."

남자는 그렇게 이름을 말했다.

시노하라.

자기도 모르게 목덜미를 만졌다.

알아.

시노하라… 씨, 였구나.

기억이 돌아온 것은 아니지만, 생각해냈다.

메리의 말에 따르면, 오리온은 구성인원 30명 정도로 꽤 큰 클랜이라고 했다. 그 리더가 시노하라라는 이름의 남자이고 그와는 하루히로도 안면이 있다. 단순한 지인은 아니었던 것 같다. 어떻게 말하면 좋을까. 한마디로는 표현하기 힘들다.

시노하라는 사람을 잘 챙기는 인물로, 하루히로 파티를 견습 의용병 시대부터 신경 써줬다고 한다. 실은 메리가 한때 오리온에 몸담았던 적이 있다. 옛날 메리의 동료였던 하야시는 현재도 오리온에 소속되어 있다. 그런 인연도 있어서 시노하라는 하루히로 파티에 관심을 갖고 있었던 건지도 모른다.

미묘하다고 하면 미묘한 접점이긴 하다.

조금은 가까웠다.

하지만 아주 친했던 것은 아니다.

구체적으로 어떤 사이, 어느 정도의 거리감이었던 걸까? 길에서 만나면 인사는 하겠지. 아니면, 멈춰 서서 잠시 이야기 정도는 하는 느낌이었을까?

의용병단이 움직인 건가? 시노하라를 사자로 보내 원정군에 접촉했다, 그런 계획이 짜여 있었던 건가? 솔직히, 모르겠다. 의용병단과의 연계는 바르바라와 엘라이자에게 맡겨졌었다.

핑계가 되어버리겠지만, 하루히로는 전혀 아주 조금도 생각하지 않았던 것이다.

바르바라 선생님이 죽어버릴 것이라고는.

"어쩌면, 이미 아실지도 모릅니다만."

시노하라는 그렇게 운을 떼고 아주 살짝 어깻짓을 해 보였다.

"지난번 우리 의용병단은 리버사이드 철골 요새를 코볼트들에게서 탈환했습니다."

닐은 얼굴을 들고 장군을 올려다보았다.

장군은 무표정이다. 아무것도 느끼지 않는다. 아무것도 생각하지 않는 건가? 그렇지는 않겠지. 장군은 자신의 감정이나 사고를 다른 사람에게 읽히고 싶어하지 않는다. 그래서 두꺼운 피부를 가면처럼 만들어버린 게 아닐까?

갑자기 장군이 이쪽으로 눈길을 향해서 식은땀이 났다. 이크. 하루히로는 황급히 손으로 입을 막고 시노하라를 응시한다. 어떨까? 이걸로 경악하는 것처럼 보일까? 그렇게 보이면 좋겠다. 그러지 않으면 곤란하다.

　의용병단이 건재하다는 사실을 하루히로는 알고 있었다. 원정군이 오르타나 탈환에 착수함과 동시에 리버사이드 철골 요새를 공격할 예정이었다는 것도.

　하지만 그 정보들을 바르바라가 파악했었다는 것을 장군이나 닐은 모른다. 일부러 전해주지 않았다.

　원정군에게는 그 모든 사실들이 한밤중에 날벼락처럼 의외였을 것이다. 하루히로도 제대로 놀라는 척을 하지 않으면 수상하게 보인다.

　"단."

　시노하라가 말을 이었다.

　"코볼트는 5천 정도 있었다고 여겨집니다. 안타깝지만, 근절시킨 것은 아닙니다."

　"5천…."

　닐이 중얼거렸다. 시노하라는 미소 짓고는, 네 하고 긍정했다.

　"우리가 확인한 코볼트의 시체는 약 2천. 나머지 3천 정도는 그들이 원래 근거지로 삼았던 사이린 광산이 아니라, 탄식의 산의 옛 성으로 도망친 모양입니다."

　대충 뭉뚱그려 말하자면, 제트리버 기슭에 리버사이드 철골 요새가 있고, 그 10킬로미터 정도 동북동으로 적야 전초기지가 위치한다. 적야 전초기지의 1킬로미터나 2킬로미터 북서에 원더 홀, 북쪽으로 7~8킬로미터 더 가면 탄식의 산에 다다른다.

　탄식의 산에 관해서는 이름 정도밖에 모른다. 옛 성이라고 시노하라는 말했다. 오래된 성이 있는 건가?

"아직 확증은 없습니다만, 데드 헤드 감시 보루의 오크도 탄식의 산으로 이동한 것은 아닐까 하고 저희는 보고 있습니다. 현재 몇몇 도적들이 잠입을 시도하고 있으니 금방 판명되겠지요."

"자네 말을 믿자면."

갑자기 장군이 끼어들었다.

"의용병단, 자네들은 유능하군. 야만족이라고는 해도, 5천이나 되는 병사가 지키는 요새를 이틀도 채 걸리지 않아 함락시켰다. 승리에 취해 들뜨지도 않고, 패잔병들의 행방을 제대로 알아내고, 금후의 대응을 짜고 있는 모양이야."

시노하라는 다시 장군 쪽을 보았다. 그리고 무슨 말을 하나 했더니, 역시 웃음을 띠며, 겸손을 떨지도 않고,

"감사합니다."

라고 대답했다.

당연한 건지도 모르지만, 겉보기처럼 그저 좋은 사람은 아니다. 시노하라는 상당히 두둑한 배짱을 갖고 있다. 실력에도 분명 자신이 있는 것이겠지. 저토록 속을 알 수 없는 음산한 장군 앞에서, 그야말로 당당한 태도다.

"자네 말을 믿는다면."

장군은 천천히 목을 틀었다.

"우리 군이 오르타나를 공격한 것과 거의 같은 날, 같은 시각에 자네들은 리버사이드 철골 요새를 습격했다."

"그렇게 되네요."

시노하라는 뻔뻔하게 대답했다.

"우연의 일치라고 하기에는."

장군은 거기에서 일단 말을 끊었다.

"너무나 짠 것 같은 타이밍이다. 우리 군의 동향을 알아차리고 있던 게 아니라면, 자네들은 어지간히 운이 좋아."

"저희만은 아닙니다."

시노하라는 가슴에 손을 대고 가볍게 고개를 숙여 보였다.

"장군님도 운이 좋으십니다."

빨간 머리 장군이 소리 내어 웃었다. 인간이라는 생물이 저런 식으로 웃을 수 있을 거라고는 전혀 생각할 수 없다. 의외로, 장군은 인간이 아닌 게 아닐까? 아무튼, 섬뜩한 웃음이다.

"나는 왕명을 받았다. 변경백이 죽고 없는 지금, 내 뜻은 곧 아라바키아 왕 이델타 폐하의 뜻이다."

"변경백께서… 그렇습니까?"

시노하라는 미간을 찌푸렸다.

"저 같은 의용병도 몇 번인가 이 천망루로 초대해주셨고, 친근하게 말을 걸어주셨습니다. 안타깝군요. 돌아가셨을 줄이야. 언제인가요?"

"우리가 오르타나를 탈환했을 때에는 이미."

장군은 즉답했다.

"그렇군요."

시노하라는 팔짱을 끼고 얼굴을 찌푸렸다.

"실은 오르타나에서 제법 끈질기게 버틴 의용병도 있었습니다. 간신히 목숨만 부지해 탈출해서 우리 의용병단에 합류한 그의 증언에 따르면, 변경백은 무참하게도 고블린에게 사로잡혀 시가지 안을 끌려다니는 참혹한 대우를 받았던 모양입니다. 어떻게든 구해드리고 싶었는데. 딱하시게도."

"가란 베도이. 그는 명문 베도이 가문 출신이다."

장군은 의자 등받이에 뒤통수를 밀어붙이고 먼 곳을 보는 눈을 했다. 마치 변경백을 처치했던 때를 떠올리고 희열에 젖은 것 같은데, 설마, 그것은 하루히로의 지나친 생각일지도 모른다.

"구해드리지 못해 나도 면목이 없지만, 그는 죽었다."

"유해는?"

시노하라가 묻자 장군은 역시 사이를 두지 않고 바로,

"화장했다."

라고 대답했다.

"변경백은…."

시노하라는 약간 말하기 곤란한 것처럼 물었다.

"움직이셨습니까?"

"노 라이프 킹의 저주인지 뭔지 그것 말인가?"

"네."

"내가 이 손으로 보내드렸다. 그대로 두는 것은 너무나 가련했으니까."

태연히 그런 말을 내뱉는 장군은 제정신이 아니다.

"이해합니다."

침통한 표정으로 대답한 시노하라도, 뭐랄까, 대단하다.

변경백의 최후에 관해서, 그 진상을 아는 자는 극히 제한된다. 그 자리에 있던 장군, 하루히로 일행, 그리고 변경군 전사연대장 안토니 저스틴뿐이다. 시노하라는 변경백이 천망루에서 포로가 되었던 것밖에 모르겠지.

그러나 조금 전의 대화로 시노하라는 알아차린 것이 아닐까?

오르타나 탈환 때 변경백은 아직 살아 있었다. 그러나 진 모기스 장군에게 살해당했다. 장군보다도 신분이 높고 정통한 오르타나의 통치자인 변경백은 장군에게 방해물일 뿐이었던 것이다. 그러한 사정을 왠지 알아차리고도 시노하라는 태연한 모습을 보인다.

"그는 변경의 왕이라 불렸던 모양이야."

장군은 시노하라를 응시하며 말했다.

"물론 비유겠지만, 지금, 그 옥좌에 앉아 있는 것은 나다."

그러니 자기한테 무릎을 꿇으라고, 장군은 은근히 내비치는 것이다. 내비치기만 할 뿐 분명하게 말하지 않는 것은 어째서일까?

원정군은 오르타나 공략전에서 100명 전후의 병사를 잃었다. 전사자에는 천망루 돌입 부대를 지휘했던 다이란 스톤 이하 검은 외투들도 포함되었다. 그들은 장군의 심복, 어릴 때부터 키운 부하였다. 원정군은 아직도 900명 이상의 규모를 유지하고 있지만, 대부분은 건달이나 탈주병 출신 등 어중이떠중이들뿐이다.

바르바라나 엘라이자한테서 들은 바에 의하면, 의용병단의 총 숫자는 150도 채 안 될 것이다. 단지 그뿐인 인원으로 5천이나 되는 코볼트가 지키는 리버사이드 철골 요새를 공략했다. 의용병은 보통 병사가 아니다. 말 그대로 일기당천의 걸출한 전사들이고, 탁월한 마법사들도 그중에는 있다.

어쩌면 진 모기스는 허세를 부리는 건지도 모른다. 실은 의용병단을 두려워하고 있다. 거기까지는 아니더라도, 쉽사리 복종시킬 수 있을 거라고는 생각하지 않겠지.

그리고 시노하라도 또한, 의용병단은 숫자로는 원정군에게 뒤지지만, 전력 면에서는 호각이거나 그 이상이라는 자신감이 있다.

장군이 강압적으로 무슨 명령을 한다고 해도 시노하라는 거부할지도 모른다. 호락호락 시키는 대로 할 리는 우선 없을 터였다.

"장군님."

시노하라가 불렀다.

진 모기스는 변경의 왕 같은 것이 아니다. 적어도 시노하라를 포함한 의용병은 그를 왕으로 떠받들 이유가 없다.

"만약 코볼트와 오크가 탄식의 산에 결집해 있는 것이라면 이를 무시할 수는 없습니다. 다무로의 고블린도 걱정거리입니다. 의용병단은 당분간 리버사이드 철골 요새에서 움직일 수 있을 것 같지 않습니다."

장군은 잠시 아무 말도 하지 않았다.

힘 관계로 보자면, 시노하라보다도 장군 쪽이 오히려 불리하지 않을까? 그래도 저 빨간 머리 장군은 이렇게 팽팽한 긴장된 침묵만으로 그 자리를 지배해버린다. 무슨 짓을 할지 모른다. 뭔가 어처구니없는 짓을 저지를 것 같은 기척을 항상 풍기고 있다.

"사정은 이해했다. 시노하라라고 했지? 오늘은 이 천망루에서 쉬어가도록 하지. 나중에 식사를 준비하도록 하겠다."

"배려해주셔서 송구합니다, 모기스 장군님."

시노하라는 자연체로밖에 보이지 않는 웃는 얼굴로 답례했다.

뭐랄까, 참, 힘드네요.

이것이 하루히로의 꾸밈없는 속마음이다. 숨이 답답하고 어깨가 결린다. 아니, 어깨만이 아니다. 온몸이 쑤신다.

장군이 가볍게 손을 흔들었다. 나가라는 신호겠지. 닐이 용수철처럼 벌떡 일어나 발길을 돌렸다.

"그럼 나중에 다시."

시노하라도 나가려는 참이었고 하루히로도⋯ 나가려고 했는데, 그것은 문지기가 허락해주지 않았다.

"네놈은 남아."

이렇게 장군이 말한 것이다.

뭐요?

네놈?

누구?

이름을 불린 것이 아니다. 못 알아들은 척해봐도 좋겠지만, 무리일까? 장군은 하루히로를 보고 있다. 너무나 빤히 보고 있다. 명백하게 하루히로만을.

"⋯네."

내키지 않지만, 남는 수밖에 없다. 엄청나게 싫지만. 게다가 닐과 시노하라가 메인 홀에서 나가자 장군은 호위병인 검은 외투들까지 내보냈다. 정말로 그러지 말아줬으면 하는데요.

둘만 남게 되어버렸다.

너무너무 싫다.

장군, 어째서인지 말을 하지 않고. 남으라고 해놓고서는 입을 다물고 있다니. 뭐가 어떻게 된 건지. 의미를 모르겠는데요.

"⋯뭡니까?"

결국, 인내심 싸움에 져버려서, 하루히로 쪽에서 먼저 물었다.

이것은 장군의 페이스 아닐까?

말, 태도, 완력, 온갖 수단을 구사해서 자기 뜻대로 다른 사람을 조종하려고 든다. 그런 인간을 하루히로는 좋아하지 않는다.

　호불호는 접어두고라도, 그런 부류의 인물과 마주할 때에는 조심해야 한다. 상당히 마음을 굳게 먹지 않으면 자기도 모르게 휩쓸리고 만다.

　"저 시노하라라는 사내."

　장군은 아직도 하루히로를 보고 있지만, 눈의 초점이 맞지 않는다. 분명 시노하라를 떠올리고 있는 것이리라.

　"면식이 있는 자 같더군. 친한가?"

　"그야 뭐…."

　하루히로는 어물거렸다.

　"지인이기는, 합니다만. 같은 의용병이고. 시노하라 씨는 오리온이라는 큰 클랜의 리더라서. 제법 유명인이랄까."

　"자네는 어느 편에 붙을 셈인가?"

　"네…?"

　네놈, 이 아니라, 자네, 로 변했다. 장군은 말을 이었다.

　"나한테 붙으면 그에 따른 편의를 봐주지. 우리 원정군에서 한 부대를 맡아 이끌게 되겠지."

　거절하면?

　…물어보지 않는 게 좋을 것 같다고, 직감적으로 생각했다.

　진 모기스 장군 편에 붙는다. 솔직히 말도 안 된다. 하루히로는 기억을 잃었지만, 그래도 장군과 의용병단 중 양자택일이라면, 망설이지 않고 의용병단을 선택한다.

　장군도 그 정도는 알고 있는 것 아닐까? 애초에 장군은 협박해서 하루히로 일행을 따르게 하고 자기 좋은 대로 부리고 있는 것이다.

그러니까 장군은 하루히로의 의향을 확인하는 것이 아니다. 분명, 질문하는 형태만 취하고 실은 쐐기를 박은 것이겠지.

잠자코 날 따라라… 하고. 그렇지 않으면 나도 어떠한 수단을 강구하게 될 거다, 라고 장군은 시사하고 있는 것이 틀림없다.

요컨대 하루히로는 또 협박당하고 있는 것이다.

심리적인 압력은 적지 않게 느껴지지만, 글쎄다. 과연 이 공포는 도리에 맞는 것일까?

확실히 장군은 무슨 짓을 할지 모른다.

어디까지나 무슨 짓을 할지 모르는 것뿐이다. 당연한 말이지만, 장군은 만능이 아니므로 뭐든지 다 할 수 있는 것은 아니다.

예를 들어 지금 장군이 갑자기 칼을 들고 베려고 덤벼든다고 치자. 하루히로로서는 싸우고 싶지 않다. 하지만 순순히 칼을 맞아줄 의리는 없으니까, 응전한다. 장군을 이길 수 있을까? 그것은 해보지 않으면 모른다. 하지만 전혀 상대도 안 되지는 않겠지, 아마도. 게다가 하루히로는 도적이다. 굳이 힘들게 칼싸움을 할 필요가 없다. 도망가기만 하는 거라면 어떻게든 될 것 같은 느낌이 든다.

또한, 장군은 원정군 수장이므로 마음만 먹으면 전군을 동원할 수 있지만, 중핵은 어디까지나 검은 외투들과 닐 이하 척후병이다. 그것도 전사자가 생긴 탓에 총 50명도 채 안 된다. 두려워할 것 없다… 고까지는 말하지 않겠지만, 필요 이상으로 겁먹을 필요는 없겠지.

약간 마음이 편해졌다.

장군의 협박에 굴할 이유는 없다. 단, 이 자리에서 장군에게 명확하게 거절해서 결렬시키는 것도 피하고 싶다고나 할까, 그러면 훨씬 속은 후련하겠지만 그게 전부다. 그 이상의 의미는 없다.

"지금 우리 인간들끼리 서로 다툴 만한 여유는 분명 없지 않나 생각하는데요."

장군은 말이 없다. 여전히 정말 압력이 엄청나다.

하지만, 압력뿐인 것 아닐까?

장군의 본질은 의외로 허세인지도 모른다. 그런 생각이 들지 않는 것도 아니지만, 만만히 보다가는 뒤통수를 맞을 가능성도 있다.

"원정군도, 의용병단도 서로 협력하는 게 좋지 않을까요? 그러기 위해서, 가능한 일이 있다면 하고 싶습니다. 상황적으로는, 하지 않으면 안 된다고 생각하니까."

"그런가."

장군이 웃었다.

역시, 무섭다. 정체를 모르겠다, 아니, 어떤 식으로 해석해야 하는 건지, 전혀 알 수 없는 웃음이다.

"물러가라."

장군이 손을 흔들어 보였다.

하루히로는 가볍게 인사하고 장군에게 등을 돌렸다.

메인 홀을 나서기 직전에 힐끔 돌아봤다.

장군은 아직 웃고 있었다. 꽤 거리가 있어서 확실한 건 말할 수 없지만, 눈이 마주쳤는지도 모른다. 하루히로는 자기도 모르게 고개를 숙여버렸다.

진 모기스 장군은 천망루 1층의 방 하나를 하루히로와 동료들에게 할당해줬다.

원래 그 방은 만찬회 등이 개최될 때 대기실 중 하나로 사용되었다고 한다. 넓이는 제법 되지만, 테이블과 의자 외에는 아무것도 놓여 있지 않다. 빈방에 가까운 방이었다.

참고로 이 방은 검은 외투들이나 변경군 전사연대장 안토니 저스틴과 그의 부하에게 주어졌던 방보다도 큰 것 같다. 장군은 하루히로 팀을 중용한다는 것을 나타낼 의도가 있었던 걸까? 그렇다고 해도, 그래서 뭐 어쩌라고? 싶기는 하다. 별로 기쁘지 않다.

시노하라도 그 방에 있었는데, 동료들과 함께 하루히로를 기다리고 있었다. 하고 싶은 말은 많았지만, 천망루 안에서는 차분히 이야기할 수가 없다. 시노하라도 오르타나의 상황이 궁금하겠지. 같이 좀 돌아보고 온다는 명목으로 밖으로 데리고 나갔다.

의용병단 사무소나 루미아리스 신전 등 앞을 지나가면서 미행이 붙지는 않았는지 확인했다. 보아하니 닐의 부하인 척후병 두 명 정도가 그들을 감시하고 있는 모양이다. 따돌릴 수도 있지만, 현시점에서 그렇게까지 해서 상대방을 자극할 필요는 없겠지.

시노하라의 요청으로 요로즈 위탁 상회에도 들렀다.

요로즈 위탁 상회는 규정된 수수료를 지불하면 돈이나 물품을 엄중히 보관해준다. 특히 의용병에게는 친숙한, 없어서는 안 될 가게였다고 한다.

오르타나 함락 때에도 상회는 막대한 금화나 은화, 무기 등의 보물을 갖고 있었을 터였지만, 약탈을 당하지는 않았다. 약탈할 수가 없었겠지. 상회의, 창문 하나 없는 견고한 창고는 지금도 닫힌 채로 있고 열려고 해도 열 수가 없다. 하지만 장군은 창고의 내용물을 포기하지는 않은 건가? 몇 명의 병사가 따분한 듯이 창고를 지키고 있었다.

그 후에 하루히로와 시노하라는, 미행을 눈치채지 못한 척하며 천공 골목에 있는 셰리의 주점으로 들어가 밀담을 나누기로 했다.

"하지만… 옛 자취를 찾아볼 수도 없다는 게 바로 이런 거군요."

시노하라는 폐허가 된 주점의 상태가 마음이 아픈 모양이다. 하루히로는 기억이 없어서 솔직히 여기도 고블린들이 헤집어놓은 것이라는 생각밖에 들지 않지만, 분명히 지독한 참상이기는 하다. 테이블과 의자는 대부분이 뒤집혀 있거나 넘어졌고, 파손된 것도 적지 않다. 바닥에는 접시며 술병의 파편이 흩어져 있고, 뭐라 말할 수 없는 쉰내가 떠돌았다. 날아다니는 파리들이 노리는 건 부패한 음식물일까?

"이 가게에."

메리는 가슴을 누르며 누구에게랄 것도 없이 말했다.

"자주 왔었어. 우리…."

하루히로 일행은 각각 나뉘어 창문을 전부 열었다. 출입구에도 버팀대를 고정해놓고 열어젖혔다.

환기하니 냄새는 꽤 가셨지만, 밖에서 들어오는 빛 때문에 술집의 참상이 더욱 선명하게 보였다.

"오르타나가 공격을 당했을 때 여기에서도 전투가 벌어진 것이겠죠."

시노하라는, 핏자국으로 짐작되는 거무튀튀한 얼룩과 벽에 박힌 화살 등을 하나하나 꼼꼼하게 확인했다.

"의용병 대부분은 도망쳤지만, 변경군의 병사나 시민들은 대부분이 오르타나에서 목숨을 잃은 모양이에요. 우리와 달리 그들에게는 여기가 고향이고, 유일한 있을 곳이었기 때문이겠죠. 도망치려 해도 달리 갈 곳이 없었던 겁니다."

"뭔가, 먹먹하네요…."

쿠자크는 카운터에 엉덩이를 걸치고 앉아 고개를 숙였다.

세토라가 2층 자리로 이어지는 계단 중간에 앉자 그 옆에 키이치가 앉았다.

시호루는 가게 한가운데쯤에 우두커니 서 있다. 어찌할 바를 모르는 것 같다.

메리가 시호루에게 다가가 그 등을 가만히 문질러주었다. 시호루는 한순간 움찔 몸을 떨었지만, 긴장된 웃는 얼굴을 메리에게 향했다. 그리고 거의 알아들을 수 없는 작은 목소리로, 고마워, 비슷한 말을 했다.

이윽고 시노하라가 테이블과 의자를 바로 놓기 시작했다. 하루히로와 쿠자크도 거들었다.

시노하라, 하루히로, 쿠자크, 메리와 시호루는 테이블을 둘러싸고 의자에 앉았다. 세토라는 거기 끼지 않고 계단 쪽에 있다. 그 자리에서는 가게 안이 거의 다 보이고 창문이나 출입구도 눈에 들어온다. 키이치는 창문을 통해 밖으로 나갔다. 주점 밖에서 미행자가 귀를 쫑긋 세우고 엿듣고 있다면 키이치가 바로 알려줄 것이다.

"오랜만이네요, 하루히로. 우선, 무사해서 다행이에요."

"시노하라 씨를 제대로 기억하고 있었다면 더 좋겠지만요."

"사정은 어느 정도 들었어요."

"…그렇군요."

"도적 길드의…."

시노하라는 눈을 내리깔았다.

"멘토인 바르바라가, 사망했다지요?"

하루히로는 한 번 숨을 내쉬고 나서,

"네."

라고 대답했다. 희한하게 가늘고 낮은 목소리가 되어버렸다.

시노하라는 테이블을 손으로 짚었다.

"그녀와는 현역 의용병이었던 무렵부터 알았습니다."

"그랬… 군요."

"짧은 기간이었지만, 같은 파티였어요."

"어."

"동료였습니다."

시노하라는 테이블에 올려놓은 자기 손을 본다.

"누구보다도 죽을 것 같지 않은 사람이었고, 금방 의용병 가업을 가망 없다고 보고 단념하고 도적 길드의 멘토가 되었으니까, 그녀는 우선 괜찮을 거라고만 생각했어요. 알 수 없는 거네요. 분명 그녀 자신도 예상하지 못했겠죠. 하지만, 그런 일도 일어날 수 있지요. 여기에서는, 얼마든지. 그런 세계인 겁니다. 이 그림갈은."

"시노하라 씨…."

메리는 뭔가 말을 걸려고 했다.

하지만 적절한 말을 찾지 못한 듯, 고개를 숙이고 만다.

"죄송합니다."

시노하라는 자조적으로 아주 약간 웃었다.

"감상에 젖어 있을 때가 아니지요. 당신들이 기억을 잃었다는 이야기는 엘라이자한테서 들었습니다. 단, 메리만은 예외라고."

메리는 더욱 고개를 숙였다.

"네….."

시노하라는 생각에 잠긴 듯 눈썹을 모으고 턱을 매만졌다.

"그런 케이스를 들은 것은 이번이 처음입니다. 솔직히, 금방은 믿기 힘들었어요. 그렇기는 해도, 애초에 우리는 한 번 같은 경험을 했었으니까."

"저기….."

하루히로는 뺨을 문지르면서 말했다.

"구체적으로는, 열리지 않는 탑에서 깨어났고, 어두운…… 지하, 였는데요. 그랬는데, 왠지, 이름밖에 기억나지 않아서. 메리 말에 따르면, 그전에는, 어딘가 다른… 세계? 라고나 할까요? 그림갈이 아닌 장소에 있었던 모양이고."

"내 기억으로는, 레슬리 캠프에서….."

메리가 그 단어를 입에 올리자마자 시노하라의 안색이 변했다.

"레슬리 캠프? 아인랜드 레슬리의?"

메리는 머쓱한 표정을 지었다.

"…아. 네. 그게, 맞는 것 같은."

"레슬리 캠프에서, 이계로… 갔다고?"

시노하라는 팔짱을 낀다.

"그 이계에서 무슨 일이 있었다는 건가요?"

"그게, 나….'

메리는 입술을 깨물었다.

"…그게… 이계에서 있었던 일은, 잘 기억이 나지 않아서….'

시호루가 마음을 써주는 것처럼 메리의 팔을 잡았다.

시노하라는 메리를 빤히 응시하고 있다. 뭐지? 저 눈길은. 날카
로운 눈빛, 이라는 것과도 좀 다르다.

그게 아니라, 수상히 여기는 건가?

"그렇군.'

시노하라는 메리를 의심하고 있는 걸까?

적어도 그다지 납득하고 있는 것으로 보이지는 않는다.

"아무튼, 그 이계에서의 우여곡절이 있었고, 당신들은 열리지 않
는 탑 지하에서 눈을 뜬 거로군요. 그때에는 자기 이름 이외의 일은
잊어버린 상태였고. 메리를 제외하고는."

쿠자크가 머리를 감싸 쥐고서 웅… 하고 신음했다.

"새삼, 도대체 뭘까요? 무섭네. 장난 아니야. 어떻게 된 거냐고…
….'

"장난 아닌 건 네 어휘력이겠지.'

세토라가 중얼거리자, 쿠자크는 아앗… 이라고 외쳤다.

"그 점! 신경 쓰고 있는 부분인데!"

하루히로는 쓴웃음 짓고 말았다.

"신경 쓰고 있었구나….'

"약간이지만.'

쿠자크는 오른손 검지와 엄지를 서로 닿을락 말락 한 정도로 가
까이 댔다.

"진짜로 약간임다."

"좀 더 신경 써."

"세토라 씨는 말이야, 멀리서부터 불쑥불쑥 트집 잡는 거, 안 하면 안 될까요?!"

"뭐야? 가까이 가주길 바라는 건가?"

"와주길 바라냐고 물으면 잘 모르겠다는 느낌이긴 하지만, 와주길 바라지 않는 건 아니니까, 역시 그런대로 가까이에 있어주길 바라는 건가? 나는…?"

"거절한다."

"아니, 거절하는 거냐고요?"

쿠자크는 어깨를 축 늘어뜨린다.

"…거절하냐고요."

"왜 두 번이나…."

하루히로는 어이가 없었다.

쿠자크는 눈을 치뜨고 하루히로를 본다.

"도대체 뭘까요? 이 기분. 미묘하게 타격을 받은 것 같은데…."

"버림받은 강아지도 아니고…."

"아아, 그런가. 이거, 그건가? 개가 주인한테서 버림받은 것 같은? 그런 느낌인가? 그럴지도…."

"언제부터 나는 너를 키우게 된 거지?"

세토라가 불쾌하다는 듯이 말하자 쿠자크는 눈을 까뒤집는다.

"왜 그렇게 싫어하는 것 같지…?"

"그걸 몰라?"

"엇, 전혀 모르겠는데요?"

"너한테 듣는 약은 없겠다."

"…됐습니다, 별로. 메리 씨가 치료해줄 테니까."

"나는 치료할 수 없을 것 같아."

메리도 상당히 싫은 것 같다.

"진짜입니까?"

쿠자크는 딱 봐도 경악하고 있다.

"…메리 씨조차 치료할 수 없다니. …진짜야? 그럼 중증인 거잖아요, 나…."

"그야 뭐…."

하루히로는 한순간 위로해줄까 하는 생각도 들었지만, 그것도 왠지 아닌 것 같다.

"중증인가…?"

"이런 아이였군요…."

아무리 시노하라라도 쿠자크를 아이라고 부르는 건 좀 아니지 않나? 어쩔 수 없나?

하루히로는 마음을 다시 다잡고서, 저기 하고 시노하라에게 말을 걸었다.

"히요무라고, 혹시 아세요?"

"어."

시노하라는 대답했으나, 고개를 끄덕이지는 않았다.

"알아요."

뭔가가 걸린다.

도대체 뭐가 걸리는 걸까? 하루히로도 잘 모르겠다.

"…히요무나 그 녀석 주인인지가, 우리한테 무슨 짓을 해서, 그래서 기억이 없어진 것 같은데요."

시노하라는 입을 다물었다. 뭔가 짚이는 게 있는 건가? 아니면 난처한 건가? 어느 쪽으로도 해석하기 힘들다. 왠지 기묘한 침묵이었다.

하루히로는 메리와 시선을 주고받았다. 메리도 좀 이상하다고 느끼는 모양이다.

"어느 쪽이든."

시노하라는 하루히로 팀을 둘러본다.

"그 건과 당면한 문제는 나눠서 생각해야겠지요. 열리지 않는 탑의 주인이 남정군을 불러들였다고는 생각할 수 없어요."

"그러… 네요…."

하루히로는 고개를 갸웃거렸다. 걸린다. 또다. 하지만, 이번에는 뭐가 걸리는 건지 형태가 아주 약간 보였다.

열리지 않는 탑의 주인이 남정군, 즉 오크나 고블린, 코볼트들을 끌어들였다고는 생각할 수 없다.

시노하라는 지금 그렇게 말했다. 그것은 분명히 그럴지도 모른다. 하지만, 뭔가 이상하지 않은가?

뭔가, 랄까.

열리지 않는 탑의 주인이란 누구일까?

추측할 수는 있다.

하루히로 일행은 열리지 않는 탑 지하에서 눈을 떴다. 하루히로를 포함한 의용병 중에 히요무가 섞여 있었다. 히요무는 하루히로 일행과 마찬가지로 기억이 없는 척을 했었다. 그것은 연기였다. 아무래도 히요무는 그녀의 주인님인지 뭔지의 명령으로 뭔가 좋지 않은 흉계를 꾸미고 있던 모양이다.

아마도 열리지 않는 탑의 주인이란 건 히요무의 주인이겠지. 그렇게 해석하는 건 가능하다. 앞뒤가 들어맞는다.

단, 하루히로는 히요무의 주인이 바로 열리지 않는 탑의 주인이다… 이렇게 생각한 적은 한 번도 없다.

히요무는 열리지 않는 탑과 깊은 연관이 있다. 그것은 우선 틀림없을 것이다. 그렇다고 해서 그녀의 주인이 바로 열리지 않는 탑의 주인, 이런 등식이 성립하는 걸까?

열리지 않는 탑은 의용병들에게는 출입할 수 없는 수수께끼의 건축물이었다.

그게 아닌 건가?

시노하라는 그렇게 생각하지 않았다? 열리지 않는 탑에는 주인이 있다. 누군가가 살고 있다고, 그렇게 알고 있던 걸까? 혹은 그런 소문이나 풍문이 있었다거나.

하지만 적어도 메리한테서 그런 이야기는 나오지 않았었다.

"그런데."

시노하라가 갑자기 화제를 바꿨다.

"우리 의용병단 중에 유메 씨와 란타 군이 있다는 것은?"

"유메….."

메리는 두 손으로 입을 가렸다. 한계에 도전이라도 하는 것처럼 커진 눈에서 당장이라도 눈물이 흘러나올 것 같다.

유메.

란타.

하루히로 입장에서는 이름만으로는 실감이 들지 않는다. 그야,

기억나지 않는 것이다. 하지만, 메리의 반응을 눈으로 보니 치밀어 오르는 것이 있다.

"…같이 있었군요. 그랬구나. 두 사람 다. 뭔가… 란타와는, 싸우고 헤어졌던가? 싸운 것과는 좀 다른가? 잘은 모르지만…."

하루히로는 메리에게서 들은 경위를 되새겨보려고 했지만, 도저히 잘되지 않았다.

"오옷?!"

쿠자크가 몸을 떨더니 두 팔로 자기 몸을 끌어안는다.

"뭔가 부르르 떨렸어. 뭐지? 이거. 나, 이상한 병인가? 아닌가? 아니겠지…?"

시호루는 눈물을 글썽이고 있다. 그 사실이 당황스러운 것 같다.

"그야 기억이 없으니까, 딱히 감상도 없지만."

세토라는 평소와 다름없다.

"잘 있다는 말을 듣는 것보다는 직접 만나보고 싶었건만. 그편이 확실하고 이야기도 빨라지. 두 사람을 데려올 수는 없었던 건가?"

"세토라 씨, 말투를 좀…."

쿠자크가 작은 목소리로 질책했다. 시노하라는 미소 짓는다.

"신경 쓰지 않아도 됩니다. 클랜 안에서는 지휘 계통도 있으니 아무래도 상하 관계가 생기고 말지만, 나와 당신들은 서로가 의용병 동지이므로 대등합니다."

세토라는 희미한 웃음을 지었다.

"나는 의용병도 아니니까 더욱 눈치 볼 이유가 없다. 네 말을 그대로 받아들이는 건 위험하다는 느낌도 들어. 분명 나는 의심이 많은 인간이겠지. 선입관이 없는 만큼, 모든 이가 다 수상하다."

하루히로는 차가운 물벼락을 맞은 것 같은 기분이 들었다.

세토라는 잘못하고 있는 것이 아니다. 아니, 세토라가 실수하는 일은 그리 많지 않다.

유메와 란타가 살아 있고 의용병단과 함께 행동하고 있다. 기뻐할 만한 일이다. 그것이 사실이라면. 현시점에서는 시노하라가 그렇게 말하는 것뿐이다.

"물론, 두 사람을 동행시키는 것도 생각했습니다."

시노하라는 딱히 기분이 상한 기색도 없다.

여전히 미소 짓고 있다.

"하지만, 당신들의 기억 문제도 있어요. 안 그래도 복잡하게 얽힌 상황이 더욱 복잡해지는 것은 바람직하지 않지요. 제반 사정을 고려해서 우선 내가 혼자 오게 되었습니다. 이것은 의용병단 내에서 의논해서 결정한 일입니다. 유메 씨와 란타 군도 납득했습니다."

세토라는 어깻짓을 해 보였을 뿐, 아무 말도 하지 않았다.

시노하라. 오리온의 마스터. 빈틈이 없는 사람이다.

하루히로는 별로 세토라처럼 시노하라를 의심하는 것은 아니다. …꼭 그렇다고는 말할 수 없나?

메리는 신뢰하는 모양이지만, 하루히로는 시노하라를 기억하지 못하고, 세토라와는 애초에 면식이 없다. 믿어도 될 만한 사람 같다. 그런 인상을 준다고 해서, 정말로 신용할 수 있는 인물인 건가?

하루히로는 단지 억측하는 건지도 모른다. 신중해지긴 했다. 그것은 틀림없다. 세토라도 마찬가지겠지.

지금까지는 상황이 흘러가는 대로 맡겼다고나 할까, 달리 어찌할 수도 없어서 눈앞에 나 있는 길을 걸을 수밖에 없었다.

지금은 선택지가 있다. 단, 스스로 무엇이 최선인지를 생각하고 결단을 내려야 한다.

하루히로는 동료들을 둘러보았다.

"다들 의견이 있으면 말해줬으면 하는데."

쿠자크가, 으응 하고 고개를 갸웃거렸다.

"나는 없을걸."

"아직 아무 말도 안 했는데. 내가….."

"누가 좀 그 멍청이를 입 닥치게 해."

세토라가 차가운 목소리로 말했다. 시호루는 힘없이 웃었다.

"세토라 씨."

쿠자크가 갑자기 정색해서 세토라도 약간 멈칫한 모양이다.

"…뭐, 뭐냐?"

"멍청이라니… 뭔가 좀 귀엽지 않아?"

"정색하고 말할 만한 내용인가?"

"아니, 그렇게 생각했으니까."

"생각한 걸 전부 말로 하지 않으면 직성이 풀리지 않는 건가? 너는."

"하지만, 확실히 귀여운지도. 멍청이….."

메리가 작은 목소리로 중얼거렸다.

하루히로는 헛기침했다. 다들 입을 다물고 주목해준다.

"…에, 그러니까. 그게, 저기… 즉, 우리로서는 원정군의… 원정군이랄까, 진 모기스 장군이 시키는 대로 따를 의리는 없는 거고. 기본적으로는 의용병단의 일원으로서 행동하는 걸로 하면 된다고 생각해."

전원이 하루히로의 눈을 보고 고개를 끄덕여주었다. 일단 여기까지는 이견은 없다. 그렇게 생각해도 될 것 같다.

"단, 지금…… 원정군에서 벗어날지 아닐지 하는 건 다른 문제인데. 장군은 우리를 자기 장기말이라고 간주하고 있어. 신뢰는 하지 않겠지만, 끌어들이려고 한달까. 여기서 우리가, 그럼 이만 의용병단으로 돌아가겠습니다, 이런 식으로 움직이면 어떻게 될지 그 점도 생각해야 한다고 보거든."

"바로 그 점입니다."

시노하라가 의용병단의 현재 상황을 설명해주었다.

이것은 하루히로도 들었지만, 원래 의용병단은 물자 부족에 시달리고 있었다. 실은 리버사이드 철골 요새를 점거하고 나서도 그 점은 변함없는 모양이다.

코볼트의 식생활은 상당히 독특해서, 리버사이드 철골 요새에는 인간이 먹을 만한 양식이 별로 비축되어 있지 않았다. 현시점에서는 아직 굶주리고 있지는 않지만, 어떻게든 물자를 획득, 혹은 융통하지 않으면, 의용병단은 머지않아 식량난에 빠질 것이다.

게다가 적이 집결해 있는 것으로 짐작되는 탄식의 산은 리버사이드 철골 요새에서 북동쪽으로 약 15킬로미터 떨어진 곳에 있다. 오르타나에서는 직선거리로 40킬로미터 정도니까 리버사이드 철골 요새 쪽이 훨씬 가깝다.

의용병단은 겨우 백 몇십 명으로 5천의 코볼트를 물리치고 리버사이드 철골 요새를 함락했다. 하지만 공격하는 것과 지키는 것은 또 다르다. 왠지 수비 쪽이 압도적으로 유리할 것 같지만, 실제로는 조건에 따라 달라진다.

의용병들은 강력한 마법이나 돌출된 개개의 전투력으로, 너무나 큰 병력 차이를 근사하게 뒤집었다.

그러나 백 몇십 명으로 리버사이드 철골 요새를 지키려고 하는 경우, 사방의 방벽 전체에 골고루 병력을 배치할 수 있을까? 어딘가 한 군데라도 뚫리면 요새 전체의 방어 태세가 순식간에 무너질 수도 있다.

더욱이 데드 헤드 감시 보루에서 이동한 오크 부대가 예상대로 탄식의 산으로 들어갔다면 위협은 더욱 증가한다. 오크는 코볼트보다도 훨씬 버거운 종족인 것이다.

만일 탄식의 산의 적군이 리버사이드 철골 요새를 공격해온다면 의용병단은 상당히 고전하게 된다. 지켜낼 수 없다면 도망가는 수밖에 없다.

어디로 도망가는 건가?

원더 홀은 위험하다. 의용병단은 원더 홀 안의 거점에서 악전고투했었다. 활로를 뚫기 위해서 리버사이드 철골 요새를 탈취한 것이다.

그 외에도 후보지는 있다.

오르타나다.

원정군이 흔쾌히 받아들여준다면 말이지만.

"나로서는."

시노하라는 부드러운 어조로, 하지만 똑 부러지게 말했다.

"당신들은 지금까지처럼 원정군 안에 있어주길 바랍니다. 내가 드리는 요청을, 우리의 스파이가 되어주길 바란다고 이해해도 상관

없어요. 당연히 어느 정도 위험은 따르겠지요. 만약 신변의 위험을 느낀다면 즉시 이탈해주십시오. 그때에는 내가 당신들을 보호하겠습니다."

"어떻게 보호하지?"

세토라가 비웃는다.

"너희는 오르타나에서 떨어진 안전권에 있다. 여차할 경우에 우리를 도와줄 수 있을 거라고는 생각할 수 없는데."

"우리로서는 원정군과 적대할 생각은 없습니다. 협조할 수 있다면 가장 좋아요. 그러니 스파이라고 해도 구체적으로 원정군을 내부에서 교란시키는 행위를 하는 것을 바라지 않습니다."

"…원하는 것은, 정보… 인가요?"

시호루가 조심스럽게 묻자 시노하라는 즉답했다.

"바로 그겁니다. 특히 진 모기스 장군의 목적과 금후의 행동이 의도하는 바를 가급적 정확하게 파악하고 싶습니다. 원정군과 싸우기 위해서가 결코 아닙니다. 우리와 그들이 원활하게 협력할 수 있다면 그보다 좋은 일은 없어요. 당신들이 그것을 위해 도와줬으면 하는 겁니다."

거절할 이유는 없을 것 같다.

아직 동료들의 동의를 얻지는 않았지만, 분명 하루히로 팀은 시노하라의 제의를 받아들일 것이다. 거부하는 일은 없겠지.

나쁘지는 않다. 아니, 그 길밖에 없다고 생각한다.

하지만, 뭔가 석연치 않다.

어째서일까?

이제 곧 일출의 시각이 온다.

매일 찾아오는 아침이 그는 싫었다.

싫은 것은 그것 말고도 많다. 너무 많아서 일일이 셀 수도 없다.

풀로 뒤덮인 작은 언덕 위에 하얀 돌이 흩어져 있다. 동이 트기 전의 어둑어둑한 하늘 밑, 흐릿하게 빛나는 것처럼 보이기도 하는 그것들은 마치 버섯이나 그런 것 같다.

처음 봤을 때부터 그는 그 풍경이 싫었다. 기분이 나쁘다. 소름이 끼친다. 생리적으로 받아들여지지 않는다.

그는 어떤 하얀 돌 앞에서 발을 멈췄다. 돌에는 초승달 문장과 죽은 이의 이름이 새겨져 있다.

그 이름을 내려다보는 그의 얼굴에 웃음이 떠올랐다.

웃고 싶어서 웃는 것이 아니다. 웃고 싶은 일 같은 건 좀처럼 없다. 그래도 그는 웃는 얼굴을 만들 수가 있다. 특기라고 해도 될 정도다.

발꿈치로 땅바닥을 찬다.

몇 번이나 찬다.

한숨을 쉰다.

올려다보니 하늘에는 구름이 흩어져 있다.

구름은 얼핏 보면 정지한 것 같다. 하지만 움직이고 있다. 잠시도 머물러 있지는 않는다. 그 형태도 일정치 않다.

그는 여전히 웃고 있다.

"리얼하네."

중얼거리고, 다시금 하얀 돌로 시선을 떨어뜨린다.

새겨진 이름을 읽는다.

소리를 내서 말해본다.

몇 번이나 반복한다.

그의 웃음이 무너지는 일은 없다.

하얀 돌에 오른발을 올린다. 왼발로 땅을 디딘다. 오른발에 힘을 준다. 묘비의 크기는 한 아름이나 된다. 그냥 큰 돌이지만, 조금도 흔들리지 않는다.

오른발을 치운다.

묘비에 구두 자국이 남았다.

그는 그것을 웃으며 볼 수가 있다. 우습지는 않다. 전혀 우습지 않아도, 그는 웃을 수 있다. 기쁘지 않아도, 즐겁지 않아도, 얼마든지, 언제까지고, 웃고 있을 수 있다.

"역시 딱히 아무것도 느껴지지 않네."

그는 살짝 고개를 옆으로 틀었다.

아무것도 느껴지지 않는다.

그 표현은 과연 타당한 걸까?

"리얼이 아니야."

고개를 끄덕이고, 걷기 시작한다.

묘비의 이름을 하나하나 확인하면서 느긋한 발걸음으로 걸어간다.

"아아, 너는 여기였나?"

그는 멈춰 섰다.

묘비에 새겨진 이름을, 가능한 한 정중하게 발음해본다.

웅크리고 앉아 묘비에 손을 댔다.

새겨진 이름을 손가락으로 훑어본다.

그는 웃고 있다.

"어이, 어떻게 생각해? 하늘은 저토록 리얼한데도, 내 감정은 현실적이 아니다. 점점 리얼하지 않게 되어버린 건가? 아니면, 처음부터 그랬던 건가? 나는 이제 기억나지 않아. 어땠었는지."

대답 같은 건 기대하지 않는다.

죽은 이는 말이 없다. 아무것도 생각하지 않는다. 사고하지 않는다. 애초에 묘비에 새겨진 이름을 가진 죽은 이가 실재했었는지조차 의심스럽다.

예를 들어 이 묘비를 어떻게 해서 흔적도 없이 파괴해서 없애버리면, 죽은 이의 흔적은 사라진다.

추억은 남는다고 사람들은 말하겠지. 하지만, 그 추억인지 하는 것은 나약하고 덧없다. 무슨 큰일이라도 일어나면 다들 금방 잊어버린다. 그 정도의 것일 뿐이다.

언젠가 다시 떠올리는 일도, 물론 있겠지. 그러나, 그때에는 어떤 추억은 예전의 그것과는 달라진다.

기억은 모호하고 변하기 쉽다. 여러 가지 조건, 제멋대로의 해석에 좌우되면서, 그때그때 형성된다.

물거품 같은 것이다.

아름답고, 어렴풋한 일곱 가지 색깔로 빛나는, 거품.

만지면 터져버리니까 사실은 건드리지 않는 게 좋다.

누군가가 다가온다. 그는 진작 눈치채고 있었다. 검을 뽑을 수도 있다. 단두검. 보기에는 약간 작은 장검일 뿐이지만, 바위에 힘껏 내리쳐도 이빨 하나 나가지 않는다. 어엿한 렐릭(유물)이다. 하지만, 그는 그 검의 자루에 손을 대지조차 않는다.

누구인가? 그것은 누구인가?

일단 발소리를 죽인 것 같지만, 기척을 다 지우지는 않았다. 그 이유도 있어서 그는 대충 짐작을 하고 있었다. 그래서 내버려뒀다. 그녀는 이미 그의 뒤에 있다.

"왁!"

뒤에서 끌어안는다.

그는 여전히 웃음을 띤 채로, 보고 싶지도 않은데 묘비를 보고 있다.

"…에잉… 재미없어…. 전혀 놀라지 않는단 말이지."

"나를 놀라게 하고 싶다면 좀 더 연구하는 게 좋아."

"이런 걸 한다거나?"

그녀는 그의 뺨에 쪽, 소리 내어 입맞춤한다.

그는 동요하지 않는다. 딱히 아무것도 느껴지지 않는다.

"놀라지는 않지만, 그렇게 기대면 무거워서 성가시다. 비켜줘, 히요."

"히잉, 무겁다니…. 숙녀한테 할 말입니까요?"

"죽는다."

그는 담담하게 고했을 뿐이다. 분명 정말로 베어 죽이지는 않을 거지만, 정말 죽여도 별로 상관없다.

"…무서워라…. 알… 겠습니다요…."

히요는 못마땅하다는 듯이 그에게서 떨어졌다.

그는 일어서서 히요를 돌아보려고 했다. 그러다 도중에 히요 이

외의 사람의 실루엣이 눈에 들어왔다. 이것에는 의표를 찔렸다.

히요가 모습을 나타낼 것은 어느 정도 예상했었다. 그는 일부러 리버사이드 철골 요새로 곧장 돌아가지 않고 이 언덕에 들른 것이다. 히요는 오겠지. 그렇게 예상하고 있었다. 오히려 히요를 불러들이려고 의도하고 한 행동이었다.

유난히 키가 크고 호리호리한, 그런 인상을 풍기는 남자가, 그에게서도 히요에게서도 5~6미터 떨어진 장소에 서 있었다.

높고 챙이 넓은 모자를 쓰고 있어서 실제 키보다 더 커 보인다. 그 점을 고려해도 남자의 키는 2미터 가까이 되는 것 아닐까?

키가 큰 것치고는 어깨 폭이 기묘하게 좁다. 좁다기보다, 극단적으로 처진 어깨다.

상당히 거무튀튀해진, 빨간색인지 파란색인지 녹색인지도 구별이 안 되는 색의 외투를 걸쳤다. 희멀건 색의 지팡이를 짚고 있지만, 뭔가를 짚어야만 걸을 수 있는 것도 아닌 것 같다.

약간 고개를 숙이고 눈가까지 내려쓴 모자와 길고 꼬불꼬불한 검은 수염 때문에 얼굴 생김새는 알 수 없다. 분명 인간이겠지. 그러나 어쩌면 다른 생물인지도 모른다. 생물조차 아닐 가능성도 있다.

남자는 별로 움직이지 않는다. 호흡을 하는 것인지 아닌지조차 확실치 않다. 여기서부터 보는 것만으로는 생명 활동을 한다는 증거가 될 만한 것이 하나도 존재하지 않는다.

"이것 참."

그는 가볍게 인사를 했다. 그동안에도 남자에게서 눈을 떼지 않았다.

"서(Sir) 언체인. …열리지 않는 탑에서 나와 여기까지 친히 오실

줄은."

서 언체인의 수염이 떨리는 것처럼 흔들렸다. 소리를 내지 않고
웃은 건가?

"히요도 약간 놀랐는데요…."

히요가 말하며 어깻짓을 해 보인다.

"주인님이 직접 시노치랑 이야기를 하고 싶다고 말씀하셔서."

"영광이네요."

그는 히요를 쳐다봤다.

"하지만, 나를 장난스러운 이름으로 부르지 마. 그리 화나지는 않
지만, 입을 다물게 하는 가장 손쉬운 방법을 선택하고 싶어진다."

"그, 그렇게 화낼 일은 아니지 않나요…? 히요랑 시노치 사이
잖아요? 아얏, 잘못했어웃, 방금 그건 조크, 악의 없는 프렌들리한
조킹이라니까요! 시, 시노하라! 시노하라 씨, 시노하라 님! 이걸로
오케이? 참 내, 농담이 통하지 않는다니까…."

"네 농담은 전혀 재미없으니까."

"아니, 아닌데, 시노치. 지금도 현재 진행형으로 웃고 있는데요
…? 우왓, 잠깐, 타임, 타임. 방금 그건 내추럴하게 실수한 것뿐!
시, 노, 하, 라!"

"히요."

서 언체인이 낮은, 잠긴 목소리를 냈다.

"네엣?!"

히요가 펄쩍 뛸 듯한 기세로 서 언체인 쪽으로 몸을 돌리더니, 철
봉이라도 쑤셔 박은 것처럼 등줄기를 쭉 폈다.

서 언체인은 지팡이를 든 왼손과는 반대쪽인 오른손을 천천히 들

어 올려, 딱 한 번 왼쪽에서 오른쪽으로 흔들어 보였다.

"물러가."

"옛 썰…!"

히요는 경례 같은 동작을 하더니 몸을 돌려 냅다 뛰었다. 한동안은 오르타나를 향해서 달렸으나, 우와아앗, 소리치며 방향을 전환해서 언덕 경사면을 뛰어 올라간다.

"당신이 어째서 저런 자를 부리는 건지, 저는 이해할 수가 없습니다."

시노하라는 자기도 모르게 속마음을 내비쳤다.

"후…."

그러자 서 언체인은 목소리 같지 않은 목소리를 냈다.

그 왼손이 지팡이를 약간만 위아래로 움직였다. 짐승이나 혹은 인간이거나, 뭔가의 뼈로 만든 것으로 보이는 저 지팡이도 십중팔구 렐릭이겠지.

"사람이란 어차피 저런 것이 아니던가?"

시노하라는 빤히 서 언체인을 응시했다.

이 남자가, 숨을 쉬는 남자인지 아닌지도 판단이 안 서는 이 괴물이, 인간을 논할 줄이야.

"아인랜드 레슬리."

시노하라가 또 하나의 이름을 부르자 괴물은 천천히 턱을 들었다. 모자 챙 밑에서 눈 같은 것이 보인다.

저것이 눈인 걸까? 검은 눈동자도, 흰자위도 없다. 그저 뻥 뚫린 구멍 같은 것이다. 시노하라는 흠칫 놀라 다시 쳐다보았다. 구멍 같은 것이 아니다. 안구는 아니겠지. 뭔가 거무스름한 물체가 눈구멍에 박혀 있는 건가? 그냥 의안은 아니겠지. 분명 저것도 렐릭이다.

"시노하라."

"…네. 뭔가요?"

"너는, 많지 않은… 귀중한, 동지다."

괴물의 말을 솔직하게 받아들일 만큼 시노하라는 호인이 아니다. 이 그림갈에서 눈을 뜬 이후로 호인이었던 적은 단 한 번도 없다.

"고맙습니다."

시노하라는 웃는다.

동지 같은 것이 아니다. 도구다. 잘 봐줘봤자 앞잡이 정도겠지.

사실 괴물은 시노하라를 쓸모 있다고 간주하고 있다. 그것은 우선 틀림없다.

"나는 당신을 은인이라고 생각하고 있습니다. 당신을 만나지 못했더라면 저는 분명 아무런 목표도 없이 대충 배회하며 돌아다니는 망자나 다름없었겠죠. 하지만, 지금의 나에게는 목적이 있지요. 당신 덕분입니다."

"자네 같은 자가 더 있다면."

"그들을 끌어들이려다가 실패했군요. 히요가 실수했습니까?"

"서툴렀거나, 혹은… 불확실 요소가, 예측하지 못한 사태를 초래했다."

"불확실 요소."

시노하라는 괴물의 말을 되풀이해서 입에 담았다.

그녀를 가리키는 건가?

"당신은 렐릭으로 그들의 기억을 지웠지요. 우리한테 늘 그래왔던 것처럼."

"그 말이 맞다."

"모르는 편이, 기억하지 않는 편이 아무래도 편리하지요. 기억하고 있으면 불편하다고 말해야 할지도 모릅니다만."

"그래. 하지만···."

"그녀는 잊어버리지 않았지요."

메리.

특수한 여자라고는 생각할 수 없다.

동료를 잃었다. 그것이 트라우마가 되어 인격 장애 같은 증상을 보였었다.

다루기 힘든 신관. 순박한 젊은이들과 만나서 호전되었다.

흔한 스토리다.

그녀와 비슷한 경험을 한 의용병은 몇 명이나 있겠지.

"···어째서, 그녀만이?"

"전혀 알 수 없다."

괴물은 말한다.

바람이 불기 시작한 건가?

아니, 그게 아니다.

그 소리는 괴물의 숨소리, 혹은 신음 소리였다.

"경계해야겠지."

"그것을, 저한테?"

"자네 말고 누구한테 맡길까?"

"알겠습니다. 신경을 쓰도록 하겠습니다."

"원정군인지 뭔지의 지휘관은···."

"만났습니다. 진 모기스. 그는 보아하니 변경의 왕이 되고 싶은 모양입니다."

"왕이."

"교활하다는 것과는 달라요. 빈틈이 없지요. 그건 확실합니다. 대담하고 냉철한 사내라고 생각합니다."

"제외해야 하나?"

"글쎄요. 그에게는 결정적으로 부족한 것이 있습니다."

"그것은."

"힘입니다."

"두려워할 필요 없다는 건가?"

"쓸모는 있겠지요."

"어떻게 쓰지?"

"하기에 따라서는, 의용병단을 억압하기는 어려워도 견제하는 정도는 할 수 있을지도 모릅니다."

"의용병단."

"네."

"자네가 감당하기 힘들 줄이야."

"소우마나 아키라, 그리고 록도 아직 원더 홀 최심부에서 돌아오지 않았습니다. 그래도 리버사이드 철골 요새를 가볍게 함락시켰으니까요."

"소우마 일행이 돌아오면…."

"저로서는 컨트롤할 수 없습니다. 돌아오지 않으면 그럴 걱정을 하지 않아도 됩니다만, 낙관하는 건 위험합니다. 그들은 언젠가 돌아올 겁니다. 소우마와 아키라가 힘을 합치면 당신에게 바람직하지 않은 결과가 초래될지도 모릅니다."

"진 모기스. 이용해야 한다고…?"

"당신에게 제 조언이 필요하다고도 생각지 않습니다만, 그것도 한 가지 방법이겠지요."

"자네는 동지다. 자네의 의견은 항상 경청할 만하다."

"당신이라면 원정군을 조종할 수 있습니다. 죽은 변경백처럼."

괴물은 고개를 끄덕였다.

시노하라에게 등을 돌리고 걷는다. 두 다리가 그저 막대기인 것 같은, 유연성이라고는 전혀 느껴지지 않는 걸음걸이다. 그러면서도, 머리나 어깨는 거의 위아래로 움직이지 않는다. 발소리나 옷깃이 스치는 소리도 들리지 않는다. 괴물이 그림자를 드리우지 않았다면 망령 종류라고밖에는 생각할 수 없었을 것이다.

시노하라는 문득 자기 발치로 시선을 향했다.

분명히 그림자가 있다.

"나는… 돌아가고 싶은 건가? 정말로…?"

## 6. 파란 반지

고블린들의 시체 소각이 끝나자 원정군 병사들의 질서는 눈에 띄게 무너졌다.

전체 병사의 약 반 정도가 방벽이나 천망루의 경비를 맡고 나머지는 파편 등의 철거, 병영이나 창고로 사용할 건물의 정비를 맡게 되었다. 그중에서 그런대로 성실하게 임무를 해내는 병사는 많이 잡아봐야 20퍼센트나 30퍼센트일 것이다. 나머지는 빈둥거리거나 툭하면 쪼그리고 앉아 멋대로 쉬고 있거나.

무단으로 자기 위치를 이탈하는 병사도 끊이지 않는 모양이다.

일하고 싶지 않아서 탈주하려고 해도 오르타나에서는 나갈 수 없다. 할 수 있는 거라고는 근처 건물 안에서 낮잠을 자거나, 몇 명이 모여 잡담을 하거나, 도박을 하거나. 찾아보면 술은 꽤 있는 것 같다. 대낮부터 퍼마시는 자도 적지 않았다.

하루히로 팀은 진 모기스 장군 직속인 특수 부대 같은 대우를 받고 있다. 그렇다고 무슨 특별한 명령을 받았나 하면, 그런 것도 아니다.

천망루 안에 있는 그들에게 할당된 방에 틀어박혀 있기만 했다가는 몸이 녹슬 것 같아서 하루 중 반 정도는 오르타나 안을 돌아다니고 있다. 이런 일을 하고 있어도 될까? 하는 생각이 들지 않는 것도 아니다.

그렇다고 해서 달리 할 일도 없다.

아무런 명령도 받지 않았지만, 행동에 제한은 있다. 닐이나 그의 부하인 척후병이 살그머니, 때로는 노골적으로, 끈질기게 하루히로

74 |

일행을 감시하고 있다. 예를 들어 오르타나를 빠져나간다거나 하면 금방 들킬 것이다.

오르타나는 자그마한 마을이다.

사흘을 돌아다니니 한 번도 발을 디뎌보지 못한 거리는 없게 되었다. 기억이 없는 하루히로조차도 벌써 약간은 이곳 지리에 익숙해졌다.

특히 의용병 숙사 주변은, 묘하게 피부에 익숙하게 와 닿는달까, 안정이 된다고나 할까. 여기에 이게 있고, 저기에는 뭐가 있고 하는 식으로 떠올릴 수는 없는데도, 왠지 근처를 산책하고 있다 보면 숙사에 도착한다거나 했다. 하루히로 일행은 숙사에 오래 살았었다고 하니 몸이 기억하는 부분이 있는지도 모르겠다.

의용병 숙사 안은 상당히 먼지가 쌓여 있었지만, 대부분 무사했다. 차라리 천망루에 있는 방이 아니라 이 숙사를 쓰겠다고 할 수는 없을까?

장군에게 부탁해볼까? 아니야, 내 쪽에서 고개 숙여 부탁 같은 것을 했다가는, 약점을 이용당하게 될지도 모른다… 등등을 생각하고 있노라니 닐이 다가와, 바로 그 장군의 호출이라고 한다. 함께 저녁 식사를, 단, 하루히로 혼자서 오라는 것이다.

몹시 싫기는 했지만, 어쩔 수 없다. 하루히로는 천망루의 식당으로 갔다.

"헬로, 헬로, 헬로…."

식당에 들어서자, 먼저 자리에 앉아 있던 여자가 하루히로를 향해서 손을 흔들었다.

장군은 아직 오지 않은 모양이다. 과거에 변경백이 이용했을 넓은 식당에는 하루히로 외에는 문제의 여자와 변경군 전사연대장 안토니 저스틴밖에 없다.

안토니는 곤혹스러운 얼굴로 하루히로에게 눈인사를 했다. 도대체 뭐야? 이 여자. 자네, 알아? 라고 묻는 듯한 표정이다.

그야, 뭐 알기는 안다. 그렇다고 해서, 네, 아는 사이입니다, 라고도 말하기 힘들다고나 할까, 말하고 싶지 않다고나 할까.

"어… 째서 여기에…?"

"미래의 변경왕님, 장군 각하께 불려왔습니다…. 에헷."

에헷은 무슨 에헷. 패버린다. 하루히로가 좀 더 폭력적인 인간이었다면 그렇게 말했을 것이다. 말하기 전에 먼저 때리려고 덤벼들었을지도 모른다.

하루히로는 안토니 옆자리에 앉고 나서 아차 싶었다. 히요무의 정면이다.

"잘 있었어?"

히요무는, 스무 명 정도가 한꺼번에 식사할 수 있을 만한 식탁에 팔꿈치를 올리고, 팔짱을 낀 손 위에 턱을 올려놓고 싱글싱글, 히죽히죽 웃고 있다. 하루히로는 상당히 이 여자가 싫은 모양이다. 나는 여성을 상대로 이 여자… 라는 식으로는 생각하지 않는 쪽이 아닐까? 하지만, 히요무에게는 주저 없이 이 여자, 라는 생각부터 든다.

"그쪽은 잘 지냈나 보네."

터무니없을 정도로, 그야말로 정말, 엄청나게 싫은 거다.

그렇게 자각하니 약간 냉정해질 수 있었다.

이 여자에 대해서 감정적이 되는 것은 어리석다. 이 여자에게 그럴 만한 가치가 있을까? 없다. 감정 낭비.

"잘 지냈고말고요…? 히요무는 언제나 건강, 생기, 활기 넘치거든요. 활기 넘치는, 활기표 활기 소녀니까요…? 활기! 용기! 숫기! 덧붙여 정기! 예이!"

"……."

"어라, 어라, 어라라? 하루히로 군? 하루하루? 하루히로히로하루?"

"……."

"리액션 약하지 않아요? 반응 좀 해봐요오."

"……."

"뭐야아? 없을 무, 표정 하지 말라고요. 그런 거 히요무는 제일 짜증 나는데요오…?"

"……."

"어… 이. 사람이 말하잖아. 대답하라고, 망할 얼간이 녀석…."

"……."

"아… 그렇게 나오시겠다? 그래도 될까? 정말로 괜찮겠어요오? 후회하게 되어도 난 몰라요오? 히요무에게는 확… 실하게 굽실굽실해두는 게 좋을 거라고 생각하는데요오…? 장래를 전혀 생각하지 못하는, 단순 단점투성이 얼간이 썩어 문드러진 바보 녀석이냐고요…? 발 냄새도 나게 생겼네, 이봐아?"

잘도 그런 악담이 거침없이 튀어나오네. 열받는다기보다 차라리 어이가 없다.

이 여자가 왜 여기에 있는 건가? 그것은 물론 궁금하다. 하지만, 굳이 이 여자의 입을 통해 듣지 않아도 된다. 이 여자와 말해봤자 소용없다. 이 여자가 진실을 말할 것이라고는 생각할 수 없다. 어차피 하루히로를 농락하거나, 헷갈리게 하거나, 속이거나, 이 여자는 그런 일밖에 생각하지 않는 것이다. 그 수법에는 넘어가지 않겠다.

이윽고 진 모기스 장군이 검은 외투 두 명과 닐을 데리고 식당에 모습을 나타냈다.

히요무가 폴짝, 튀어 오르는 것처럼 일어나자 안토니도 따라 일어섰다. 하루히로는 한순간 그냥 앉아 있을까 생각도 했다.

하지만, 이런 곳에서 오기를 부려봤자 그리 의미는 없겠지. 일어서기로 한다.

장군은 변경백이 차지했었을 것으로 짐작되는 상석으로 이동해 자리에 앉았다. 검은 외투들과 닐은 앉지 않고 장군 뒤에 선 채로 있다.

"앉아도 좋다."

장군이 재촉하자 히요무와 안토니가 착석한다. 하루히로도 의자에 앉았다. 하지만, 그저 앉는 것뿐인데 왜 허가를 받아야만 하는 걸까?

장군은 말없이 그들을 쳐다보고 있다. 평소 잘하는 분위기 연출인가? 저렇게 침묵까지 구사하며 그 자리를 지배한다. 장군의 저것은 자연히 몸에 밴 것일까? 아니면 의도적으로 연출하는 기술인가?

시간이 지남에 따라 목이 마르고 안정이 되지 않는 기분이 들었다. 어쨌든 하루히로와 그들은 평정을 유지할 수 없게 되겠지. 분명 장군은 그때를 기다리고 있다.

장군이 두 손을 식탁 위에 올렸다. 오른손 위에 왼손을 포갠다.

그 검지에 낀 반지에 눈길을 빼앗겼다.

장군은 전부터 저런 반지를 끼고 있었나? 어땠지? 안 꼈던 것 같긴 한데, 단언은 할 수 없다. 적어도 지금까지는 깨닫지 못했다.

특별히 큰 반지는 아니다. 그러면서도 유난히 존재감이 있다. 링과 부착대는 금이거나 금을 포함한 합금일 것이다. 그보다 부착대에 박힌 파란 돌이 문제다.

무슨 보석이지? 상당히 흰빛이 강한 파랑인데, 연한 색이라는 인상은 아니다. 오히려 강렬하고, 달려드는 것 같은 파랑이다.

돌 자체는 둥글다. 커팅이나 빛의 가감인가? 꽃잎 같은 형태가 도드라져 보인다. 꽃잎의 수는 분명 세 장이다. 세잎 식물 같은 것이다.

"우리 원정군은 한층 더 단결해야만 한다."

장군이 느닷없이 말하고는, 적갈색 눈을 안토니에게 향했다.

"그렇지? 안토니 저스틴."

안토니는 턱을 당기는 것처럼 고개를 끄덕인다.

"…네."

대답했다.

"나는."

장군은 반지를 낀 왼손 검지로 오른손을 천천히, 가볍게 긁는 것처럼 두 번, 세 번 두드렸다.

"천룡 산맥 남쪽, 아라바키아 왕국의 이른바 본토로 귀환할 생각은 털끝만큼도 없다. 우리는 변경에 정착해서 이 땅을 낙원으로 만들 것이다. 그러기 위해서는 강건한 지도자와, 그를 뒷받침해줄 현명하고 충실한 자들의 힘이 필수 불가결함은 말할 필요도 없다. 이의는 있나? 하루히로."

"…나?"

자기도 모르게 작은 목소리로 중얼거리고 말았다.

"그렇다."

장군은 쉴 틈을 주지 않고 바로 다그친다.

"내 생각이 잘못되었다고 생각한다면, 지적해봐."

"아니…."

하루히로는 눈을 내리깔 뻔했지만 간신히 참았다. 하지만, 장군의 눈길을 받으면서 대답을 하는 것은 정신적으로 상당한 고통이다.

"…잘못되지는, 않지 않을까 하는데요."

"그럼, 찬동하는 거지?"

"그러… 네요. 일반론으로서는, 뭐."

"나는 아라바키아 왕 이델타에게서 일임받은 원정군을 해체하고 새로운 변경군으로 재편할 생각이다. 새롭게 태어난 변경군은 아라바키아 왕국의 멍에에서 벗어나 독자적인 행동을 한다."

장군은 센 말을 사용한다. 막힘없이 지껄인다. 끼어들었다가는 박살이 날 것 같다.

"원래 이 변경은 아라바키아 왕국의 판도가 아니다. 변경은 우리 것이다. 내가 말하는 우리란, 인간뿐만 아니라 모든 종족이 포함된다. 이해 관계만 일치한다면 어떤 종족, 어떤 세력과도 손을 잡아야 한다고 나는 생각한다. 우리 신생 변경군이 이 땅에서 살아남고, 확실하게 뿌리내려, 확고한 영토를 얻고, 독립국으로 존재하기 위해서, 취할 수 있는 수단이 있다면 선택을 주저하지는 않는다. 온갖 가능성을 모색해야 한다. 설령 그것이 상식 밖의 방법이라고 해도, 실현 가능성이 있다면 시험하지 않을 이유는 없다. 이러한 결단을 내릴 수 있는 자야말로 참된 강건한 지도자가 아닌가?"

다름이 아니라 나 자신이 바로 그에 해당한다. 빨간 머리 장군은 그렇게 말하고 싶은 것이리라. 아니, 거의 단언하고 있다. 자기야말로 지휘관, 즉 왕이 되어 아라바키아 왕국의 원정군이 아니라 새로운 변경군을 이끌 인물이라고.

히요무는 장군이 불러서 왔다는 식으로 말했었다. 분명히 그때 장군을, 미래의 변경왕이라고 부르지 않았나?

히요무는 오래전부터 장군과 연결이 있었던 걸까? 아니면, 요 며칠 사이에 접촉해서 급속히 접근한 건가? 어느 쪽이든, 히요무는 장군의 결의를 대충 미리 들은 것 아닐까?

진 모기스는, 히요무랄까, 그의 주인님, 열리지 않는 탑의 주인과 손을 잡기로 한 것인지도 모른다.

"아, 저기⋯."

입을 열고 나서 하루히로는 후회했다. 히요무를 신용하지 않는 편이 좋다. 아무쪼록 다시 생각해주길 바란다. 장군이 친구라면 그렇게 충고하겠다. 장군을 존경하고 충성심을 지닌 자라면 진실을 간언해야 한다. 그러나, 둘 다 아니다. 게다가 하루히로가 성의를 담아 무슨 말을 한다고 해도 장군은 받아들이지 않겠지.

"뭔가?"

장군이 무표정으로 묻는다.

하루히로는 고개를 숙이고 고개를 저었다.

"⋯아무것도 아, 닙니다."

히요무가 의미심장한 웃음을 띠고 있다. 저 여자. 머리에 피가 솟구칠 것 같았지만, 심각한 분노로는 발전하지 않았다. 폭발할 타이밍도 아니고.

하루히로 일행은 현 상황에서는 진 모기스 장군의 세력에 속해 있다. 본의는 아니지만, 그런 모양새가 되었다. 이것은 인정할 수밖에 없다.

히요무, 더 나아가서는 열리지 않는 탑의 주인은, 하루히로 일행에게서 기억을 빼앗은 모양이다. 아무리 생각해도 우리 편은 아니다. 적이겠지.

그런데, 그런 적이 장군과 손을 잡은 모양이다.

하지만, 우리는 의용병이니까.

그렇게 생각하고 싶다. 그러나, 그 사실에 의지할 수 있을 정도로 우리는 의용병이라고 강하게 실감하는 건가? 솔직히 거기까지는 아니다. 시노하라의 요청으로 스파이 비슷한 역할을 받아들였다. 그것도 납득하지 않는 것은 아니지만, 기분이 좋지는 않다.

이것은 상당히 골치 아픈 상황이 된 것 아닐까?

"하고 싶은 말이 있다면 뭐든지 말해봐."

장군은 하루히로에게 미소 지었다.

"자네들에게는 기대하고 있다. 꼭 해줘야 할 일도 있다."

가능하다면 눈을 까뒤집고 기절하고 싶다. 농담이 아니라, 하루히로는 진짜로 도망치고 싶었다. 꼭 해줘야 할 일이란 무엇일까? 분명히 골치 아픈 일이다. 장군은 어떻게든 하루히로 팀에게 그것을 시킬 생각이 아닐까?

"식사를."

장군이 오른손을 들자 검은 외투 한 명이 식당에서 나갔다. 급사를 부르러 간 것이겠지.

장군은 오르타나 탈환 후에 군수 부대 내에서 선발한 스무 명 정도를 천망루 안에 교체 배치했다. 그들은 이제 병사가 아니다. 조리 담당이거나 청소, 세탁 담당이다. 장군은 천망루를 자기 궁정으로 만들고 싶은 것이겠지. 인재난이라서 전망은 결코 밝지 않을 것 같지만.

"오르타나는 자유 도시 베레와 교역하고 있었다지?"

장군이 히요무에게로 질문의 화살을 향하자 히요무가 고개를 끄덕였다.

"맞아요, 맞아. 베레는 붉은 대륙과도 거래하니까요. 물론 해산물도 짱짱 맛있고요."

"사람도, 남녀 불문하고 많은 이들이 살고 있다."

"종족 불문, 이라고 하는 게 좋을지도 모르지만요. 뭐더라…. 거리라기보다, 베레는 도시 국가 같은 느낌이지요. 네…."

장군은 오른손 손가락으로 왼손 검지에 낀 반지를 자꾸 만지작거리기 시작했다.

이윽고 하얀 앞치마를 하고, 마찬가지로 하얀 천을 머리에 쓴 급사들이 요리를 내왔다. 구워서 약간 간을 한 고기와 야채, 빵, 만주나 경단 같은 것 등등 식재료의 맛을 살린 심플한 요리들이다. 조미료는 소금과 아주 소량의 향채 정도밖에 없기 때문에 식재료의 맛에 기대는 수밖에 없다고 해야 할지도 모른다.

급사는 단지에 든 술도 갖고 와서 모두의 앞에 놓인 잔에 돌아가며 따라주었다. 따를 때마다 꼭 술이 약간 넘쳐서 식탁을 더럽혔지만, 장군조차도 신경 쓰는 기색은 없다.

"먼저 다무로의 고블린이다."

장군은 그렇게 말하고는 술잔을 들어 올렸다.

히요무와 안토니도 술잔으로 손을 뻗었다. 하루히로는 그럴 때가 아니었다.

다무로의 고블린… 이라고…?

"왜 그러나?"

장군이 고개를 갸웃거렸다. 하루히로를 보고 있다.

"아… 아뇨."

하루히로는 황급히 잔을 집었다.

아뇨.

아뇨?

아뇨, 가 아니지 않아?

"…고블린?"

"나는."

장군은 살짝 두 눈을 가늘게 떴다.

"다무로의 고블린과는 동맹을 맺을 수 있다. 적어도 그럴 여지는 있다고 생각한다."

"네엣?!"

안토니가 눈을 까뒤집었다.

"그것은… 도, 동맹이라고요?! 고블린과… 동맹…?!"

"그렇다."

장군은 태연하게 대답했다.

"사자를 보내야 한다. 우선은 다무로 신시가에 있는 고블린족의 왕, 과가진인지 뭔지한테 우리 쪽 의향을 전달해야 하겠지."

하루히로는 술잔을 식탁에 놓았다.

히요무가 어깨를 흔들며 크크크, 웃고 있다.

최악이다, 저 여자.

"왜 그러지?"

장군이 다시금 하루히로에게 물었다.

아니, 왜 그러긴 뭘 왜 그래? 해줘야 할 일. 하필이면, 그건가?

하루히로가 입을 다물고 있노라니 장군은 술잔을 들어 올렸다.

"사랑해야 할 변경에."

건배, 라고는 직접 말하지 않고 술을 들이켠다. 히요무도 술잔을
기울였다. 안토니는 아직 멍한 상태인 모양이지만, 딱 한 모금 마시
더니 잔을 식탁에 놓았다.

"자, 배가 고프면 아무것도 못 하니."

장군이 권했지만, 요리에 손을 댈 기분이 들지 않는다. 식욕은 전
혀 없다. 지금 당장 자리에서 일어서고 싶지만, 그건 역시 좋지 않
겠지. 나 혼자만의 문제가 아니다. 동료도 있고. 하루히로가 뭔가
실수를 저지른다면, 동료들을 길동무로 끌어들이게 될지도 모른다.
어떻게든 그것은 피하고 싶다.

머릿속이 뒤죽박죽이다.

어떻게 하면 좋은가? 잘 모르겠다. 지금 당장은.

식사 중에 장군으로부터 구체적인 지시가 있을 거라 생각했는데,
딱히 그런 것은 없었다. 약간 맥이 빠지기는 했지만, 하루히로는 앞
에 놓인 음식에 거의 손을 대지 않았다. 장군이 저녁 식사를 다 마
치고 해산을 고할 때까지 꾹 참고 의자에 앉아 있었다. 그것이 고작
이었다.

식당을 나와 방으로 돌아가보니 쿠자크가 안색이 변해서 다그쳤

다.

"하루히로!"

"뭐, 뭐? 왜, 왜 그래?"

"시호루 씨가!"

"엇."

잘 보니 방 안에는 쿠자크와 메리, 세토라, 키이치밖에 없다.

메리의 얼굴이 지독하게 창백하다.

웬일로 키이치가 세토라의 옆이 아니라 메리의 곁에 있는 것은, 걱정이 되어 격려해주려는 건가? 세토라는 팔짱을 끼고서 미간을 찌푸리고 있다.

"어, 어어어어, 어쩌지?!"

쿠자크는 하루히로의 어깨를 움켜잡고 흔들었다.

"시호루 씨, 한참 전에 화장실에 가서는 돌아오지 않아서! 이렇게 말하면 좀 그렇지만, 배탈이라도 났나 해서, 처음에는! 하지만, 그런 것치고도 시간이 너무 걸려서, 찾으러 갔는데, 없는 거야!"

"알았어. 알았으니까. 좀 진정해."

"미, 미안! 그렇지, 진정해야지!"

쿠자크는 하루히로에게서 떨어져서 습, 하, 습, 심호흡을 했다.

"…그, 그그 그런데, 어, 어어, 어쩌지?! 하루히로, 어떻게 해야 해?! 시호루 씨가 행방불명이야. 큰일 난 거지? 이건?! 어떻게 해야 할지, 전혀 모르겠어서…."

"전혀 진정이 되지 않았잖아, 너…."

"진정할 수가 없어, 미안!"

하루히로는 세토라와 메리에게서도 이야기를 들었다.

시호루는 혼자 방을 나갔다. 쿠자크는 화장실에 가고 싶을 때에는 반드시 하루히로에게 같이 가자고 해서 짜증이 나는데, 여성진의 말에 따르면 시호루는 그렇지는 않은 모양이다. 화장실에 간다고 시호루 본인이 밝힌 것은 아니다. 하지만, 그것 말고는 생각할수 없었다. 메리도, 세토라도 그렇게 이해했다. 딱히 평소와 다른 점은 없었다고 한다.

아무래도 늦네, 너무 늦어, 라고 말을 꺼낸 것은 세토라였다. 우선 메리와 세토라가 화장실을 보러 갔고, 그리고 쿠자크도 수색에 가담했다. 이 방이 있는 천망루 1층은 한 바퀴 다 확인했는데, 시호루는 아직 보이지 않는다.

"누군가… 시호루를 본 사람은 없는 건가?"

천망루에는 검은 외투 등 원정군 병사가 항시 50명 정도는 있다.

"물어보긴 했는데."

쿠자크는 씁쓸한 얼굴을 했다.

"하나같이 못 봤다거나 모른다거나. 우리를 노골적으로 무시하는 놈도 있고. 전혀 협조적이 아니라서. 도대체 뭐람? 그 녀석들. 진짜 재수 없는데."

"나로서는 솔직히 판단이 서질 않지만."

세토라가 메리에게 물었다.

"시호루는 갑자기, 스스로 사라질 만한 인간인가?"

메리는 고개를 저었다.

"그건 아니라고 생각해. 모두에게 민폐를 끼치고 싶지 않다, 그런 마음이 누구보다도 강한 아이니까."

"그렇다면…."

세토라는 하루히로를 본다.

시호루가 자기 의지로 행방을 감췄다는 것은 애초에 있을 수 없는 일이다. 시호루는 화장실에 가거나 뭔가를 하기 위해서 방을 나갔다. 금방 돌아올 생각이었는데, 그것을 누군가가 방해했다. 그리고 시호루는 지금 현재, 동료들이 기다리는 이 방으로 돌아오고 싶어도 돌아올 수 없는 상황에 처했다.

하루히로는 어금니를 악물었다.

목과 어깨의 경계 부분을 만진다. 상당히 근육이 뭉쳐 있다.

"···히요무가 있었어. 식사 자리에."

"히옷···?!"

쿠자크가 외쳤다.

"···라니, 그··· 뭣?!"

"어느 틈엔가 장군과 히요무가 손을 잡았어. 게다가 장군은··· 고블린과도 동맹을 맺을 생각인 모양이야."

"고곳, 고블···?! 무, 무슨, 도대체 뭐예요? 그게?!"

"그 사실이 시호루의 실종과 관계가 있다, 너는 그렇게 생각하는 건가?"

세토라는 어디까지나 냉정하다.

"모르겠어."

하루히로는 솔직하게 대답했다.

"하지만, 장군은 아마도 우리를 다무로로 보낼 생각이라고 봐. 은근히 내비치기만 했지 분명하게는 말하지 않았지만. 장군은 우리를 장기말로 쓰고 싶은 거야. 하지만··· 우리를 신용하지는 않아."

메리가 헉··· 하고 숨을 들이켰다.

"설마… 시호루를, 인질로?"

"과연 그렇군."

세토라는 담담하게 말했다.

"만약 그렇다면, 우리는 어쩔 수 없이 장군의 말을 들을 수밖에 없게 돼."

하루히로 팀은 방에서 뛰쳐나갔다. 장군은 2층 메인 홀이나 변경 백이 거주했던 난로 방, 혹은 3층의 메인 침실에 있을 것이다.

그런데, 네 명의 검은 외투들이 2층으로 올라가는 계단을 봉쇄하고 있었다.

"장군님은 위에 계시죠? 여쭤보고 싶은 일이 있는데, 만나게 해주셨으면 하는데요."

"우리는 급하다고!"

하루히로와 쿠자크가 다그쳐도, 검은 외투들은 아무도 통과시키지 말라는 명령을 받았다는 말만 되풀이했다. 내버려뒀다가는 쿠자크가 강행 돌파할지도 모를 기세였지만, 그것은 하루히로가 말렸다. 시호루가 인질로 잡혀 있을지도 모르는 상황이다. 섣불리 행동할 수는 없다.

"최소한 장군님께 전해줄 수 없을까? 내가 만나 뵙길 청한다고, 그것만이라도."

"장군님께 우리가 지시받은 것은 경호이며, 전령 역할이 아니다. 명령받지 않은 일을 멋대로 하면 장군님께 야단맞는다."

검은 외투들은 희미한 웃음을 띠고 재미있어하기까지 했다.

"알았어!"

쿠자크는 바닥에 주저앉아 팔짱을 꼈다.

"통과시켜줄 때까지, 나는 절대로, 여기에서 움직이지 않는다! 계속 여기 눌러앉아 있을 거니까, 그런 줄 알아!"

검은 외투들은 으하하 웃었다.

"그렇게까지 말했으니 절대로 움직이지 마라."

"그러니까, 움직이지 않겠다고 했잖아! 당신들은 교대할 수 있겠지만, 나는 그럴 수는 없으니까. 나 혼자서 버틸 때까지 버틴다!"

"그런 짓을 해봤자 무슨 의미가 있어?"

어이없다는 얼굴로 세토라가 말하자 쿠자크는 돌아보며,

"의미요? 의미는… 잘 모르겠지만. 왠지 그냥? 뭐지? 기합이 들어간 걸 보여준다는, 그런 느낌…?"

하루히로는 쿠자크의 어깨에 손을 올렸다.

"가자, 쿠자크."

"어? 가다니?"

"일단 방으로 돌아가자."

"아니, 하지만."

"돌아간다."

"…응."

쿠자크는 일어섰다. 어깨를 움츠리고, 고개를 숙이고, 눈썹은 늘어뜨리고, 입이 삐죽 튀어나왔다. 그렇게 시무룩한 표정을 지으면 나까지 힘이 빠지니까 그러지 말아줬으면 좋겠다.

"기운 내. …뭔가 생각해낼게."

"넵…."

그러나, 아무리 생각해도 이렇다 할 타개책이 떠오르지 않는 채로 시간만이 흘렀다.

쿠자크는 밤중에는 잠이 들어 코를 골기 시작했다. 세토라는 키이치를 품에 안고 누워 있다. 메리는 잠이 오지 않는 모양이다.

하루히로는 몇 번인가 방을 나가 계단의 상황을 보러 갔다. 계단에는 항상 세 명이나 네 명의 검은 외투가 있는 것 같다. 바르바라 선생님이 가르쳐주신 도적 기술의 범위 안에서, 어떻게든 들키지 않게 지나갈 수 있는 방법은 없을까? 진지하게 검토해봤지만, 아무래도 어렵겠지.

시호루 생각을 하지 않을 수는 없었다. 어떤 꼴을 당하고 있는 건지. 험한 꼴을 당하고 있는 건 아니라고 생각한다. 그렇게 생각하고 싶은 것뿐인가? 아니야, 하지만, 인질이라면, 어느 정도는 정중하게 취급할 것이다. 인질의 몸의 안전을 보장하는 대신에 뭔가를 요구한다. 상식적으로 생각하면 그렇지만, 실제로는 과연 어떨까? 상대는 그 진 모기스다. 죽이지만 않으면 된다. 살아 있기만 하면 인질로서의 이용 가치는 있다. 그런 사고방식을 갖고 있을 리가 없다고는 말할 수 없다. 오히려 충분히 그럴 것 같다.

지금쯤 시호루는 어떻게 하고 있을까? 무사하다고 해도, 감금당해 자유를 빼앗겼음이 틀림없다. 당연히 동료들보다 더 불안하겠지. 여자인데.

그렇다. 입에 올리지 않으려고 하고 있지만, 그 점이 걱정이다.

남자와 여자는 역시 다르다.

많이 달라진다.

원정군은 완전한 남자 집단이다. 게다가 행실이 바른 무리가 아니다. 바르긴 고사하고, 최소한의 예의조차 모르는 것 같은 남자들이 태반이다.

실은 지금까지도 메리와 시호루, 세토라 세 명은 원정군 병사들이 노리곤 한다. 지금까지 실질적인 피해는, 더러운 말을 듣거나 멀리서 에워싸거나 그런 정도지만, 술을 마셔 정신이 해이해진 병사가 언제 습격해올지도 모른다. 그래도 천망루 안에 있는 동안에는 그나마 위험이 적다는 의식이 있었다.

방심하고 있던 건가? 그럴지도 몰라.

좀 더 주의하게 할 걸 그랬다. 비록 천망루 안에 있어도 단독으로 행동해서는 안 된다, 분명히 그렇게 말해뒀어야 했다. 메리나 세토라가 같이 있으면, 여러 명의 검은 외투나 척후병들에게 포위된다고 해도 쉽사리 붙잡히지는 않았겠지.

이런 일이 일어날 거라고는 전혀 예상하지 못했다.

어설펐던 거다.

그 탓에 시호루는 혼자 어딘가에 갇혀 있다. 그뿐이라면 그나마 다행이다. 시호루는 도망치지 못하도록 묶여 있겠지. 분명 감시병 정도는 있을 것이다.

장군은 시호루를 다치게 해도 된다고는 말하지 않았을지도 모른다. 하지만, 감시병은 이성을 유지할 수 있을까? 별로 기대할 수 있을 것 같지 않다.

검은 외투가 있으니까 힘들다거나, 그런 말을 하고 있을 때인가? 실력 행사든 뭐든 해서 한시라도 빨리 시호루를 찾아내 구출해야 하는 건지도 몰라. 그러지 않으면 돌이킬 수 없는 사태가 된다. 적어도 그럴 가능성은 있겠지.

이미 늦었는지도 몰라. 시호루에게 위험이 닥쳐오고 있다. 하지만 아직은 괜찮다. 그러니까, 서두르지 않으면. 하루히로는 그렇게 생각하려고 하지만, 명확한 근거가 있는 것은 아니다.

죽이지는 않겠지. 그것 역시 희망적인 관측일 뿐인데, 장군 입장에서는 인질을 잡았다고 하루히로 팀이 믿게 만들면 되는 거다. 굳이 인질이 살아 있지 않아도 된다. 인질은 살아 있다. 시키는 대로 하면 돌려주겠다. 그렇게 거짓말을 해서 하루히로 팀을 조종할 수 있다면, 그래도 상관없을 것이다.

최악의 경우, 시호루는 능욕당한 끝에 살해당했을지도 모른다.

그런 일은 없을 거라고 믿고 싶다. 만약 그렇게 된다면, 하루히로는 아마도 다시는 재기할 수 없겠지. 아니, 재기고 뭐고 다 필요 없고, 그전에 진 모기스와, 시호루에게 상처를 입힌 자들 전원에게 반드시 보복을 하겠다. 절대로 용서는 하지 않는다. 어떠한 방법을 써서든 놈들을 몰살시키겠다.

동료가 납치당하면 아무래도 여러 가지 상상이 머릿속에 떠오르고, 좋은 일보다 나쁜 쪽으로만 생각하게 되어버린다. 감정이 격렬하게 흔들려 정신적으로 피폐해진다.

장군이 거기까지 예측하고 이런 방식을 선택한 것이라면, 무서운 인간이다.

만약 하루히로가 장군의 입장이었다면, 스스로 생각해내거나 부하든 누구에게서든 제안받거나 해서 그런 방법을 쓸 수 있다고 여기게 되었다고 쳐도, 망설일 것이다. 아니, 무리다. 도저히 실행할 수 없을 것이다. 하지만, 진 모기스라면 하겠지.

어쩌면 히요무가 부추긴 건지도 모른다. 그 여자가 생각해낼 만한 일이다. 잘은 모르지만. 히요무에 대해서 그리 잘 알지는 못한다. 알고 싶지도 않다.

어느 쪽이든, 인정하고 싶지 않지만, 인정할 수밖에 없다.

이것은 정말로 유효한 한 수다.

다음 날 아침, 닐이 방문을 두드릴 때까지 하루히로는 한숨도 자지 못했다.

"장군님이 부르신다. 아침 식사도 할 겸 뭔가 너희에게 시키실 일이 있는 모양이다."

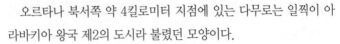

오르타나 북서쪽 약 4킬로미터 지점에 있는 다무로는 일찍이 아라바키아 왕국 제2의 도시라 불렸던 모양이다.

그 기원은 매우 오래되었다. 확실한 기록이 하나도 남아 있지 않은 시대에도 이 땅에 사는 자들은 있었던 모양이다.

인간들은 옛날부터 여러 가지 동기로 남쪽으로 이동했다. 그중 대부분이 풍조 황야를 지나 다무로라 불리는 장소에 모였다. 일부는 정착해서 집을 짓고 대를 이어갔다. 이윽고 아라바키아 왕국이 지방관을 배치하고 통치하게 되었다.

인간족의 일대 거점이었던 다무로는 구시가와 신시가로 크게 나뉜다.

바로 앞에 보이는 건물은 원래 2층이었겠지만, 형태를 유지하고 있는 것은 1층 부분뿐이다. 저 파편 더미에서 튀어나온 부분은 기둥인가? 기둥들 사이에 걸쳐진 대들보 위를 작은 동물이 걸어가고 있다. 높이가 제각각인 울타리는 담장이나 벽이었을까?

둘러보니 보이는 것은 전부 폐허, 폐허, 폐허와 그 잔해다. 벽이나 천장이 완전히 남아 있는 건물은 많지 않다. 많기는커녕 오히려 전혀 없다고 해도 될 것이다.

"조용하네…."

쿠자크가 중얼거렸다.

그러자마자 어딘가 멀리에서, 아아아가아앗… 이라는 것 같은 외치는 소리가 들려왔다.

"참 내…."

척후병 닐이 코를 훌쩍이며 투덜댔다.

"재수도 더럽게 없지."

그거, 우리가 할 말인데요. 그렇게 내뱉어버리고 싶은 마음은 굴뚝같지만, 닐과는 말을 섞고 싶지 않다. 가급적 마음을 흐트러뜨리고 싶지 않기 때문이다. 하고 싶어서 이런 일을 하고 있는 것은 아니지만, 해야만 하는 이상, 피해를 발생시키지 않고 완수하고 싶다. 그것은 매우 어려울지도 모른다고 예상해야 한다고 해도.

"하지만, 있네요. 득실득실하네요. 고블돌이, 고블순이들이."

도대체 무슨 생각으로 하루히로 옆을 걷고 있는 건지, 망할 양갈래 머리의 낯가죽 두꺼운 쓰레기 여자가 음후후후 하고 웃는다. 빌어먹을.

하루히로도 망할… 이라거나 쓰레기라거나, 철저히 빌어먹을이라거나, 그런 단어를 생각하고 싶지는 않다. 하지만 이것만큼은 어쩔 수가 없다. 우선 생김새가 싫다. 목소리와 말투도 불쾌하다. 가까이에 있으면 어쩔 수 없이 느껴지는 체온, 기척까지도 불쾌하다. 히요무라는 존재 그 자체가 하루히로의 신경을 더할 나위 없이 건드린다.

옆에 히요무가 있는 것만으로 믿을 수 없을 만큼 검은 감정이 끊임없이 솟아난다. 엄청난 증오와 혐오다. 약간 놀랍기도 하고 살짝 충격이기도 하다. 한 인간을 이토록 싫어하게 되어버리다니. 내가 생각해도 좀 정상이 아니지 싶다. 그런 생각이 들기도 한다.

과거의 나는 어떤 인간이었는지, 기억이 없으므로 하루히로 본인도 잘은 모른다. 하지만, 분명 선한 사람은 아니었겠지. 선량한 인간이라면 이런 식으로 누군가를 증오하거나 하지 않는다. 비록 그

것이 히요무라고 해도.

아니, 어쩌면 히요무는 예외인지도 모른다. 그야 히요무니까.

하루히로는 솔직히 손이 닿을 거리에 히요무가 있다는 사실을 어떻게든 부정하고 싶다. 차라리 잊어버릴 수 있으면 얼마나 좋을지. 물론, 불가능하다. 잊을 수 있을 리가 없다. 실제로 히요무는 여기 있다.

결국, 받아들이는 수밖에 없는 건가? 하지만, 싫은 건 싫은 거다. 받아들이고 싶지 않아.

알고 있어. 어린애도 아니고, 싫든 어떻든 참는 수밖에 없다. 다들 그렇게 한다. 참고 견뎌낸다. 집중하는 거다.

딱히 빠른 걸음으로 걷는 것도 아닌데도 맥박이 빨리 뛴다. 히요무 탓이다. 또 울컥 치민다. 안 돼. 가급적 천천히 호흡하고 시야를 넓게 보자. 나, 아니, 우리를 부감하는 감각이다.

그렇게 하면 필연적으로 히요무도 시야에 들어오고 말지만, 움직이는 당근이나 그런 걸로 생각하면 된다.

히요무 따위에 비유하면 당근에게 미안하지만, 당근은 별로 싫어하지 않는다. 딱히 좋아하지도 않지만. 뭐, 좋지도 싫지도 않아.

당근. 의외로 좋은 아이디어 아닐까? 좋지도 싫지도 않은 것은 눈앞에 있어도 마음을 어지럽히지 않는다.

당근.

히요무는 움직이는 당근.

당근한테 죄는 없으니 약간 죄책감이 들지만, 지금은 일단 그렇게 생각하기로 하자.

대열은 선두에 하루히로, 움직이는 당근이 거의 나란히 있고, 쿠자크, 메리, 세토라와 키이치, 닐이 제일 뒤에 붙었다.

아앗, 걋. 또 멀리서 고블린이 짖어댔다.

그렇다.

여기는 다무로 구시가. 고블린들의 소굴이다.

폐허 옥상 위와 무너져가는 2층에 고블린의 모습이 있다. 쌓인 파편, 기둥 그늘 뒤에서 고블린이 얼굴을 내밀고 있기도 했다.

하루히로 일행이 다가가면 고블린들은 하나같이 모습을 감춘다. 혹은 도망친다.

때때로 목소리로 위협한다. 딱 한 번뿐이었지만, 도저히 여기까지 닿을 것 같지 않은 장소에서 고블린이 돌멩이를 던졌다.

아무튼, 아직까지는 덤벼들 것 같지는 않다. 구시가의 고블린들은 불안한 듯이 하루히로 일행의 동향을 살피고 있다.

"그래봤자 신시가에서 추방당한 낙오자 고블들이니까요."

움직이는 당근은 완전히 상대방을 얕보는 것 같다. 그러다 뒤통수를 얻어맞고 지옥에 떨어져버리면 좋을 텐데. 하지만 상황이 상황인 만큼, 그렇게 되면 우리까지 휘말리게 된다.

어려운 문제. 무슨 수를 써서 움직이는 당근만 어떻게 해버릴 수 없을까?

"구시가의 잔챙이 고블들은 고블 왕에게는 거역하지 못하니까요. 단단히 작정한 인간 의용병에게도 승산이 없다는 걸 알고 있는 거예요. 어차피 잔챙이들 빌어먹을 쪄리라고요. 무시해도 오케이니까요. 우리가 당당히 굴면 덤벼들지는 못한다고요."

하루히로 팀은 침묵을 지키고 있다. 하루히로뿐만이 아니라 메리, 세토라, 쿠자크도 움직이는 당근과 소통할 생각은 전혀 없는 것 같다.

움직이는 당근이 혀를 찼다. 당근 주제에 무시당하니 언짢은 모양이다.

잠시 후에 닐이 입을 열었다.

"뭐, 일단은 그런 느낌이네…."

닐은 진 모기스 장군의 부하이고 움직이는 당근은 장군의 동맹자의 대리인이다. 닐 입장에서는, 상대방이 비록 당근이라고는 해도 나름대로 신경을 써줘야만 한다, 그런 건가?

아무쪼록 둘이서 사이좋게 잘해보기를 바란다. 우리는 최소한의 관여만 하고 해야 할 일을 무사히 마치고 싶다. 그리고 시호루를 돌려받고 싶다.

하루히로 팀에게 주어진 임무는 다음과 같다.

다무로 구시가를 빠져나가 신시가로 들어간다.

신시가에 있다고 하는 고블린족의 왕, 과가진을 만난다.

진 모기스 장군의 요청을 전하고 대답을 받아온다.

오르타나로 귀환해서 장군에게 모가도 과가진의 대답을 전달한다.

실은 장군으로부터 시호루를 납치했다는 언질은 들을 수 없었지만, "자네들이 임무를 완수하면 모든 것은 제자리로 돌아간다"고는 말했다. 필시 그것은 시호루를 무사히 풀어준다는 의미겠지. 그게 아니라면 하루히로 팀은 두말하지 않고 실력 행사로 나설 수밖에 없다. 그때는 수단과 방법을 가리지 않게 되겠지.

더욱이 닐은 감시역이다. 모가도 과가진과는 움직이는 당근이 교섭한다고 한다. 고블린과 의사소통이 될 거라고는 생각할 수 없지만, 움직이는 당근은 가능한 모양이다. 당근이니까 고블린 말을 할 수 있는 건가? 당근이라서? 잘은 모르지만, 뭔가 방법이 있는 거겠지.

하지도 못하면서 고블린의 본거지로 들어오지는 않았을 것이다.

아무리 생각해도 안전할 수는 없다.

다무로는 말 그대로 적지인 것이다.

불과 얼마 전까지 오르타나는 고블린들에게 점령당했었다.

그들은 수많은 인간을 죽였다.

그뿐만이 아니다. 인간의 시체를 식량으로 삼았다.

고블린은 동족의 시체도 먹는 모양이니까, 악의는 없다고나 할까, 다른 뜻은 없었는지도 모른다. 죽은 생물을 먹는 게 뭐가 잘못인가? 너희도 짐승의 고기를 먹잖아. 그렇게 말하면 할 말이 없다. 하지만, 그 점을 차치하고라도, 고블린과 인간족은 명백하게 서로 적이다.

사실, 움직이는 당근이 말한 것처럼, 이 구시가의 고블린은 아무래도 신시가의 고블린과는 결이 다르다. 말하자면, 구시가 고블린은 고블린 사회의 밑바닥, 최하층이다.

구시가 고블린은 오르타나를 점령했던 고블린들에 비하면 초라하다. 개체 차이는 있지만, 체격도 전반적으로 좋지 않은 것 같다. 남정군의 오르타나 공격 때에도 그들 구시가 고블린들은 동원되지 않았다고 한다.

다행인지 불행인지 기억은 나지 않지만, 5년 전쯤 하루히로 파티는 다무로 구시가에 거의 매일 다녔었다.

여기에서 뭘 했었는가? 물론, 소풍을 한 것은 아니다. 일이다. 벌이를 하러 왔었다. 사냥이다. 하루히로 파티는 고블린 사냥에 매진했었다. 의용병이 된 지 얼마 안 된 초심자에게 다무로 구시가는 절호의 사냥터라고 한다.

많은 견습 의용병들이 이 구시가에서 경험을 쌓고, 자기 손으로 살아 있는 것을 죽이는 데 익숙해졌다. 그렇게 해서 어엿한 의용병이 되어 이 둥지를 떠나 자립하는 것이다. 하루히로도 또한 그중 한 사람이었다는 뜻이겠지.

그러나, 고블린도 살아 있다. 당연히 당하기만 하지는 않는다.

의용병 견습생 시대, 하루히로 파티는 구시가에서 마나토라는 동료를 잃었다. 그 사실은 메리한테서 들어서 알고 있다.

원수는 갚았다. 동료의 목숨을 빼앗은 구시가 고블린에게 하루히로 파티는 복수했다.

죽이고, 죽임당하고, 또 죽이고, 죽임당한다. 불모라기보다 참혹한 무한 루프다. 어딘가에서 끊어버리지 않으면 언제까지고 끝나지 않는다. 단, 기억나지 않는다고는 해도, 하루히로는 구시가 고블린을 죽였다. 살육한 것이다. 죽고 죽이는 짓은 무익한 짓은 멈추자. 그런 말을 할 입장이 아니기 때문에 입에 올리지는 않는다. 구시가 고블린이 공격해온다면 주저 없이 응전한다. 정을 베풀거나 하지는 않는다. 하지만, 싸우지 않아도 된다면 그편이 좋다.

그렇게 뜻대로 되지는 않는 건가?

"긍갓!"

고블린의 고함 소리가 날아왔다.

가깝다.

뒤다.

하루히로는 돌아본다. 왼쪽 후방 10미터 근처의 폐허다. 2층 건물이지만 반파된 상태였다. 1층도, 2층도 반쪽밖에 남아 있지 않았다. 그 2층 부분이다. 있다. 고블린. 구멍투성이의 미늘 갑옷을 입었다. 손에 든 것은, 창인가? 짧은 창이다. 던질 셈인가? 이미 투척 동작으로 들어서려고 했다.

　"쿠자크…!"

　하루히로가 말하기도 전에 쿠자크는 대검을 뽑았다. 몸을 돌려 달려간다. 창이 날아온다. 쿠자크가 대검을 번쩍, 창을 쳐내 떨어뜨렸다. 닐이 외쳤다.

　"위험해!"

　조심 좀 하라고. 하루히로는 단검을 뽑아 들고 주위를 둘러보면서, 목소리로는 내지 않고 닐을 꾸짖었다. 무엇 때문에 뒤에 있는 건지. 방심하지 마. 그냥 있지만 말고 도움 좀 되어봐.

　"…이놈, 망할 잔챙이 고블 주제에에!"

　움직이는 당근은 동그란 봉제 인형 같은 머리장식인지, 머리핀인지를 움켜쥐고 여기저기로 시선을 움직이고 있다. 참고로, 저런 모양이긴 하지만 저 동그란 것은 어엿한 렐릭인 모양이다.

　"이동한다…!"

　하루히로가 오른쪽 앞 방향의 폐허를 향해서 달리자 전원이 뒤처지지 않고 따라왔다.

　이 폐허는 단층 건물이다. 벽은 3분의 2 정도 남아 있지만, 천장은 완전히 무너졌다. 안에 고블린은 없다. 한 번 보기만 해도 그것을 확인할 수 있었다.

　폐허를 등지면서, 다 같이 분담해서 전방위를 시야에 담을 수 있도록 위치를 잡는다.

키이치는 벽을 달려 올라가 대들보 위에 섰다.

닐은 저래 봬도 현역 척후병이다. 한눈을 팔지만 않으면 웬만한 일은 할 수 있다. 그런데 움직이는 당근까지 협력적이랄까, 협조적이랄까, 파티의 일원 같은 움직임을 보이는 것은 다소 의외였다. 움직이는 당근, 즉 히요무의 경력은 알 수 없지만, 의용병 경험이 있는 건지도 모른다.

"남으로 5."

세토라가 침착하게 말하자 메리가 뒤를 이었다.

"서, 3."

"동은 5인가."

쿠자크는 고개를 갸웃거리며,

"아니, 6인가? 8인지도."

모호하게 말해서 닐이 정정해줬다.

"열 마리 이상 있잖아. 어디다 눈을 달고 다니는 거야?"

하루히로는 동료들이 발견한 고블린의 모습을 쭉 확인했다.

"통제되고 있네…."

분명 제각각 움직이는 것이 아니다. 리더 격이 있다. 어디지?

"동, 돌격해올 것 같다. 내가 맡는다."

쿠자크는 대검을 겨눈다.

"엄호는 최소한이면 되니까."

"남 방향과 서 방향의 적이 합류하려는 것 같다. 동은 양동 아닐까?"

세토라가 담담히 지적했다.

"북이 수상하네요."

히요무가 말했다.

"방금, 딱 한 마리만 살짝 얼굴을 내밀었다가 도로 숨었어요. 저 고블, 완전 수상해."

"여기는 우리한테 맡겨."

닐이 얄밉게 웃으며 하루히로의 어깨를 밀었다.

"다녀와, 히어로."

발로 차버릴까? 한순간 생각했다. 물론, 그런 쓸데없는 짓은 하지 않는다.

북인가? 지금은 그렇게 보이는 고블린은 없다. 히요무의 말을 믿을 수 있는 건가? 인간으로서는 전혀 신용할 수 없다. 단, 이 국면을 타개하지 못하면 히요무도 곤란하겠지. 애초에 히요무와 그의 주인, 열리지 않는 탑의 주인은 하루히로 일행에게 위해를 가하려는 게 아니다. 열리지 않는 탑의 주인은 누구인가? 현시점에서는 정확하지 않지만 그, 혹은 그녀에게는 어떤 계획이 있다. 그것을 실현하기 위해서 하루히로 일행을 이용하려는 것이다.

"쿠자크를 중심으로 응전. 세토라, 지휘를 부탁해. 나는 적의 우두머리를 찾아내서 친다."

하루히로는 동료들의 대답을 기다리지 않았다. 자기 자신을 땅 밑으로 가라앉힌다. 그런 이미지다. …스텔스(은폐).

즉시 그 자리를 벗어나 북으로, 북으로 이동한다. 한가운데를 어슬렁어슬렁 걸어가지는 않는다. 가급적 폐허나 파편, 그것들이 만들어내는 그림자에 몸을 숨기고 나아간다.

때때로 길을 가로지르기도 한다. 공포는 없다. 감각적, 직감적…

이라고밖에는 표현할 수 없지만, 들킬 것 같을 때에는 안다. 지금은 들키지 않는다.

쿠자크랑 나머지는 교전하고 있다. 돌아보지는 않는다. 괜찮다. 맡겨두면 된다.

찾는 것이 아니다. 발견하려고 하면 오히려 놓치게 마련이다. 넓게, 넓게 전경을 본다. 움직이는 것, 환경에 스며들지 않은 형태나 색이 있으면 저절로 주의가 그리로 향한다.

있다. 고블린. 그들의 피부는 대개 황록색이다. 폐허나 파편은 이끼가 껴 있기도 하고, 담쟁이덩굴이나 넝쿨이 감겨 있기도 해서, 보호색 역할을 하기도 한다. 그래도 움직이면 눈에 띈다.

오른쪽 앞, 약 30미터, 2층 건물인 커다란 폐허. 1층은 멀쩡하다. 2층은 반 정도 붕괴해서 마치 지독히 어질러진 테라스 같다.

하루히로는 가까이에 있는 폐허 외벽에 등을 기대고 문제의 테라스를 관찰했다. 테라스에는 지금 고블린이 두 마리 있다. 옆으로 쓰러진 상자 형태의 가구 그늘에 쪼그리고 앉거나 바닥에 주저앉은 상태에서 때때로 얼굴을 내민다.

저 두 마리뿐인가? 아니다. 2층은 3분의 2 정도가 테라스 형태가 되어버렸지만, 나머지 3분의 1은 천장도, 벽도 남아 있다. 거기에는 계단도 있었다.

고블린 한 마리가 계단을 올라갔다. 테라스에 있는 두 마리와 합류하려는 건가? 낮은 자세로 달린다. 가구 그늘로 뛰어들었다.

하루히로는 문제의 폐허를 향해서 전진했다. 테라스의 고블린들은 주위를 경계하고 있다. 이쪽도 약간 조심해야 한다.

문제의 폐허에 도달했다. 2층 테라스는 하루히로의 머리 위다.

벽은 담쟁이덩굴로 **빽빽하게** 뒤덮여 있다. 3미터 정도 앞에 창문이 하나 있다. 그 창문으로 가까이 가본다.

목소리가 들린다. 고블린의 목소리다. 폐허 속에서 고블린들이 뭔가 이야기하고 있다. 두 마리인가, 세 마리인가? 그보다 더 있는 건가?

창문으로 실내를 엿본다. 넓은 방이다. 구석에 계단이 있다. 고블린은 여섯, 일곱… 여덟 마리.

한 마리가 계단을 내려갔다. 교대로 다른 고블린이 계단을 올라간다.

받침대, 아니, 테이블인가? 고블린 한 마리가 테이블에 걸터앉아 있다. 저 고블린만 딱 보기에도 장비의 질이 다르다. 사이즈는 약간 맞지 않지만, 청동 갑옷을 입고 투구까지 썼다. 갑옷도, 투구도 번쩍번쩍 광이 난다. 꼼꼼하게 손질하고 있는 것이겠지. 허리에 단검을 몇 개나… 아마 네 개… 찼고, 등에는 장검을 비스듬히 맸다.

저것이 리더 격이다. 분명히 다른 고블린들은 저 투구를 쓴 고블린에게 굽실거리고 있다.

투구 고블린 외에는 석궁 같은 것을 든 고블린이 네 마리 있다.

석궁 고블린은 요주의다. 우리한테는 메리가 있다고는 해도, 석궁 화살을 급소에 맞으면 위험하다.

하루히로는 거기서부터 더욱 5미터 정도 벽을 따라 걸어갔다. 여기가 출입구인 모양이다. 문짝 같은 건 없다. 단순히 세로로 길게 난 구멍이다. 원래는 위에서 늘어져 있던 넝쿨을 최근에 걷어낸 흔적이 있다.

출입구를 통해 안을 본다. 멀다. 투구 고블린까지 7~8미터는 된다. 창문 쪽이 오히려 가까웠다. 그래도 5미터는 떨어져 있고, 창문으로 들어가면 아무래도 들킨다.

하루히로는 벽을 기어 올라가기로 했다. 2층 벽과 천장이 남아 있는 근처. 이 부근이 좋을 것 같다. 넝쿨은 하루히로의 체중을 지탱하지 못한다. 끊어지고 만다. 돌로 쌓은 벽의 울퉁불퉁한 부분을 손으로 잡고, 발을 걸치고, 2층 지붕 위까지 단숨에 올라갔다.

지붕은 기와지붕이다. 무너지지 않도록 조심해서 기어간다. 테라스를 내려다본다. 상자 모양의 가구는 장롱일까? 고블린 세 마리가 넘어진 장롱 그늘에서 서로 몸을 가까이 붙이고 모여 있다.

고블린 한 마리가 장롱 그늘에서 고개를 내밀었다. 주위를 둘러보더니 재빨리 얼굴을 도로 집어넣는다.

저 고블린들은 보초다. 분명 항시 두 마리가 같이 다니고 한 마리는 연락책이겠지. 세 마리인가?

두 마리까지라면, 어떻게든 해서 한순간에 숨통을 끊을 수 있다. 세 마리가 술렁거린다. 1층의 고블린이 이변을 감지한다. 안 된다.

보초 고블린들은 이 폐허 밖으로만 주의를 기울이고 있다. 저 세 마리를 한꺼번에 처리하는 것은 무리다. 굳이 보초를 처리하지 않아도 된다. 그렇다. 이거라면 할 수 있다.

하루히로는 몸을 돌려 벽을 따라 테라스로 내려갔다.

고블린 한 마리가 장롱 뒤에서 얼굴을 내밀고 두리번거린다. 하지만, 하루히로를 전혀 알아차리지 못했다.

하루히로는 계단으로 갔다. 보초 고블린들은 여전히 하루히로를 눈치채지 못했다. 고블린이 계단을 올라오는 기척도 없다.

계단을 내려간다. 하루히로는 단검 칼자루에 손을 댔다. 계단은 도중에 층계참이 있다. 거기까지 내려가지 않아도, 몸을 굽히면 1층이 다 보였다.

1층 계단 입구에서 투구 고블린이 앉아 있는 테이블까지는 약 2미터. 네 마리의 석궁 고블린은 테이블에서 가까운 위치에 있고, 그 외의 고블린 네 마리는 약간 떨어져 있다.

투구 고블린이 뭔가 말을 했고 석궁 고블린들이 웃음소리 같은 목소리를 발했다. 그리고, 다른 고블린들도 웃기도 하고 손뼉을 치기도 했다.

역시 투구 고블린이 리더다. 석궁 고블린은 측근, 그 외의 고블린은 종속적인 입장이겠지. 역학관계가 일목요연하게 보였다.

단검을 뽑는다. 해야 할 일은 알고 있다. 보인다… 고 말하는 편이 좋을지도 모른다. 머릿속에 영상이 그려진다. 하루히로는 그것을 따라 하기만 하면 된다.

계단을 내려간다. 이제 곧 층계참이다.

또 투구 고블린이 무슨 말을 한다. 고블린들이 웃는다.

층계참을 경유해서 더욱 계단을 내려간다.

투구 고블린은 이쪽에 몸 오른쪽을 향하고 있다. 석궁 고블린 중 두 마리는 하루히로를 시야에 담았을 것이다. 보일 텐데도, 거기에 하루히로가 있다고는 생각지도 않고 아직 눈치채지도 못했다. 단, 언제 깨달아도 이상할 것 없다.

계단 입구까지 왔다. 투구 고블린은 거의 정면이다.

여기에서 멈추면 분명히 실패한다. 그렇게 생각하자 몸이 굳어버린다. 그대로 움직인다.

하루히로는 투구 고블린 뒤로 돌아가려고 했다. 앞으로 두 발자국, 그 순간, 석궁 고블린 한 마리가 숨을 멈췄다. 이쪽을 보더니 눈을 크게 떴다. 들켰다.

들키면, 겨우 이제 와서? 라고 생각하기로 했다. 당황하는 건 최악이다. 물러나거나 결행하거나 둘 중 하나다. 망설이는 것은 좋지 않다.

하루히로는 투구 고블린에게 덤벼들었다. 뒤에서 왼팔을 투구 고블린의 목에 감는다. 이 투구는 고블린에게는 너무 커서, 간단히 벗겨졌다. 목덜미가 드러나자 거꾸로 쥔 단검으로 거기를 찔렀다. 투구 고블린이 버둥거린 것은 그 직전이었다. 이미 늦었어.

즉사시킨 투구 고블린을 왼팔로 안고 출입구를 향해 달린다.

석궁 고블린 한 마리가 하루히로에게 석궁을 향했다. 화살을 쏘면 투구 고블린을 방패로 삼을 생각이다. 석궁 고블린은 쏘지 않았다.

이제야 고블린들이 떠들어대기 시작했다. 그때 이미 하루히로는 출입구를 통해 폐허 밖으로 나간 후였다.

투구 고블린의 시체를 출입구 앞에 방치하고, 아까 2층까지 올라갔던 벽 부근까지 달렸다. 하루히로를 뒤쫓아 석궁 고블린들이 폐허 밖으로 나온다.

하지만, 하루히로는 단검 칼자루를 입에 물고 벽을 기어 올라가는 와중이다. 고블린들은 하루히로를 발견하지 못했다.

2층 옥상으로 올라갔다. 테라스의 보초 고블린들도, 무슨 일인가 하고 아래를 보거나 갸갸 하고 떠들어대거나 했다. 당황했고 혼란에 빠진 것 같다. 이러면 간단하다.

테라스로 내려간다. 먼저 보초 고블린 한 마리의 등에 단검을 꽂아 순식간에 죽였다. 다른 보초 고블린이 테라스 가장자리에서 몸을 내밀고 있다. 하루히로는 그놈을 발로 차 떨어뜨리고, 나머지 한 마리를 찍어 눌러 목덜미를 베었다.

아래 길가로 낙하한 보초 고블린이 갓… 비명을 지른다. 고작 2층이다. 보초 고블린은 곧바로 데구르르 구르다가 일어나서 하루히로를 올려다본다.

"응갸아구오앗!"

무슨 말을 하는 건지는 모르지만, 적이다, 저기 있다, 그런 뜻일까?

석궁 고블린 두 마리가 하루히로에게 석궁을 향했다. 화살이 날아옴과 동시에 하루히로는 엎드렸다. 두 개의 화살이 머리에서 한참 위를 날아간다. 연속으로 두 개 더. 아래쪽에서 발사된 화살이 테라스에 엎드려 있는 하루히로에게 맞을 리가 없다.

석궁 고블린들이 고함을 지른다. 그 소리로 짐작건대, 몇 마리의 고블린이 폐허 안으로 뛰어 들어온 모양이다. 계단을 올라와 테라스에 있는 하루히로를 공격할 셈이겠지.

하루히로는 벌떡 일어나자마자 테라스에서 몸을 날렸다. 아래 길가에는 석궁 고블린이 세 마리 있다. 나머지 한 마리와 다른 고블린들은 폐허 안인가?

착지해서 석궁 고블린 한 마리에게 달려든다. 그 석궁 고블린은 상당히 놀란 모양이다. 하루히로가 태클하려는 자세를 보이자, 석궁 고블린은 석궁을 휘두르지도 않고 앞으로 나서더니 자기 몸을 보호하려고 했다. 완전히 겁에 질려 도망치려고 한다.

하루히로는 태클하지 않고 왼손으로 석궁을 움켜잡았다. 석궁 고블린은 반사적으로 석궁을 빼앗기지 않으려고 잡아당긴다.

하루히로가 놓아주자 석궁 고블린은 자빠졌다. 자세가 무너진 석궁 고블린의 등은 무방비 상태라 어렵지 않게 단검을 쑤셔 박을 수가 있었다.

어떻게 된 까닭인지, 여기를 관통하면 치명적이라는 부분, 적절한 각도, 깊이를 분명히 알 수 있었다. 자기가 생각해도 이상하긴 했지만, 덕분에 살긴 했다.

석궁 고블린은 이제 두 마리. 한쪽은 폐허로 도망치려고 했다. 다른 한쪽은 석궁을 내던졌다. 하루히로는 날아온 석궁을 피해 그 석궁 고블린에게 달려들었다.

석궁 고블린의 턱을 왼손 손날로 일격하고 발을 걸어 넘어뜨린다. 목덜미를 단검으로 냅다 가르니 석궁 고블린은 이제 호흡을 하지 못한다. 경동맥에서 피가 솟구친다. 남은 건 죽음을 기다리는 것뿐이다.

폐허로 뛰어들자 도망치던 석궁 고블린의 등이 보였다. 덤벼들어 등에 있는 급소를 단검으로 찌른다.

석궁 고블린은 이제 한 마리 남았다. 다른 네 마리의 고블린을 쫓아가듯이 계단을 올라가는 도중이다. 이쪽을 본다. 갸갸걋 외친다. 상당히 허둥거리는 것 같다. 하루히로를 두려워한다.

그야 그럴 테지. 하루히로는 온몸에 고블린들의 피를 뒤집어썼다. 필요에 의해 어쩔 수 없이 한 일이기는 하지만, 고블린은 그렇게 생각하지 않겠지. 대량 살육자 인간이 나타나 잇달아 동포를 죽인다. 고블린들의 눈에는 하루히로가 괴물처럼 비쳤음에 틀림없다.

조금도 마음이 아프지 않다고 하면 거짓말이 된다. 하지만, 힘을 뺄 수는 없다. 하루히로는 석궁 고블린을 몰아붙였다. 석궁 고블린은 겁에 질렸는지 계단 층계참에 주저앉았다.

"젠장…."

하루히로는 석궁 고블린에게서 석궁을 낚아채고 엉덩이를 발로 찼다.

"우리한테 상관하지 마. 너희도 죽고 싶지 않잖아."

말해봤자 통하지 않는다. 인간의 말은 몰라도 위협한다는 건 알아챌 것이라고 생각하고 싶다.

하루히로는 석궁을 쥔 채로 석궁 고블린에게 등을 돌렸다.

석궁 고블린은 움직이지 않는다. 2층으로 올라가고 있던 다른 고블린들도 가만히 있었다.

하루히로는 출입구 앞에서 뒤를 돌아봤다. 석궁 고블린과 다른 고블린들을 쳐다본다. 고블린들은 하나같이 떨고 있다.

하루히로가 일부러 석궁을 바닥에 던지자 고블린들은 펄쩍 뛰었다. 이 정도까지 겁을 줬으면 괜찮겠지. 그럼 됐다. 그러지 않으면, 더 많이 죽이게 된다. 가급적 죽이고 싶지 않다.

"…이만큼 저질러놓고서 죽이고 싶지 않다느니, 내가 할 말이 아니지만."

하루히로는 폐허를 나왔다. 조금 멀어진 후에 폐허의 상황을 살폈다. 고블린들은 아직 나오지 않는다. 2층 테라스에도 고블린의 모습은 없다. 하루히로가 밖에서 잠복 중일 거라고 생각하는 건가?

"너무 심했나…?"

하루히로는 동료들 곁으로 서둘러 갔다. 이미 기척으로 알고 있었지만, 그쪽도 이미 정리되었다.

모두 무사한 모양이다. 열 마리도 넘는 고블린이 시체가 되어 나뒹굴고 있었다.

보아하니 대부분은 쿠자크가 대검으로 벤 모양이다.

"수고했슴다."

오로지 혼자만, 하루히로 못지않을 정도로 피범벅인데도, 쿠자크는 밝다고나 할까, 가볍다고나 할까. 왠지 맥이 풀렸다.

"뭐, 그렇게 수고하진 않았는데."

"별로 손맛은 없었어요. 구시가의 고블린. 내가 너무 강한 건가?"

"우쭐대지 마, 바보 녀석."

세토라가 쿠자크의 어깨를 콕 찔렀다.

"아니, 농담인데요?"

"농담이라면 농담으로 들리게 말해."

"바로 내가 하고 싶던 말…."

히요무가 알 듯 말 듯 한 말을 하며 끼어들자, 쿠자크는 어처구니없다는 듯이 눈살을 찌푸렸다.

"당신한테 듣고 싶지는 않은데요…."

닐이 희미한 웃음을 띤다. 동감이다… 하고 말하고 싶은 것 같다. 그는 히요무의 눈치를 살펴야 하는 입장이지만, 실은 속으로는 진저리를 치는 것이겠지.

"그쪽은?"

메리가 하루히로에게 물었다. 하루히로는 반사적으로, 응 하고 고개를 끄덕였지만 자세히 설명할 기분은 아니었다.

"…리더로 보이는 고블린은 해치웠어. 전진하자."

"키이치!"

세토라가 부르자 근처 폐허 위에서 키이치가 뛰어내려 가볍게 착지했다.

하루히로는 숨을 한 번 내쉬었다. 다시 마음을 다잡자. 그 투구 고블린이 이끌던 집단은 격퇴했다. 하지만 그것뿐이다. 다른 집단이 습격해올지도 모른다.

메리가 다가왔다. '괜찮아?'라고 물어보지 않을까 생각했다. 그렇게 묻는다면, 물론 괜찮다고 대답하는 수밖에 없다.

하지만, 아니었다.

메리는 하루히로의 왼손을 잡고 손목을 확인했다.

"마법이 꺼졌어."

"아⋯, 그러네."

메리는 하루히로, 쿠자크, 세토라와 본인, 그리고 히요무와 닐, 여섯 명에게 프로텍션(빛의 수호)과 어시스트(수호자의 빛)라는, 광명신 루미아리스의 보조 마법을 걸었다. 한번 걸어두면 대개 30분 정도는 효과가 지속되는 듯, 메리는 꺼지기 전에 다시 건다.

메리의 왼손 손목에는 아직도 다른 색으로 빛나는 육망성이 두개 떠올라 있다. 쿠자크와 다른 사람들도 마찬가지다.

하루히로는 메리에게서 멀리 떨어져 있었기 때문에 마법이 끊기고 만 모양이다.

"다시 걸게."

메리는 하루히로의 왼쪽 손목을 쥔 채로 반대쪽 손가락을 이마에 대고 육망성을 그렸다.

"빛이여, 루미아리스의 가호 아래에⋯ 프로텍션. ⋯어시스트."

순식간에 하루히로의 왼쪽 손목에 두 개의 육망성이 켜졌다.

그러자마자 몸도, 마음도 가벼워진다. 메리의 마법이 마음에까지 영향을 미칠 정도인 줄은 몰랐었다.

"고마워."

"별말씀을."

메리는 미소 지었다. 어라? 하루히로는 의아했다. 뭐지? 이상하다. 가슴이.

괴롭다.

한기는 아니겠지. 닭살이 돋는 것 같은 감각.

목덜미가 선뜩선뜩한 느낌. 목구멍이 꽉 조여들어, 목소리를 낼 수 있을 것 같지가 않다.

"왜 그래?"

메리가 약간 고개를 갸웃거렸다.

아니, 아무것도, 라고 말하고 싶지만, 입은 허망하게 뻐끔거리기만 하고 말이 되어 나오지 않는다.

"앗."

메리는 하루히로의 왼쪽 손목을 놓더니 고개를 숙였다. 뺨을 붉힌다. 귀까지 빨갛다. 자기 머리카락을 잡아당기면서, 메리는 작은 목소리로, 미안해, 라고 사과했다.

"…나, 그냥… 확인한 것뿐, 정말로, 그뿐이니까."

"응…."

하루히로도 고개를 숙였다. 왜 메리가 마치 변명이라도 하는 것처럼, 약간 빠른 말투로 그런 말을 하는 것인지 솔직히 잘 모르겠다. 메리뿐만이 아니라 나도 꽤 동요하고 있다. 어째서 이렇게 당황하는 것인가?

메리의 얼굴이, 부끄러워하는 것 같은 표정이, 머릿속에서 떠나지를 않는다. 머릿속에서 떠나지 않을 수밖에. 메리는 눈앞에 있는 것이다. 조금만 시선을 올리면 된다. 얼마든지 볼 수 있다.

하지만, 쳐다볼 수가 없다.

심장이, 난리 났다.

큰일 난 것 아닌가? 이거. 이 상태. 진정시켜야 해. 평정을 되찾지 않으면, 앞으로 나아갈 수 없다.

어떻게 된 거지? 나는.

누가 좀 가르쳐줬으면 좋겠다.

물어볼 수는 없지만.

하루히로는 벽이 되었다.

물론 비유다. 나는 천장인가? 창문인가? 기둥인가? 아니면 벽인가? 왠지 벽 타입 인간이라고 생각하는데, 아무리 그래도 진짜 벽은 될 수 없다. 실제로는 벽에 몸을 딱 붙이고 숨을 죽이고 있는 것뿐이다.

벽이라고 해도, 목제나 돌로 쌓은 것도 아니고 단순한 흙벽도 아니다. 명백하게 그냥 흙벽은 아니지만, 기본 재료는 분명 흙이겠지. 특별히 정해진 흙을 사용했거나 흙에 뭔가를 섞었거나. 표면에 이끼 같은 것이 잔뜩 끼었고, 꽤 단단하다. 시험해봤는데, 단검이 잘 박히지 않을 정도였으니까 상당히 딱딱하다고 해야 할지도 모른다. 적어도 돌에 가까운 강도는 된다.

다무로 구시가와 신시가를 가로막는 이 벽은, 높이는 4미터에서 5미터 정도지만, 돌로 쌓은 벽 같은 요철이 없기 때문에 기어서 올라가기는 어렵다. 사다리나 뭔가 도구가 있으면 이야기는 달라지지만. 하지만, 벽 여기저기가 볼록하게 솟았고 구멍이 잔뜩 뚫려 있다. 저것은 명백하게 망루다. 항상인지 아닌지는 정확하지 않지만, 망루 안에는 경비병 고블린이 있겠지. 더욱이 벽 위를 무장한 고블린이 걸어 다니기도 했다. 올라가려고 하면 곧바로 들킬 것이 틀림없다.

출입할 수 있을 만한 곳은 있다.

벽 일부를 도려내고 쇠로 된 틀에 목제 문짝을 박은 문을 하루히로는 자기 눈으로 세 개 확인했다.

하지만, 문 주변에는 반드시 다수의 고블린이 있고, 아무리 봐도 경비를 하고 있다. 문을 지나려면 강행 돌파하는 수밖에 없다. 불가능하지는 않을지도 모르지만, 조심스럽게 말해도 벌집을 건드린 것 같은 소동이 일어날 것 같으니, 피하는 게 좋을 것 같다.

동료들은 신시가에 가까운 구시가의 비교적 상태가 좋은 폐허에서 대기하고 있다. 하루히로와 닐이 두 팀으로 나뉘어 정찰하러 나간 것은 오후 무렵으로 이미 황혼 때였다.

하루히로는 여전히 신시가 침입의 실마리를 찾지 못하고 있다.

벽이 낮기도 하니 신시가에서 나가는 것은 간단하겠지.

하지만 고블린에게 들키지 않고 신시가에 숨어드는 건 매우 어려운 일이다.

그것은 고블린에게도 마찬가지가 아닐까? 한번 신시가를 나가 구시가 고블린으로 신분이 하락하고 만다면, 우선 되돌아올 수는 없다. 견습생 시대의 하루히로 같은 의용병들은, 그렇게 오도 가도 못 하는 고블린을 살육해서 생계를 유지했다. 그렇게 생각하니 복잡한 심경이었다.

아무튼, 어두워지면 어떨까? 그 점을 확인하고 싶다. 그래서 하루히로는 벽이 되어 일몰을 기다리고 있다.

이러고 있는 동안에도 바로 머리 위를 고블린이 걸어 다니기도 했지만, 아직까지 하루히로는 들키지 않았다. 순찰 고블린이 딱히 부주의한 것이 아니라, 도적이 작정하고 벽이 되면 이렇게 되는 것이다.

이윽고 해가 저물었다.

주위는 시시각각 어두워졌다.

벽의 망루 부분의 구멍으로 빛이 새어 들기 시작했다. 안에서 불을 피우고 있는 것이리라. 벽 위를 순회하는 고블린들도 횃불인지 뭔지를 들고 있는 모양이다.

하루히로는 일단 벽에서 떨어져, 구시가 쪽에서 신시가를 넓게 관찰했다. 망루는 대략 30미터에서 40미터 간격으로 있다. 순찰 고블린의 숫자는 그리 많지는 않지만, 적지도 않다. 얼핏 본 느낌으로는 50미터에 한 마리는 있다. 아니, 한 마리가 아니다.

순찰은 두 마리가 한 조인 모양이다. 밝았을 때에는 그렇지 않았다. 어두워지면 바뀌는 건가?

순찰 고블린이 발걸음을 멈추고 구시가 쪽을 향해서 횃불을 내미는, 그런 행동도 보였다. 생각했던 것보다 성실하게 감시를 하는 모양이다.

"까다롭네…."

만약 하루히로 혼자라면 신시가에 침입하지 못할 것도 없다. 순찰 고블린이 가까이에 없을 때를 계산해서, 벽의 망루들 사이를 재빨리, 단숨에 올라가서 넘어간다. 무슨 도구가 필요하겠지. 사다리나 받침대나.

단, 올라간 뒤에 구시가 쪽에 도구를 남겨두게 되고 만다. 도구를 설치하고 이용한 후에 철거하지 않으면 위험하다. 누군가의 도움이 필요하다. 그렇다는 건, 역시 혼자서는 무리인가?

하루히로는 대기 장소인 폐허로 갔다. 닐은 이미 돌아와 있었다.

불을 켠 램프에 불빛을 줄이기 위한 덮개를 덮어 땅바닥에 놓고, 하루히로 일행은 그 주위에 빙 둘러앉았다.

"전혀 안 되겠어."

닐에게 찬성하는 것은 다소 심사가 뒤틀렸으나, 하루히로도 동의할 수밖에 없었다.

"다 같이 신시가에 들어가는 건 포기하는 게 좋을 것 같아. 가려면 적은 인원으로. 게다가 도와줄 사람이 필요해. 사다리가 있으면 편하겠지만, 예를 들어 쿠자크가 받침대가 되어준다면, 나는 벽을 넘어갈 수 있을지도."

"가려면, 이 아니지요."

히요무는 쯧, 쯧쯧, 혀를 찼다.

"가는 수밖에 없고, 가야만 하는 거라고요. 고로, 가는 겁니다요. 아직 그런 것도 모르나요오? 그렇다면 너무나 얼간이 아닌가요오?"

아무도, 아무 말도 하지 않는다.

물론 하루히로는 화가 났다. 다들 기분 나쁘겠지. 하지만 히요무의 언동에 일일이 반응해봤자 피곤해질 뿐이다.

"정말로, 진짜, 어쩔 수 없네…."

히요무는 구시렁구시렁 말하면서 허리춤을 뒤적거리기 시작했다. 하루히로 일행은 등짐 주머니에 휴대 식량이며 물통 등등을 넣어서 메고 다닌다. 하지만, 히요무는 유난히 가벼운 차림으로, 다소 작은 가방 하나만 허리에 차고 있다.

히요무는 그 가방에서 접힌 종이를 꺼내어 램프 가까이에서 펼쳤다. 세토라가 중얼거렸다.

"지도로군."

"그야 보면 알잖아요."

히요무는 세토라를 노려본다. 요즘 들어 한층 더 성격이 나빠졌다기보다도, 날이 서 있는 건가? 메리가 몸을 앞으로 내밀어 그 지도를 응시했다.

"이거, 신시가의⋯?"

"흐음."

쿠자크는 눈을 부릅뜨고 고개를 갸웃거렸다.

"⋯보기 힘드네요."

"그럼 보지 마. 시끄럽네, 얼간이가."

히요무는 한숨을 내쉬었다.

"이건 말이지요, 다무로 신시가 지도로서는 현존하는 유일한 것이라고요. 좀 더 고마워하란 말이지. 덩치만 커다래서는 쓸모없는 조루 변태 녀석이."

"그렇게까지 말할 건 없지 않아⋯?"

"그런 말을 듣고 싶지 않다면, 입에 지퍼라도 채우고 가만히 있으면 되잖아요?"

"그럼 아무 말 안 할게."

"부디 그래달라고요."

"뭔가 재수 없네⋯."

"아무 말 안 하는 거 아니었나요?"

"이제부터 안 할 거야!"

어린애도 아니고.

하루히로는 지도로 시선을 떨구었다. 확실히, 보기 편하지는 않다. 종이 자체가 상당히 낡고 손상되었고, 선이나 글자가 많이 닳았다. 무엇보다도 축척이 너무 대충대충이다. 분명, 많이 생략되기도 하고 변형되기도 했다. 랜드마크가 될 만한 건물 등의 위치 관계를 중심으로 작성한 것으로, 정확성은 다소 떨어지는 지도 아닐까?

"벌써, 대략 20년…? 전이 됩니다만요."

히요무가 중얼거리는 것처럼 말했다.

"20년…."

메리가 슬며시 말했다. 히요무는 무시하고 말을 이었다.

"다무로 신시가를 공략해버리려고 계획했던 위대한 파티가 있었거든요. 아시는 바와 같이, 구시가는 유명한 초심자용 고블 사냥터인데요, 신시가는 의용병에게 미개척의 땅이잖아요. 가까운 장소에 그런 근사한 프런티어가 있는데도 한 번도 도전하려 하지 않는 것은 겁쟁이 주제에 불감증인 바보라고요. 그래서… 그 위대한 파티는 근사하게 신시가 침입에 성공해서 이 지도를 만들었다 이거지요."

하루히로는 눈을 치켜뜨고 히요무의 상태를 살폈다. 히요무는 지도에 집중하고 있다. 펼쳐진 지도에 생긴, 접었던 자국이 특별히 마음에 걸리는 모양이다. 히요무는 몇 번이고, 몇 번이고 손가락으로 접혔던 자국을 훑고 있다.

"물론, 그 당시와 지금은 꽤 상황이 달라지긴 했을 거예요. 그야 20년이 지났으니까요. 짧은 기간이라고는 입이 찢어져도 말할 수 없지요. 그 위대한 파티는 신시가 내에 다섯 개의 거점을 구축하고 그 사이를 이동하면서 탐색을 진행했는데요…."

히요무의 검지가 지도 위를 이동하다가 별표를 가리켰다. 별표는 그것 말고도 네 개가 더 있다. 전부 다섯 개다.

"어떻게 되었을까요? 하나라도 남아 있다면 감지덕지일까요?"

세토라가 지도의 대략 한가운데에 있는 산 같은 도형을 가리켰다.

"이건 뭐지?"

히요무는 힐끔 세토라를 봤다.

"아아스바아신. 인간의 언어로 번역하면 지극히 높은 천상… 이랄까요. 지극히 높은 천상에는 모가도가 있어요. 모가도라는 것은 고블린족의 왕이지요. 즉, 지극히 높은 천상은 성이에요."

"그렇군."

세토라는 지도 왼쪽 아래에 있는 검게 덧칠한 부분을 손가락으로 가볍게 두드리며,

"그렇다면, 여기는?"

"오오동고."

히요무가 그렇게 대답하자 쿠자크가 고개를 갸웃거렸다.

"오오 똥꼬…?"

하루히로는 이마를 짚으며 한숨을 쉬었다.

"너 말이야…."

"아니, 뭔가 이건 아닌데… 라고는? 나도 생각했거든요? 하지만, 그렇게 들렸으니까."

"고블린 언어는 열등해서, 전체적으로 어감이 지저분한 느낌이니까요."

히요무는 얼굴을 찡그리고는 흥 하고 코웃음 쳤다.

"오오동고. 의미는, 가장 깊은 골짜기, 라고 합니다요. 여기에는 우고스가 살고 있다고 합니다. 우고스라는 것은, 그러니까요… 현자, 비슷한? 고블린의 지식 계층이지요."

말할 필요도 없이, 인간과 고블린은 다르다. 이족보행을 한다. 손재주가 있어서 도구를 사용한다. 사회성을 갖고 있다. 그런 공통점

은 있기는 해도, 완전히 다른 종족이다.

또한, 고블린은 인간보다 훨씬 열등하다. 그런 식으로 인식하고 있는 인간은 분명 하루히로만이 아닐 것이다. 히요무도 고블린의 언어는 열등하다고 말했었다. 인간들은 자연스럽게, 거의 아무런 의심도 없이 고블린을 밑으로 보고 있다.

"우고스라는 것은 말이지요, 너희는 물론이고 소우마 같은 의용병도 잘 모를 테지만, 실은 인간의 언어를 구사할 수 있다고요."

하루히로는 눈을 크게 떴다.

"인간의…?"

"그래요."

히요무는 잘난 척하며 하루히로를 비웃었다.

"무엇보다도 말이죠, 생각 좀 해보라고요. 아라바키아 왕국의 잔당이 천룡 산맥 남쪽으로 도망쳤기 때문에 이 다무로는 고블린의 영토가 된 거라고요. 이게 140년 전쯤일까요. 그런데, 노 라이프 킹은 죽지 않아야 하는 존재인데도 죽어버렸고, 이런저런 일이 있어서, 100년, 실은, 150년 전인가요? 아라바키아 왕국은 컴백을 계획한 거지요."

"오르타나를, 건설했다…."

메리가 혼잣말처럼 말하자, 세토라가 키이치의 목을 쓰다듬어주면서 눈썹을 찡그렸다.

"어떻게 해서? 이 다무로와 오르타나는 바로 코앞이라고 할 정도로 가깝다. 고블린에게 아라바키아 왕국의 인간족은 적일 텐데."

쿠자크는 팔짱을 끼고 신음했다.

"방해하겠지. 상식적으로 생각하면. 먼저 고블린을 해치우지 않으면 무리잖아?"

히요무는 핫 하고 웃었다.

"그야말로 근육 뇌 놈이 할 만한 생각이네요."

"어차피 나는 근육 뇌라고요…."

쿠자크는 주눅이 든다. 인정하지 마. 하루히로로서는 그런 생각이 들지 않는 것도 아니었지만, 그건 접어두고 오르타나 문제가 우선이다.

"…우고스. 인간의 언어를 구사할 수 있는 고블린이 있다. 인간족은 고블린의 방해를 받지 않고 오르타나를 건설했다. …전투를 피했다? 인간족과 고블린이, 대화해서…?"

"이점이 있었을 거다."

세토라는 낮은 목소리로 말했다.

"인간족을 공격하지 않음으로써 고블린은 뭔가 이익을 얻었음이 틀림없어. 싸우지 않는 대신에, 대가로 인간족이 뭔가 가치 있는 것을 고블린에게 넘겼다고 생각하는 게 자연스럽다."

"바보들만 있으면 이야기가 좀처럼 진행되지 않으니까요. 다행이네요."

히요무는 세토라에게 히죽 웃어 보이고 허리의 가방 속에 손을 집어넣었다.

"엇…."

쿠자크가 눈을 까뒤집었다. 하루히로도 화들짝 놀랐다.

히요무가 가방에서 꺼낸 것은 눈에 익은 것이었다. 저 나이프.

오르타나를 점령했던 고블린들의 리더인 부왕 보고가 갖고 있었다. 전체가 빨간 금속으로 만들어졌다. 보고는 저 빨간 나이프로 돌입 부대의 대장 다이란 스톤의 목을 간단히 절단했었다.

단, 나이프라고는 해도, 날의 길이가 30센티미터 가까이 될 것 같고, 튼튼하게 가드도 달려 있다. 칼자루까지 포함하면 45센티미터 정도는 될 것이다.

들어가는 건가? 히요무의 허리 가방에, 저 나이프가? 글쎄? 억지로 쑤셔 넣으면 들어갈지도 모르겠다. 하지만, 안에 완전히 수납될 거라고는 생각할 수 없다.

"그 가방…."

메리가 험악한 표정으로 말하려고 하자 히요무는, 아아… 하고 허리 가방을 두드렸다.

"그야 물론, 이 가방도 주인님한테서 하사받은 렐릭이지요. 수납력이 장난 아니라서 엄청 편리하거든요. 좋지요? 안 줄 거고, 빌려주지도 않을 거고, 잠깐 만져보는 것조차 거절하겠지만요. 잘 들어요. 만지면 진짜로 죽여버릴 테니까."

"렐릭이란 건 대단하네…."

쿠자크는 그야말로 감탄하고 있다. 솔직한 녀석이다.

"웃길 정도로 대단하지요."

히요무는 여전히 잘난 척했다.

"참고로 말해두는데요, 이 나이프는 렐릭이 아니거든요."

"그저 희귀한 금속제, 라는 건가?"

세토라가 묻자, 히요무는 빨간 나이프를 흔들면서 긍정했다.

"그런 것 같아요. 옛날 아라바키아 왕국에서는 히이로가네라 불렸다고 해요. 원료는 잘 모르겠지만, 천룡 산맥에서 채굴한 여러 종류의 광석을 특수한 방법으로 정련하면 이렇게 빨간 합금이 된다고."

"예쁘긴 예쁘네요."

쿠자크는 고개를 끄덕였다.

"폼 난다고나 할까. 어? 즉, 아라바키아 왕국은 그… 뭐라고? 히로카네?"

"히이로가네."

하루히로가 정정해주자 쿠자크는 머리를 긁적였다.

"맞다, 그거지. 히이로가네, 히이로가네. 히이로(심홍색)? 가네? 쇠붙이라는 뜻인가?"

"그것을…."

세토라는 살짝 눈을 찡그렸다.

"고블린에게, 줬다?"

"원래는 다무로에 비밀리에 보관되어 있었다는 설도 있지요."

히요무는 나이프를 빙글빙글 돌리며 장난치고 있다. 위태롭지는 않다. 익숙한 손길이다.

"그 숨겨둔 장소를 가르쳐준 건지도 모르지만요. 아무튼, 희귀하고 다무로에만 존재했던 히이로가네는 거의 전부 고블린의 것이 되었지요."

"흠…."

쿠자크는 그래서 뭐가 어쨌다는 거냐는 듯한 얼굴을 하고 있다. 히요무는 그런 쿠자크를 보고 헷, 코웃음을 쳤다.

"상상력이 결여된 듯한 너희들은 모를 수도 있지만요, 이것은 고블린한테는 얼이 빠질 정도로 중대한 사건이었다고요. 고블린은 열등 종족이니까요. 말해두는데요, 이건 내 개인적인 의견이 아니라고요. 고블린은 인간뿐만 아니라 여러 종족에게서 무시당하고 있었다고요. 엘프도, 드워프도, 게다가 오크, 코볼트조차도 고블린 따위는 원숭이나 마찬가지라고 생각했다고요. 그 점은 지금도 그리 달라지지 않았는지도 모르지만요. 실제로 원숭이한테 털만 좀 더 났다고 할 정도인 놈들이고요. 아니, 고블은 체모가 적고 미끈하다니까, 털이 더 났다는 표현은 좀 이상한가? 뭐, 어디까지나 비유라고요."

그런 고블린들이, 이 세상에 극히 소량밖에 없는 귀중한 히이로가네를 독점하고 있다. 고블린들에게 이 사실은 하루히로가 생각한 것보다 훨씬 중대했을 것이다.

쿠자크가 오른손으로 왼손 손바닥을 가볍게 내리쳤다.

"그런가. 그래서, 고블린 중에서 지위가 높은 놈만 히이로가네 무기나 방어구를 쓰는 거구나. 권위의 상징? 비슷한…?"

"참 잘했어요."

히요무가 만면에 웃음을 띠니 끔찍하다.

"머리, 쓰담쓰담 해줄까요?"

"필요 없습다…."

"하지 말라고 하면 더 쓰담쓰담 해주고 싶어지네요…. 웃후후."

"그럼, 쓰다듬어주세요."

"네…."

히요무는 손을 뻗어 쿠자크의 머리를 쓰다듬었다.

"쓰담 쓰담 쓰담 쓰담."

"하지 말라고!"

쿠자크가 손을 뿌리치자 히요무는 슬그머니 웃고 있다. 뭐랄까,

진작부터 알고 있기는 했지만, 심보가 완전히 썩어 문드러졌다. 무섭다.

"과연 그렇군."

태연한 세토라도 약간 무섭다.

"고블린과 교섭할 근거는 히이로가네인가. 오르타나에 남아 있던 고블린들에게서 회수한 히이로가네 무기류를 돌려주겠다, 그 대신 손을 잡자고? 그것만으로는 약하지 않나?"

히요무는 자기 가슴을 두드렸다.

"교섭은 일임받았으니까. 너희는 쓸데없는 생각은 안 해도 된다고요. 할 일만 해주면 그걸로 되는 거예요. 목표는 신시가 침입. 그리고, 말이 통하는 우고스와의 접촉이라고요."

하루히로는 지도에서 검게 덧칠한 부분을 가리켰다.

"오오동고. 가장 깊은 골짜기, 였던가? …우고스는, 여기에밖에 없나?"

히요무는 고개를 저었다.

"아이스바아신에도 약간은 있는 모양이에요. 보좌 역할로 왕(모가도)을 모시고 있는 것 같아요."

메리는 눈을 내리깔았다.

"그중 하나에 들어가는 수밖에…"

쿠자크가 으응? 고개를 갸웃거린다.

"그 히이로가네 나이프를 들고 당당히 쳐들어가면 되는 것 아닌가요? 말단 고블린도 히이로가네는 알고 있을 거잖아요. 오… 저 인간, 히이로가네 갖고 있네, 높은 사람을, 아, 사람이 아닌가? 높은 고블린을 불러와, 그런 식으로 흘러가지 않을까?"

"히요라면…."

히요무는 히요라 자칭하기 시작했다. 히요무 아니었나? 어느 쪽이든 상관없지만.

"히이로가네다… 다들 빼앗아라… 우르르… 이렇게 되는 쪽에 걸겠네요. 이쪽이 무슨 말을 해도 전혀 통하지 않는다는 사실을 잊어서는 안 된다고요. 히요네랑 고블들은 어디까지나 서로 적이에요. 기본적으로, 우고스 이외와는 맞닥뜨리면 죽고 죽이는 수밖에 없다, 그렇게 생각해야 하지요."

"그러니까 애초에 무모하다고. 고블린과 동맹이라는 건…."

쿠자크가 중얼거리듯 말했다.

히요가 쿠자크를 찌릿 노려본다. 입을 벌리고 무슨 말을 하려고 했으나 휴 하고 한숨을 내쉬기만 했다.

히요도 결코 낙관시하는 것은 아니다. 그런 뜻인지도 모른다. 어쩌면 주인님, 즉 열리지 않는 탑 주인의 명령에 따라 어쩔 수 없이 움직이는 것뿐인가?

"무모하든 어떻든, 하는 거예요."

히요는 끊임없이 입술 끝을 씹기도 하고 핥기도 했다.

"주인님은 히요라면 할 수 있을 거라고 믿고 명령해주신 거니까요. 그렇다고 실패해도 뭐… 오케이… 비슷한 그런 게 아니니까요, 이건. 승산은 있다고요. 있어도 완전 많이 있다고요. 아무튼, 우고스만 만날 수 있다면. …전원이 신시가에 들어가는 게 무리라면…."

하는 수밖에 없다. 그것은 하루히로도 같은 생각이다. 진 모기스 장군이 시호루의 신병을 구속하고 있는 것은 거의 틀림없는 사실이다. 하루히로 팀이 성과를 내지 못하면, 장군은 시호루에게 위해를 가할 것이다.

"…나는 신시가에 들어갈 수 있어. 쿠자크가 도와주면, 분명 도구도 필요 없어."

"나도 못 할 건 없을 것 같다."

계속 입을 다물고 있던 닐이, 전혀 내키지는 않지만… 이라는 분위기를 풍기면서도 말했다.

"나는 무리지만."

세토라가 입을 열었다.

"키이치라면 되겠지. 냐아는 인간보다 쓸모가 있을지도 몰라."

하루히로는 히요에게 시선을 향했다. 히요는 하루히로의 시선을 받고, 뭔가요? 뭐냐고요? 죽고 싶으냐고요? 너는, 이라고 말하고 싶은 것 같은, 엄청나게 살벌한 얼굴을 했다.

"…갈 수 있어요. 히요도. 도적을 했던 적도 있으니까."

"그렇… 구나."

"처음에는 성기사였고, 살짝 도적 하다가, 마지막에는 전사였는데, 그래서 뭐?"

"성기사…."

메리가 중얼거렸다. 쿠자크는 입을 떡 벌리고 있다.

"…전사? 진짜야?"

"과, 과거 일이에요, 과거."

히요의 볼이 붉어졌다. 어째서인지 부끄러워하는 모양이다.

"지금이야 보는 바와 같이 그냥 절세 미소녀이지만요. 그런 시대도 있었다 그거지요. 너무너무 싫었다고요. 히요가 성기사니 도적이니 전사니, 농담이 아니라고요…."

히요에게도 여러 가지 일이 있었겠지만, 흥미는 없다. 전혀 흥미가 없다기보다도, 생리적인 혐오감이 호기심을 방해한다.

"이 지도는, 20년 전에 당신이 만든 거지?"

하루히로가 묻자 히요는 한순간 무시무시한 얼굴을 했다.

"히요가 만든 거라고는 단 한 마디도 안 했는데요?"

"…뭐, 누가 만들었든 상관없지만."

"그리고, 또다시 히요한테 당신이라고 부르면, 반드시 후회하게 될 거예요."

"알았어. …히요."

"뭔가요? 하루 군?"

하루히로는 눈을 감았다. 심호흡한다. 아직 속이 부글부글 끓었지만 약간 진정이 되었다. 그렇게까지 발끈할 만한 일도 아니다. 냉정하게 생각하면 그렇지만, 그래도 엄청나게 화가 났다.

히요는 심술의 천재다. 하루히로 나름대로 상당히 조심하고 있다. 그래도 아직 대처하기가 힘들다.

"…연륜, 인가?"

툭 던지듯 중얼거렸더니 히요가 정색을 하고 노려본다.

"지금, 뭐라고 했어요?"

"글쎄. 아무 말 안 한 것 같은데. 무슨 말이 들렸어? 기분 탓 아니야?"

히요는 흥 하고 고개를 홱 돌렸다.

얼핏 보기에 히요는 10대 중반에서 후반인 소녀 같다. 어디까지나 얼핏, 체격이나 복장, 머리 모양을 봐서는 그 정도의 나이인가? 라고 생각 못 할 것도 없다. 하지만, 자세히 보면 좀 더 위라는 걸

금방 알 수 있다. 분명히 바르바라 선생님이 말씀하셨다. 그 젊은 척하는 여자 말이군… 이라고. 10대는 말도 안 된다. 보기에는 20대, 초반이라기보다는 중반. 혹은 후반인가? 보기에 따라서는 좀 더 위로 보이지 않는 것도 아니다.

연령 불명이라는 표현이 어울릴지도 몰라. 이목구비나 화장법, 치장, 체형, 목소리 내는 방법, 말투, 몸놀림, 하나부터 열까지 다 뒤죽박죽이다. 그 어느 것도 히요라는 인간에게는 익숙하지 않은 것으로 느껴진다. 자연스럽지 않다. 상당히 무리해서 만들고 있는 것이 아닐까? 히요라는 인물을 연기하고 있다. 만약 그렇다면, 도대체 무엇 때문에?

하루히로가 알 바는 아니다. 심정적으로는 관여하고 싶지 않지만, 히요에 대해 알아둘 필요는 있지 않을까?

히요는 우리 편이 아니다.

분명히 적이라고 단언해도 좋을 정도다.

적을 잘 알지 않으면 싸움을 유리하게 이끌 수가 없다.

그렇다. 이것은 싸움인 것이다. 그러나 어떤 싸움인 건가? 하루히로는 그것조차 제대로 이해하지 못했다.

이대로는 좋지 않아. 진심으로, 심각하게, 온 힘을 다 바쳐 착수하지 않으면, 히요나 열리지 않는 탑의 주인, 진 모기스 장군에게 이용만 당할 대로 당하고 토사구팽을 당한다.

"20년 전의 지도라면 믿을 수 없다고 생각하는 게 좋겠어. 나와 키이치, 닐, 히요가 신시가에 들어가서, 우선은 오오동고와 아아스 바아신의 위치를 확인하는 것부터인가? 현 상황과 지도의 정보에 어느 정도의 차이가 있는지 확인하면서. 쓸 만한 거점이 하나라도 남아 있다면 좋겠는데, 그것도 일단 체크해보자."

"일단, 우리는 여기에서 기다리는 수밖에 없는 건가요…?"

쿠자크는 눈썹이 축 처져서 엄청나게 아쉬운 것 같다.

"숨어 들어갈 개구멍이나 그런 거 없나?"

닐이 히요에게 묻는다.

"그런 건 없다고 생각하는데요, 옛날에는 저렇게 빡세지 않았거든요. 신시가의 경비 체제…."

히요는 중얼거리듯이 거기까지 말하고는 갑자기 당황했다.

"히, 히, 히요는 알 턱이 없지만요?! 이, 20년 전 일 같은 건?! 알리가 없잖아요오…?! 저, 저, 전해 들은 이야기로요, 전해 들은 이야기!"

"엇!"

쿠자크는 자기 입을 손으로 가렸다.

"혹시나, 20년쯤 전에 이 지도를 만든 위대한 파티라는 게, 당신의?! 그보다, 당신, 몇 살이에요?!"

"…늦는 것도 정도가 있다, 너."

쿠자크를 보는 세토라의 눈에는 숨길 수 없을 정도의 경멸이 담겨 있다. 메리의 눈길도 차갑다.

"나이를 묻는 건 실례라고 생각해…."

"아니, 하지만, 신기하지 않아? 어라? 나만 궁금해? 진짜야…?"

갑자기 히요가 빨간 나이프를 지도에 처박았다.

"그렇게 알고 싶나요?"

웃는 얼굴이다.

하지만, 눈에는 웃음기가 없다. 입가는 지나칠 정도로 위로 올라가 있지만, 그래도 역시 웃는 걸로는 전혀 보이지 않는다.

"가르쳐드리지요. 열여섯 살이에요. 미소녀는 나이 같은 건 먹지 않으니까요. 히요는 영원히 열여섯 살이라고요. 알겠어요?"

쿠자크는 턱을 잡아당기는 것처럼 고개를 끄덕였다.

"네….."

무섭다니까.

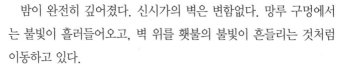

밤이 완전히 깊어졌다. 신시가의 벽은 변함없다. 망루 구멍에서는 불빛이 흘러들어오고, 벽 위를 횃불의 불빛이 흔들리는 것처럼 이동하고 있다.

하루히로는 신시가 벽에서 10미터도 떨어지지 않은 폐허 그늘에 몸을 숨기고 있다. 여러 가지로 검토해봤지만, 여기가 제일 좋을 것 같았다.

이유는 단순 명쾌한데, 망루와 망루 사이가 넓다. 눈대중으로 60미터 정도나 된다. 다른 것은 대개 30에서 40미터니까, 현격한 차이라고 해도 된다.

일몰 직후와 비교하면 고블린들의 순찰이 느슨해졌다. 그것도 이미 확인했다. 두 마리가 한 조가 된 것은 똑같지만, 한 조의 순찰이 어느 지점을 지나고 나서 다음 순찰조가 그 지점을 통과할 때까지 천천히 200까지 셀 정도나 된다.

소리를 내지 않도록 쿠자크의 갑옷을 벗게 했다. 대검도 세토라에게 맡겨졌다.

메리가 살며시 하루히로의 어깨에 손을 올렸다. 어두워서 표정은 모르겠다.

"조심해."

하루히로는 고개를 끄덕여 보였다.

실패하는 상황은 얼마든지 떠오른다. 그 회피법. 회피하지 못했을 때의 대처법. 생각해내기 시작하면 멈추지 않는다. 물론, 긴장하고 있다. 불안은 있다. 없을 리가 없다.

분명, 아무리 생각해도 한이 없다. 불안감이 완전히 사라지는 일은 없겠지. 솔직히, 이런 거겠지… 라고도 생각한다. 만사가 순조롭게 진행된다는 건 있을 수 없다. 오히려 대부분의 일은 잘 풀리지 않는 것이다. 불안정하니까, 불안한 것이 당연하다. 안정, 안심에는 손이 닿을 것 같지도 않다. 발을 디딘 곳은 항상 흔들흔들, 비틀비틀이다. 간신히 균형을 잡고 서 있는 수밖에 없다.

휴, 숨을 내쉰다.

세토라의 다리께에 있던 키이치가 다가왔다. 뒷발로 일어서서, 하루히로의 허벅지에 앞발을 살며시 댔다.

"냐."

작게 울었다. 잘 부탁해, 라고 말하는 모양이다. 하루히로는, 저야말로, 아무쪼록 잘 부탁합니다, 라는 느낌이다. 키이치는 히요나 닐 따위보다 훨씬 신뢰할 수 있다.

"계획했던 순서대로, 키이치와 내가 처음에 벽을 넘는다. 그리고 히요, 닐 순으로."

"오케이입니다용."

"그래."

"문제가 있으면 알릴 테니까, 즉각 중지하고 퇴각. 나는 신경 쓰지 않아도 돼. 알아서 어떻게든 할 테니까. …그럼, 시작하자."

우선은 고블린의 순찰이 벽을 넘어야 할 지점으로 오기를 기다린다. 기다리는 것은 잘한다. 기다리는 것만이라면 얼마든지 기다릴 수 있다. 하지만, 기다리기만 할 수는 없다.

순찰이 벽을 넘어야 할 지점을 통과했다. 다음 순찰이 벽 지점으로 올 때까지는 얼마나 될까? 200초까지는 안 될까? 180초쯤 될 것이다. 다음을 기다려야 할까? 아니야, 그 정도면 충분하다.

아직 아까 지나간 순찰조가 벽을 넘어야 할 지점 가까이에 있다.

80초 기다렸다가 결행. 20초 이내에 벽을 넘는다. 남은 건 80초.
이걸로 간다.

60까지 셌을 때, 아까의 순찰, 꽤 멀리 갔고, 슬슬 괜찮지 않을
까? 하는 생각이 하루히로의 마음속에서 목을 치켜들었다.

초조하구나, 깨닫는다. 자, 지금은 진정하자.

…67, 68.

69.

70.

71. 72. 73.

74.

하루히로는 오른손을 들어 보였다. 5초 전.

손가락을 하나씩 접는다. 4.

3.

2.

1.

빠른 걸음으로 그 자리를 벗어난다. 키이치가, 그리고 쿠자크가
말없이 따라온다. 히요와 닐도 그 뒤를 이었다.

벽에 도착했다.

쿠자크가 벽을 두 손으로 짚는다.

키이치가 쿠자크의 몸을 뛰어 올라가 눈 깜짝할 사이에 벽 위에
도달했다. 다음은 하루히로 차례다.

쿠자크가 이쪽을 향한다. 약간 몸을 굽히고 두 손을 무릎 앞 부근

에서 깍지를 낀다. 손바닥을 위쪽으로 한 것이 아니다. 손등을 위로 향하고 있다.

하루히로는 쿠자크의 두 손등에 오른쪽 발을 걸쳤다. 쿠자크의 어깨를 두 손으로 움켜잡았다.

"웃…!"

쿠자크가 온몸을 쭉 뻗어 하루히로를 밀어 올린다. 엄청난 괴력이다. 쿠자크는 단숨에 자기 머리보다 높은 위치까지 두 손을 올렸다. 아마도 발꿈치도 들었을 것이다. 쿠자크의 키는 190센티미터 정도니까, 하루히로는 2미터도 넘는 굽이 달린 신발을 신은 것이나 마찬가지다. 벽의 높이는 4미터가 채 안 된다. 이거라면 기어 올라가는 건 쉽다.

벽 위에서 키이치가 기다리고 있었다. 밑에서는 히요가 하루히로와 마찬가지로 쿠자크의 도움을 받아 벽을 넘으려고 했다. 하루히로는 벽 위에서 손을 내밀었다. 히요가 하루히로의 팔을 움켜잡는다. 끌어올렸다.

"감사."

히요가 귓가에서 속삭였다. 하루히로는 무시했다. 다음은 닐 차례다. 쿠자크가 닐을 밀어 올린다. 하루히로는 히요 때와 마찬가지로 닐이 벽 위로 올라오는 것을 거들었다.

쿠자크가 손을 흔든다. 하루히로는 가라고 몸짓으로 신호를 보낸다. 쿠자크는 벽에서 떨어졌다.

다음 순찰은 아직 오지 않는다. 괜찮다. 여유가 있다.

먼저 키이치가 벽 너머로 내려갔다. 거의 소리도 내지 않고 착지한다. 높이는 3미터 정도일까? 구시가 쪽보다 낮다.

닐이 뒤를 따른다. 키이치처럼은 안 된다. 벽 위쪽을 잡고 매달리는 모양새가 되더니 거기서부터 뛰어내린다.

"음…."

목소리뿐만이 아니다. 쾅 소리가 났다. 순찰은 어쩌고 있지? 들키지는 않았나?

"저 아재…."

히요가 작은 목소리로 중얼거리고는 벽에서 내려갔다. 닐보다는 잘 착지한 모양이다.

순찰은? 괜찮다.

하루히로도 벽 건너편으로 내려갔다. 벽 표면을 박차지는 않고, 몇 번 발바닥으로 미는 것처럼 해서 반동을 줄인다. 착지 때에는 몸을 가급적 부드럽게 해서 땅바닥에서 굴렀다. 그대로 일어나서 이동한다.

신시가에 관해서 히요한테서 듣기는 들었다. 벽에서 내려온 곳, 즉, 지금 하루히로 일행이 이동하고 있는 장소는 바닥 같지만, 지면이 아니다. 골목의 천장인 모양이다. 신시가의 거리는 기본적으로 터널 상태로, 천장이 있다고 한다.

단, 거리의 천장은 채광이나 환기를 위해서인지 구멍투성이다.

작은 구멍도 있고 커다란 구멍도 있다. 형태도 제각각이다. 하루히로 일행은 그런 구멍 하나를 통해 거리로 내려갔다.

"좁네…."

닐이 중얼거렸다. 확실히, 폭은 1.5미터 정도로 높이도 그와 비슷한 정도다. 하루히로나 닐보다 키가 작은 히요도 머리가 닿는다.

"허리가 아파지겠는데…."

"불평만 늘어놓으면 죽일 건데요?"

히요의 협박이 유난히 직접적이다. 여유가 없는 것이리라.

"한 번만 더 쓸데없는 소리를 지껄이면 죽일 거니까요. 그리고, 엇갈리면 살아서 돌아가지 못한다고 생각해주세요. 히요가 죽이지 않아도 죽어요. 아무튼, 히요 말대로 하는 거예요. 안 그러면 죽일 거예요."

"…알았어."

"가자."

하루히로는 두 사람을 재촉해서 터널 길을 걸어갔다.

고블린의 기척은 없다. 그들은 인간과 마찬가지로 아침에 일어나고 밤에 자는 종족이다. 그것은 오르타나에서 파악했다. 대부분의 고블린은 잠자리에 들어 꿈을 꾸고 있겠지.

사실, 넓고 천장이 높은 터널 길도 있지만, 그쪽은 다소나마 사람의 왕래가, 아니, 고블린의 왕래가 있었다. 도기나 그런 것으로 만든 듯한 조명 기구도 여기저기에 설치되어 있다. 길가에 서서 수다를 떨고 있는 고블린도 있어서, 아무래도 빠져나갈 수 있을 것 같지 않다.

허리를 구부리지 않으면 걸을 수 없는 터널길로 갈 수밖에 없다는 뜻이다. 닐처럼 불평을 하려는 건 아니지만, 허리가 아파진다. 지독히 구불구불해서 방향 감각이 어긋나는 것도 곤란하다. 커브가 있는 것만이 아니라 복잡하게 얽혀 있다. T자 삼거리, 사거리가 엄청 많아서 어디가 어딘지 모르겠다. 가끔씩이지만, 고블린이 걸어가기도 한다. 처치해둘까? 망설여지긴 하는데, 죽인다고 해도 시체를 어떻게 해야 하나? 숨길 수가 없기 때문에 방치할 수밖에 없다.

아침이 되어 다른 고블린이 발견하면 큰 소동이 일어나겠지. 결국, 고블린이 가까이 오면 오던 길로 되돌아가며 피하는 수밖에 없다.

앞이 보이지 않는다. 좌절할 것 같다.

그러면서도 좌절하지는 않을 거라는 생각도 든다.

기억이 없어서 실감은 나지 않지만, 아무래도 하루히로는 아슬아슬한 외줄 타기를 상당히 경험했던 모양이다. 앞이 보이지 않아, 그래서 마음이 꺾일 것 같다… 고 자기 자신을 객관시할 수 있는 동안은 아직 괜찮다.

앞이 보이지 않는다기보다 앞쪽의 극히 제한된 범위밖에 눈에 들어오지 않게 되어, 지금 처한 상황, 자기 마음 상태도 알 수 없게 된다면, 그때가 비로소 본격적으로 위험하다.

어쩌면 그렇게 되어버리지 않도록, 자기 자신을 객관시하는 버릇이 몸에 밴 건지도 모른다.

닐은 끊임없이, 이제 싫어, 라는 듯이 머리를 흔들기도 하고, 소리를 내지 않고 한숨을 내쉬기도 함으로써 숨을 돌리며 간신히 참고 있는 것이겠지. 길 안내를 자처한 히요도 안내하는 데 집중해서 쓸데없는 생각을 하지 않도록 하는 것이라고 생각한다. 방식은 제각각이지만, 스트레스에 대처하는 자기 나름대로의 방법을 갖고 있는 것이다.

히요의 말로는, 20년 전에는 커다란 흙 경단 같은 건물이 무질서하게 지어져 있었고, 그 사이를 터널길이 메우고 있었다. 메인 스트리트 같은, 넓고 천장이 높은 거리는 두 개밖에 없었던 모양이다. 양쪽 다 아이스바아신을 기점으로 해서 뻗어 있고, 한쪽이 가장 깊은 골짜기 오오동고로 이어져 있었다. 그 주변은 지도에도 분명히 그려져 있다.

20년 동안 신시가는 변한 모양이다.

여기저기에 넓은 길이 있고, 흙 경단이라고는 말할 수 없을 것 같은 견고한 건물도 많이 지어졌다.

날이 밝기 전에 아아스바아신은 확인할 수 있었다. 어떤 거리의 구멍을 통해 천장 위로 나가도 그 위용은 대충 눈으로 파악할 수 있었다.

팔이 다섯 개 달린 거인 같은 모양이라고 하면 좋을까? 무수한 구멍이 뚫려 있고, 불빛이 흘러나오고 있어 밤의 어둠 속에서 흐릿하게 떠올라 보인다. 히요 왈, 20년 전의 아아스바아신은 3분의 2 정도의 높이로, 저 팔 같은 부분이 두 개밖에 없었다고 하니 증축된 것이겠지.

아아스바아신은 신시가의 대개 중앙에 있을 테니, 오오동고의 위치는 대충 짐작이 갔다. 단, 복잡한 터널길을 통해 도달하는 것은 힘들겠지. 천장 위를 걸어가는 것은 어떨까? 하지만, 도착하기 전에 해가 뜰지도 모른다.

어쩔 수 없이 하루히로 일행은 일단 신시가를 나가기로 했다. 신시가 쪽에서는 벽의 곳곳에 계단이 있다. 보초가 있는 것도 아니라서 순찰 고블린만 조심하면 된다. 신시가에 숨어 들어가는 것은 힘들지만, 신시가에서 나가는 것은 간단하다.

대기 장소인 폐허로 돌아오니 꼬리를 흔들며 하루히로를 기쁘게 맞아주는 쿠자크가 좀 성가셨다. 아니, 물론 쿠자크에게는 키이치 같은 꼬리는 달려 있지 않지만, 그만큼 크게 기뻐하며 달라붙기 때문에 좀 자제해줬으면 좋겠다. 그렇다고 쌀쌀맞게 굴면 금방 풀이 죽어버리고. 그것은 그것대로 마음이 아프다.

아주 조금이긴 하지만.

"신시가 안에 잠복해서 탐색을 진행한다는 것은 현실적이지 않은 것 같다."

닐의 말이 맞겠지. 적어도 지금으로서는 구시가에 있는 이 대기 장소에서 신시가로 오가는 수밖에 없다. 히요는 불만스러운 것 같다.

"이러니저러니 하는 동안에 신시가의 고블들이 움직이기 시작하지 않으면 좋겠지만요."

고블린들은 히이로가네를 상당히 중요시한다. 그것이 사실이라면, 부왕 보고가 소유하고 있던 히이로가네 무기를 되찾으려고 할지도 모른다.

밤까지 기다렸다가 하루히로와 히요, 닐, 그리고 키이치는 다시금 신시가로 침입했다. 목적은, 지극히 높은 천상인 아아스바아신, 그리고 가장 깊은 골짜기 오오동고로 가는 길을 찾아내는 일이다.

터널길은 미로 같아서 대부분 천장 위로만 이동했다. 하지만, 천장은 구멍투성이다. 발이 빠지거나 떨어지지 않도록 아주 조심해야 한다. 터널길 위에 건물들을 연결하는 통로가 있기도 했다. 그런 통로는 반드시 밤에도 고블린들이 지나다니기 때문에 긴장을 풀 수 없다. 당연히 터널길, 통로 위로 튀어나온 건물에는 고블린들이 살고 있으니 섣불리 소리를 냈다가는 들킬지도 모른다. 멍하니 창 밖을 바라보고 있던 고블린에게 들킬지도 모른다.

모가도가 사는 성이라는 아아스바아신 주위에는 상당히 큰 건물들이 밀집해 있다는 것을 알았다. 아아스바아신은 그런 건물들에 거의 완전히 둘러싸여 있다. 터널길의 천장을 따라 아아스바아신에 접근하는 것은 불가능할 것 같다.

천장이 높고 넓은 메인 스트리트 중 적어도 한 개는 아아스바아신으로 통할 것 같다. 하지만, 메인 스트리트는 번화가 같은 양상을 띠고 있어서 한밤중에도 밝았고 고블린들로 북적거린다. 메인 스트리트를 통해 아아스바아신에 가는 것은 어렵다. 뭐랄까, 불가능하겠지.

이틀째의 탐색은 거기까지로, 셋째 날은 오오동고를 향해 갔다. 오오동고의 위치 자체는 20년 전부터 변함없다고 생각되므로, 그 장소를 향해서 터널길 천장 위를 걸어가면 된다.

신시가 탐색에도 익숙해졌다. 그러기에 더욱 방심하지 않도록 주의해야만 한다. 그 부분은 하루히로가 굳이 말하지 않아도, 히요도 그렇고 닐도 그렇고 키이치도 제대로 명심하고 있다.

오오동고에는 생각했던 것보다 간단히 도달할 수 있었다.

아니, 정확히 말하자면, 오오동고 코앞까지는, 이라고 말해야 할 것이다.

아아스바아신과는 대조적이었다. 오오동고 주변 일대에는 아무 것도 없다고 말해버리면 어폐가 있을지도 모른다.

가장 깊은 골짜기.

그것은 골짜기라기보다 아래로 뚫린 구멍이었다. 대충 원형인, 아마도 직경 200미터 정도는 될 광장에 직경 150미터 정도의 구멍이 입을 벌리고 있다.

모든 터널길은 광장에서 끝이 났고, 구멍 가장자리에서는 무수한 화톳불이 타고 있다. 광장을 돌아다니는 고블린들이 창이나 방패를 들고 석궁 같은 것을 등에 찬 것을 보니 틀림없이 경비병이겠지. 빨간 창을 들고 빨간 투구를 쓴 고블린도 한 마리 확인했다. 히이로가 네 무기를 장착한 것을 보면, 어쩌면 경비 책임자쯤 되는 고블린인지도 모른다.

하루히로 일행은 터널길로 내려가 광장으로 다가가보기도 하고, 오오동고의 전경을 바라볼 수 있을 만한 건물 위로 올라가보기도 했다. 어떻게 광장을 가로질러 오오동고까지 갈 수는 없을까? 갈 수 있다고 해도, 그때부터는 어떻게 해야 하나?

광장을 어슬렁거리는 경비병 고블린의 숫자는 70에서 80마리쯤 될 것이다. 저 고블린들에게 들키지 않고 광장을 지나갈 수 있을까? 하루히로와 키이치라면 어쩌면 가능할지도 모르지만, 히요와 닐은 힘들 것 같다.

오오동고는 그냥 구멍이 아니라 안쪽에 나선형 계단이 있다. 계단은 어디까지 이어져 있는 건가? 다 내려가면 어떻게 되어 있나? 거기까지는 모른다. 횃불인지 뭔지를 들고 계단을 오르내리는 것은 분명 경비병 고블린이겠지.

광장을 통과해서 오오동고까지 도달할 수 있다고 해도, 계단을 내려가면 경비병 고블린과 맞닥뜨리게 된다. 경비병 고블린을 처치하면서 계단을 뛰어 내려가 어떻게든 우고스인지 뭔지를 찾아낸다.

실행하려면 상당한 도박을 해야 한다.

게다가 유리한 도박은 아니다.

하루히로 일행은 돌아가기로 했다. 날이 밝기 전에 신시가를 나가야만 한다.

터널길 천장 위를 걷고 있노라니 닐이 중얼거렸다.

"이런 건 처음이야."

도저히 활로를 찾아낼 수 있을 것 같지 않다. 속수무책이다.

버티고 버티며 계속 생각하다 보면 언젠가 뭔가 떠오를지도 모르지… 라는 느낌이 전혀 들지 않는다.

이것이 카드 게임이라면 어떻게 해도 상대방을 이길 수 없다, 패배 확정인 패를 들고 그저 난처해할 뿐이다.

선택지는 두 가지다.

패배할지, 기권할지.

하지만, 제반 사정으로 인해 그 어느 쪽도 선택할 수 없다.

"아직 방법은 있다고요."

벽을 넘기 전에 히요가 그 말만 했다.

패배를 인정하기 싫어서 억지 부리는 거 아니야? 라고 그때는 생각했다.

차라리 그저 억지 부리는 것이었으면 좋았을지도 모른다.

…옛날 옛적의 이야기입니다.

어떤 '신화'가 있었는데요.

네, 이것은 어디까지나 '신화'일 뿐이라서….

다소의 진실, 진실의 씨앗 같은 것은 포함되어 있을지도 모르지만, 진짜로 있었던 일 그 자체는 아닐 것입니다.

사람들이 믿고 싶어서, 적어도 어느 시기까지는 믿었던 이야기일 뿐이라고 생각해주세요.


옛날 옛날 먼 옛날, 아라반키아라 불리는 토지가 있었습니다.

아라반키아에 관해서는, 거대한 호수에 떠 있는 섬이라고도 하고, 홍수가 일어나 가라앉은 대륙이라고도, 아득히 서쪽 붉은 바다 끝에 있다고도, 또는 북의 저편, 동토 너머에 펼쳐진 녹색의 낙원이라고도 합니다.

여러 가지 설이 있다는 뜻입니다. 뭐가 정확한지는 아무도 알 수 없습니다.

아무튼, 과거에 아라반키아라는 토지가 있었던 것이다… 라는 전설이 예로부터 이 그림갈에 전해 내려온 것입니다.

아라반키아는 1년 내내 춥지도 않고 너무 덥지도 않고, 초목이 우거진 숲은 짐승과 새들로 넘치고, 드넓은 벌판에서는 쉴 틈 없이 바람이 노래를 했습니다. 그림갈은 무시무시한 신들의 싸움으로 황폐해졌지만, 아라반키아만은 항상 평화로웠습니다.

어느 일가가 아라반키아로 이주해 왔습니다.

아버지는 조지라고 하는데, 시오도어, 이슈마르, 나난카라는 세 아들이 있었습니다. 그 밖에도 딸이 몇 명인가 있었던 모양이지만, 그녀들의 이름은 세월에 떠내려가 잊혀버렸습니다. 어머니는 아라반키아에 도착하자마자 금방 죽은 모양입니다. 어머니의 유해를 아라반키아 땅에 묻자, 순식간에 큰 나무가 자라나 꽃을 피우고 열매를 맺었다고 합니다. 그 큰 나무가 쓰러져 쿠아론 산이 되었다고도 합니다만, 이것은 그다지 관계없는 이야기이므로 그만합시다.

조지와 3형제는 아라반키아 땅에서 서로 도와가며 사이좋게 살았습니다. 기후는 더할 나위 없이 온난하고, 때때로 내리는 비는 사람의 피부보다 약간 따뜻하고, 짐승은 마음껏 사냥할 수 있고, 과일이든 뭐든 풍부하게 열리고, 흐르는 강물은 맑고 깨끗해서 마음껏 마실 수 있고, 찾아보면 술이 솟아나는 샘도 있고 해서 고생할 일은 하나도 없었습니다.

아라반키아는 거짓말 같은, 정말 농담 같은 이상향이었습니다.

일가는 거의 놀고먹었습니다.

그러나, 어느 때 막내아들인 나난카가 이상한 사실을 깨달았습니다.

"우리, 꽤 오랫동안 여기서 생활한 것 같은데, 실제로 얼마나 지난 거지? 아무래도 아버지도 그렇고 형들도 그렇고, 조금도 나이를 먹지 않은 것 같은데. 이런 일이 있을 수 있는 건가?"

"듣고 보니 진짜 그런지도 모르겠네."

둘째 형인 이슈마르는 태평했습니다.

"하지만, 그렇다면 그거대로 뭐, 좋지 않아? 언제까지고 아늑하고 평안하게 지낼 수 있다는 뜻이니까."

그러나 맏형 시오도어의 의견은 달랐습니다.

"과연 그럴까? 어쩌면 우리는 꿈을 꾸고 있는 건지도 몰라. 다 같이 아라반키아에 도착했고, 안타깝게도 엄마가 돌아가시고, 함께 힘을 합쳐 매장했다고 생각하지만, 그건 사실일까? 모든 것이 전부 다 꿈인 건 아닐까?"

"엄마 나무가 있잖아."

둘째 형 이슈마르는 큰 나무를 가리킵니다.

"꿈이 아니야. 형은 이상한 소리를 하네."

"뭐라고?"

맏형 시오도어는 화를 냈습니다. 시오도어와 이슈마르는 가끔씩 말다툼을 하는 적이 있었습니다.

"잠깐, 잠깐, 얘들아. 싸우면 안 돼."

아버지 조지가 위엄 있는 태도로 꾸짖었습니다.

"시오도어가 말한 것처럼 꿈이라고는 생각하지 않지만, 아무도 나이를 먹지 않는 것은 분명히 기묘하다. 다들 효자라서 너희가 먹을 것을 구해 오니까 나는 먹고 자고 먹고 자고 하는데도 전혀 살이 찌지 않아. 이것도 또한 이상하다고 하면 이상하지."

"나, 좀 여행을 떠나서 바깥 상황을 보고 올게."

막내인 나난카가 말을 꺼냈습니다. 아무도 말리지 않아서 나난카는 당장 길을 떠났습니다.

일가는 변함없이 아라반키아에서 태평하게 살고 있었습니다만, 시간이 한참 지나도 나난카가 돌아오지 않아, 이쯤 되니 맏형 시오도어는 걱정하기 시작했습니다.

"나난카를 찾으러 가려고 해."

"아니, 형은 여기에 있어. 내가 다녀올게."

이렇게 해서 둘째인 이슈마르도 아라반키아를 떠났습니다.

아들 두 명이 아무리 기다려도 돌아오지 않자 이번에는 아버지인 조지가 안절부절못하게 되었습니다. 그런데, 이게 무슨 일인가요. 여기가 바로 이 이야기가 그야말로 신화구나 싶은 부분인데요, 아버지는 아라반키아에서 먹고 자고 먹고 자고 하는 동안에 뿌리가 내린 것처럼 그 자리에서 움직일 수 없게 된 것이었습니다.

아버지 조지는 죽은 어머니와 마찬가지로 순식간에 커다란 나무로 변해버렸습니다.

일설에 따르면, 아버지는 아들들의 몸을 너무나 걱정한 나머지 폭음폭식을 하다가 체해서 그만 죽고 말아 시오도어가 매장했다고도 합니다.

어느 쪽이든, 이렇게 되면 맏형 시오도어가 동생들을 찾으러 가는 수밖에 없었습니다.

그런데 형제 밑으로는 여동생들이 있던 듯, 시오도어 오빠와의 근친상간 같은 이야기 등 흥미로운 에피소드도 남아 있습니다만, 이야기하려면 길어지므로 생략하겠습니다.

시오도어는, 동생들을 찾으러 가야 하기는 해도 이상향에서의 삶이 마음에 들었기 때문에, 아쉬움을 털어내기 위해서 돌아보지 말자, 돌아보지 말자고 열심히 읊조리면서 아라반키아를 뒤로합니다. 그는 분명 왠지 두 번 다시 돌아오지 못할지도 모른다는 느낌을 받았던 것이겠지요. 그 느낌이 맞았습니다.

한동안 걷다가, 이제 괜찮겠지 해서 시오도어가 돌아보자, 유백

색 안개가 피어올라 아무것도 보이지 않았습니다. 게다가 그 안개가 시오도어를 향해서 밀려오는 것이 아니겠습니까. 뭐가 뭔지는 모르지만, 시오도어, 위기일발입니다.

도망쳐, 도망쳐야 해, 시오도어. 태평하게 걸어갈 때가 아니야. 뛰어라. 전속력이다. 가라. 계속 뛰어.

시오도어는 몇 날 며칠을 계속 달려, 아니, 그랬다가는 죽어버릴 것 같습니다만, 신화의 등장인물이니까 그 정도쯤은 해냅니다. 그랬더니 호숫가에 다다라서, 거기에서 한숨 돌리기로 했습니다.

린스톰, 디오즈, 쿠로가네 산맥이라는 산들에 둘러싸인 그 호수는 대단히 아름다워서 시오도어는 완전히 마음을 빼앗겨버립니다. 어이, 동생들은 어떻게 하고? 라는 생각이 안 드는 것도 아닙니다만, 어디까지나 신화입니다. 상식적인 딴지를 거는 것은 센스 없는 짓이라고 해야겠지요.

"집을 지키는 벽 같은 높은 산들, 이상향에도 없었던 근사한 호수, 여기에 나라를 안 세울 수는 없지. 이제부터 일꾼을 모집한다. 내 나라에 살고 싶은 자는 모여라. 나는 왕이 되어 이 나라를 아라바키아라고 칭하겠다."

이봐, 이봐. 아무리 그래도 너무 갑작스럽잖아. 이런 딴지도 촌스러우니, 생각만 하고 입에 올리지는 말아주세요. 호숫가에서 혼자, 나는 왕이 되겠다, 국민으로 삼아줄 테니까 마구마구 모여라 등등을 외쳐댔더니, 상상하면 상당히 이상합니다만, 어떻게 된 영문인지 그 부름에 응해서 북에서도 서에서도 동에서도 사람들이 모여들어서는, 잇달아 시오도어 앞에 무릎을 꿇고 충성을 맹세했다고 합니다. 시오도어는 일일이 그들, 그녀들의 이마에 키스해서 축복해주고는 거만하게 "너를 나의 국민으로 인정한다"는 말을 했다고 하네요. 어이가 없다고요? 아무러면요, 그렇겠지요. 하지만, 신화이므로 어쩔 수 없습니다.

무슨 신화인가 하면, 우리 아라바키아 왕국의 건국 신화입니다.

시오도어 조지. 조지 1세라고도 불리는 한 남자가, 지금으로부터 660년 전쯤 이렇게 해서 아라바키아 왕국을 세웠다.

그렇게 전해 내려오고 있습니다.


덧붙이자면, 말입니다.

조지 1세는 두 명 있습니다.

네?

어떻게 된 일이야?

그렇게 생각하시지요?

이 부분은 좀 복잡해지므로, 간결하게 요약해서 설명하겠습니다.

실은, 아라바키아 왕국을 세운 것은 시오도어 조지가 아닙니다. 어쩌면 시오도어라는 이름의 남자는 실제로 존재했는지도 모르지만, 최초로 아라바키아 왕으로서 이름이 알려진 것은 그 인물이 아닙니다.

아라바키아 왕국은 660년 전에 생겼다는 이야기도 허무맹랑합니다. 적어도 그런 기록은 하나도 남아 있지 않습니다.


360년 전쯤의 어느 날의 일입니다.

에나드라는 남자가, 오늘부터 나는 왕이다, 불만 있나? 있다면 덤벼봐, 다 죽여버린다 하고 소리 높여 선언했습니다.

그 당시의 상황은, 아무튼 현재로서는 인간들의 왕국이 일제히 사라져버렸기 때문에 잘은 모르지만, 아무래도 에나드 같은 왕이 많았던 것 같습니다. 지역 사람들을 관리하는 카리스마, 인맥, 그리고 무력이 전부였습니다. 왕이라고 해도 말하자면 갱단 두목 같은 것이었습니다. 거친 갱단이 뒤에 있지 않으면 마음 편히 잠도 못 자는 난세였던 것이지요. 그렇게 되면, 가급적 힘이 세고 가능한 한 씀씀이가 좋은 두목을 따르자고 생각하는 것이 사람의 심리입니다.

에나드는 호숫가에 있는 마을의 간판 역으로, 확고부동한 큰 갱단 보스였습니다. 삼백 몇 십 년 전은 그런 입장의 인간이 잇달아 왕이 된 시기였던 것입니다.

에나드가 대단한 것은, 어쩌면 누군가가 바람을 넣은 건지도 모릅니다만, 나는 그냥 에나드가 아니라고 주장한 부분이겠지요.

아라반키아라는 이상향이 있다는 이야기는 모두가 알고 있겠지? 조지의 아들 시오도어가 호숫가에 왕국을 세웠다. 그 유명한 전설 말이다. 사실을 말하자면, 이 마을이 바로 그 장소이며, 이 나 에나드는 시오도어의 자손이다. 내가 바로 조지의 아들 시오도어의 후예인 에나드 조지. 우리 왕국을 아라바키아라 명명하자. 어떠냐? 대단하지?

실제로 에나드는 실력자였습니다. 인근 촌, 마을, 갱단, 그 두목, 왕들을 계속해서 산하에 넣고, 아라바키아 왕국의 세력 확대는 그칠 줄을 몰랐습니다.

그런데, 사자신중충(주1)이라는 것은 어느 시대든, 어디에든 있는 것입니다. 무슨 뜻인가 하면, 에나드를 중심으로 급성장을 이룩한 아라바키아 왕국은 말하자면 갱단 연합 같은 측면이 있었습니다.

주1) 사자신중충: 獅子身中蟲. 불경 「범강경(梵綱經)」에 나오는 말로, 사자를 죽음으로 모는 사자 몸속에 있는 벌레. 불자이면서 불법을 해치는 자를 비유하는 말로, 조직을 망하게 하는 것은 내부의 적이라는 뜻.

에나드에게 심취해서 따르는 자도 있지만, 이 흐름, 커다란 물결에는 거스를 수 없다는 듯이, 어쩔 수 없이 신하의 예를 갖춘 자도 있었던 것입니다.

단, 이시두아 자에문은 왕의 오른팔, 측근 중의 측근이었다고 하니, 에나드 입장에서 보면, 하필이면 이 녀석이 배신하다니… 라는 기분이 들지 않았을까요?

이시두아에게도, 심한 갑질을 당했다거나, 지위가 높아짐에 따라 점점 더 거만해지는 왕을 보고 있을 수가 없었다거나, 위와 아래 사이에 있는 내 입장도 좀 생각해보라거나, 이유는 여러 가지가 있었겠지만, 에나드의 목숨을 노린 것은 틀림없습니다.

그렇기는 해도, 에나드도 왕 자리까지 올라간 남자, 보통 사내는 아니었던 것입니다.

"우옷, 살기!"

숨어든 암살자의 위협을 알아차리고 역습을 꾀하려 했습니다만, 이시두아도 보통내기는 아니어서 이 움직임에 즉각 대응. 목숨만 겨우 부지해서 도망친 에나드를 이시두아는 추격자를 보내 해치우려고 했습니다만, 그들 모두가 반격을 당했다고 합니다.

제법인데, 에나드. 대단해, 에나드. 잘난 척하고 거만하게 구는 것뿐만이 아니라, 엄청나게 강했군요.

아무튼, 이 사건이 이시두아 자에문의 반역이라는 것은 누가 봐도 분명했습니다. 그런데도 많은 사람이 이시두아에게 가담했고, 방관자적인 태도를 취한 자도 적지 않았습니다. 역시 에나드의 갑질이 심했던 걸까요? 백성들로부터는 지지받았어도, 정권 내부에서는 상당히 미움을 받았던 모양입니다.

이시두아 일당은 어떻게든 에나드를 처치하고 싶다. 그러고 싶은 마음은 굴뚝같지만, 아무래도 에나드는 이미 아라바키아 왕국 밖으로 도망쳐버린 것 같았습니다. 에나드는 거의 죽은 거나 다름없다고 합니다만, 그래도 추격자를 몰살시킬 정도의 숙련자입니다. 어떻게든 찾아낸다고 해도 그게 언제가 될지. 그래서 이시두아는 대대적으로 이렇게 발표한 것입니다.

"유감스럽게도 우리 왕은 갑작스럽게 광기를 일으켜 잠적하셨다. 우리들 가신 일동이 힘을 다해 수색하고 있으나, 도저히 자취를 찾을 수 없다. 언제까지고 이대로 둘 수는 없는 노릇이므로, 우선 대신할 왕을 세우기로 한다. 아시는 바와 같이, 에나드 조지 왕에게는 아내도, 자식도, 형제도 없지만 먼 친척에 해당하는 자가 있다. 그녀는 에나드 왕과 마찬가지로 우리 아라바키아 왕국 시조인 시오도어 조지의 자손이라는 말이 된다. 그녀에게 우리의 여왕이 되어 달라고, 우리 모두가 일치단결해서 왕으로 세우는 것이 어떠한가."

이렇게 해서 즉위한 나이 어린 소녀 프리아우는 정말로 에나드의 친척이었을까요? 어차피 날조겠지… 라고 추측할 수밖에 없습니다만, 이시두아 자에문이 섭정을 하며 시조 시오도어 조지의 자손인 여왕을 지지한다는 체제가 급거 정비되었습니다. 여왕 프리아우의 혈통은 시오도어 직계인 조지 가문, 종가로서 이어집니다.

참고로, 에나드에게는 스티치라는 이름의 의형제가 한 명 있었습니다. 의붓 형제가 아니라, 어디까지나 의형제입니다. 혈연관계는 아닌데도 형제의 의식을 맺었을 정도니까 엄청나게 사이가 좋았겠죠. 원래는 보스 에나드의 제일가는 부하였던 스티치입니다만, 점점 소홀히 대하게 되었다고나 할까, 이시두아 자에문을 필두로 유능한 인재들이 늘어났기 때문에 상대적으로 가치가 떨어져, 너 막상 보니까 그리 유능하지 않네… 라고 여겨지게 되었다고나 할까. 이시두아는 그런 스티치에게도 협력을 요청해서, 반역 후에도 대우를 잘해주겠다며 잘 구슬린 모양입니다. 정말 빈틈이 없네요. 이시두아 자에문. 능력 있는 사내입니다.

심지어 스티치 일족은 왕국 북부를 근거지로 세력을 넓혀, 어느샌가 시조 시오도어 조지의 핏줄을 약간이나마 이어받은 듯한 분위기를 만들어내는 데 성공했고 북가(북쪽 가문)라 불리게 되었습니다. 물론, 에나드와도 의형제일 뿐이었으니 시오도어 조지와는 전혀 관계가 없습니다만.

이렇게 해서 파란의 막을 올린 아라바키아 왕국입니다만, 그 후로도 음침하기 짝이 없는 책략, 암투, 피비린내 나는 권력 투쟁, 골육상쟁을 펼치면서 그림갈 제일의 강대한 왕국으로 발전해갑니다.

종가와 북가 사이에서 반복된 암살, 정적이었던 이시두아 가문의 귀공자와 모기스 가문의 영애의 금단의 사랑, 그리고 몰락하는 모기스 가문, 베도인 가문 당주의 변태 스캔들로 위기일발, 언제나 어부지리를 얻은 워터 가문 등등, 재미있는 거리가 잔뜩 실린 아라바키아 왕국사입니다만, 때는 왕국력 503년, 지금으로부터 157년 전이 되는데요, 아라바키아 왕국을 비롯한 여러 왕국 여기저기에서 움직이는 시체 무리가 출현해서 날뛰는 괴사건이 빈발하게 되었습니다. 아시겠지요. 그렇습니다.

그 유명한 노 라이프 킹이 나타난 것입니다.

죽은 사람들이 일어나 살아 있는 인간을 습격하는 것만으로도 일대 사건이고 벌집을 쑤셔놓은 것 같은 소동이 일어난 것입니다만, 왕국력 505년, 거기에 더욱 어처구니없는 대사건이 일어나 아라바키아 왕국을 뒤흔듭니다.

이시두아 로로. 그 이시두아 자에문의 자손이며 아라바키아 왕국의 중진… 이라고 해도, 그 당시에는 아직 젊고 미혼이며 귀부인의 구애를 받지 않는 날은 없을 정도였다고 합니다만, 그 초 유명인이, 놀랍게도, 갑작스럽게 행방불명이 된 것입니다.

그런 줄 알았더니, 얼마 후에 불쑥 궁중에 나타나 기이할 정도로 창백한 얼굴로 말하는 것이 아닙니까?

"나는 이제 어제까지의 내가 아니다. 제군들에게 항복을 권고한다. 죽음으로부터 방치된 죽음을 관장하는 자, 죽음의 왕이며 불사의 왕, 나의 주인인 노 라이프 킹께 투항하라. 죽음을 받아들여라. 그렇게 하면 영원의 생명이 보장될지니. 이 나처럼."

아니, 그건 정말, 큰 소동이었지요. 옥신각신이라고나 할까, 뒤죽박죽된 끝에, 이시두아 로로는 고르고 골라 선발된 위병들에게 스물일곱 자루나 되는 검과 창에 마구 베이고 찔렸다고 합니다만, 그래도 죽지 않았습니다.

"이것이 제군의 대답이로군. 내가 나의 왕께 전하도록 하지."

이시두아 로로는 자기 몸에 박힌 몇 개나 되는 검과 창을 질질 끌고 거무스름한 피를 흘리면서 궁을 나갔습니다. 바로 그다음 날부터, 훗날 언데드(불사족)라 불리게 되는 움직이는 시체들의 대공격이 시작되었습니다.

언데드의 공격은 아라바키아 왕국뿐만이 아니었습니다. 다른 인간족 왕국에까지 미쳤습니다. 여러 왕국이 손에 손을 잡고 이 처참한 대난국을 극복하고자 하는 움직임도 없지는 않았습니다만, 다들 제 코가 석 자였습니다. 애초에 별로 사이가 좋지 않았기 때문에 다소 무리한 시도라는 느낌이었습니다. 인간족과 비교적 양호한 관계를 구축하고 있던 엘프나 드워프 왕국도 언데드에게 공격당해서 악전고투했습니다.

왕국력 513년. 노 라이프 킹의 요청에 응답해서, 오랫동안 인간족에게 학대당했던 오크, 고블린, 코볼트 등의 종족, 그림자 숲의 엘프에게 등을 돌린 회색 엘프, 그리고 당연히 언데드가, 이른바 제왕 연합을 결성했습니다.

오크나 회색 엘프는 둘째치고 고블린이나 코볼트에게는 그때까지 왕이 없었던 것 같습니다. 노 라이프 킹이, 역시 왕은 있는 것이 좋지 않나 생각한다, 그편이 종족 단위로 결속할 수 있고 힘을 키울 수 있다고 조언해서, 고블린과 코볼트는 그 말을 받아들인 것이었습니다.

제왕 연합의 제창자이며 맹주인 노 라이프 킹에게는 이시두아 로로 이하 5공자라 불리는 측근이 있었는데요, 그 다섯 명도 오크족 등의 왕을 대할 때에는 신하처럼 무릎을 꿇었다고 합니다. 맹주라고 해도 다른 왕과 대등합니다. 언데드, 오크, 고블린, 코볼트, 회색 엘프. 다들 다르지만 다들 좋도록 함께 노력하자, 그런 자세를 솔선수범해서 보여준 것입니다.

인간족 왕국들은 완전히 불리한 입장이 되었습니다. 이슈마르, 나난카 등의 정통하고 강한 왕국과, 쿠젠 같은 작아도 굳건하던 나라가 잇달아 멸망했습니다. 엘프는 이 재앙을 피하고자 대부분 그림자 숲에 은신하게 되었습니다. 수염이 자란 나무통같이 생긴 드워프들은 용맹하게 싸웠습니다만, 다수에는 속수무책이라 연전연패, 쿠로가네 산맥의 철혈 왕국에 전력을 집중시켜 수비를 굳히는 것이 고작이었습니다.

아라바키아 왕국의 군사력과 경제력은 그러한 나라들보다 뛰어났습니다. 그러나, 아라바키아 왕국이 인간족의 최후의 보루가 된 것은, 영토가 넓고, 사람이 많고, 군사력이 강했기 때문이 아닙니다. 단순히 가장 남쪽에 위치했기 때문입니다. 노 라이프 킹은 북쪽 땅에서 왔습니다. 언데드는 남하해서 인간족과 엘프, 드워프를 습격하고 여러 종족을 규합하며 점점 더 남진했고, 아라바키아 왕국은 왕도의 관리도, 장병도, 백성도 남으로, 남으로 도망쳤습니다.

왕국력 521년. 지금으로부터 139년 전의 일입니다.

아라바키아 왕국 최남단의 도시 다무로가 마침내 함락되었습니다.

당시의 아라바키아 왕 게리는 그보다 한참 전에 살그머니 다무로를 탈출해서 지룡대동맥도를 통해 천룡 산맥 남쪽으로 피난했다고 합니다.

마지막까지 다무로에서 버티며 한 명이라도 많은 백성을 도망가게 해주려고 분투한 것은, 에나드 조지의 의형제 스티치의 혈통인 북가의 당주 기스케와 그 일족 군단이었다고 하네요. 게리 왕은 종가 출신으로, 명문인 북가의 기스케와 격렬하게 대립했었기 때문에 일부러 그를 떼놓고 간 것이 아닐까? 라는 설도 있기는 합니다만.

남쪽의 별천지로 근사하게 줄행랑친 게리 왕 일행은, 북가가 단절된 것을 기회로, 에나드 조지가 아라바키아 왕국을 세웠으나 이시두아 자에문 일당에게서 목숨을 위협받고 행방불명이 되고, 어디서 굴러먹던 말 뼈다귀인지 모를 소녀 프리아우를 여왕으로 세워 왕국을 마음대로 주물렀다는, 음산한 역사를 없었던 일로 만들었습니다.

아라바키아 왕국을 세운 것은 어디까지나 전설의 사나이 시오도어 조지다. 그가 바로 시조 조지 1세. 그런 건국 신화를 정사로 만들어버린 것입니다.

생각해보면, 다름 아닌 그 피비린내 나는 개막극이, 아라바키아 왕국을 음모가 소용돌이치는 아수라장으로 만들어버린 것이라고 주장하지 못할 것도 없겠습니다. 여기서는 그냥 과거는 물에 떠내려 보냅시다. 야만족이 활개 치는 별천지에서 심기일전해서 새로운 국가 건설을 추진하기 위해서는 굳건히 단결해야지요.

뭐, 그들도 그들 나름대로 필사적이었겠지요.

호의적으로 해석한다면 말입니다만.

"…아무튼. 꽤 길게 이야기를 늘어놓았으니, 이제 슬슬 마음의 준비는 되어 있겠지요?"

하루히로를 내려다보는 히요의 얼굴 아랫부분은 천으로 덮여 있다. 그 때문에 표정을 잘 모르겠다. 하지만 틀림없이 히죽거리고 있을 거라고 생각한다.

"그야… 각오는 진즉 되어 있다고. 되어 있… 나?"

하루히로가 위를 보고 누워 있는 받침대 바로 위의 지붕에 구멍이 뚫려 있고, 거기에서 강한 햇빛이 들어온다. 이상한 기분이다.

상반신은 나체이고.

받침대의 정체는, 폐허 안에서 쿠자크가 발견해서 운반해 온 테이블이다. 그 테이블 위에 청결한 천을 덮고 그 위에 하루히로가 반라로 누워 있다는, 너무나 기묘한 상황이다.

"그럼."

받침대 옆에 서 있는 히요 가까이에도 받침대라고나 할까, 의자가 놓여 있다. 이 의자의 좌면에도 청결한 천이 덮여 있고, 그 위에는 물에 끓여 소독한 나이프와 직경 3센티미터 정도의 꽃봉오리 형태를 한 물체가 놓여 있다.

"슬슬 해버리기로 할까요?"

히요가 오른손으로 나이프를 움켜쥐고 치켜들어 칼날 끝을 응시한다. 왼손의 검지로 날을 콕콕 찌르려고 한다.

"쿠후후후후…."

히죽히죽 정도가 아니라, 아예 소리 내어 웃고 있고.

이쯤 되니, 이봐… 라고 주의를 시키려고 했는데, 히요는 왼손을 도로 넣었다.

"아차차, 모처럼 소독했으니 만지면 안 되지요."

"…하려면 빨리 해주지 않겠어? 왠지 피곤해졌어."

"그전에, 뭔가 남길 말 같은 게 있다거나 한가요?"

명백하게 히요는 즐기고 있다. 더 이상 기쁘게 해주고 싶지 않다.

"없어."

"그런가요?"

히요는, 재미없네, 라고 말하고픈 듯한 얼굴을 했다.

"그럼, 옆으로 누워주세요."

그 말에 따라 오른쪽 옆구리를 위로 향하며 눕자, 벽 쪽에서 불안한 듯이 이쪽을 보고 있던 쿠자크와 눈이 마주쳤다. 쿠자크 가까이에는 메리와 세토라도 있었다. 키이치와 닐은 만일에 대비해서 폐허 바깥에서 보초를 서고 있을 것이다.

"…그보다 말이야."

쿠자크가 입술을 덜덜 떨면서 말을 꺼냈다.

"나 좀, 역시 뭔가 이거, 도저히 납득이 안 되는데. 그 역할이란 게, 하루히로가 해야 하는 건가? 다른 누군가가 하면 안 돼? 예를 들어, 저 아저씨라거나."

저 아저씨라는 것은 물론 닐을 가리키는 것이겠지.

"다른 누군가는 안 된다고요."

히요는 코웃음 쳤다.

"닐 씨도 그럭저럭 유능한 척후병 같기는 하지만요. 히요도 도적 비슷한 일은 할 수 있어요. 하지만, 심한 칭찬으로 받아들이면 못마땅하니까 이런 말은 하고 싶지 않지만, 하루 군은 실력 면에서 탁월하거든요."

"…그, 하루 군이라고 부르는 거, 하지 말아줄래?"

하루히로는 일단 말을 해보긴 했으나, 후회했다.

"하루 군은."

히요는 일부러 그러는 듯이 되풀이 말했다.

"제법 쓸 만한 도적이거든요. 하루 군은."

말하지 말 걸 그랬다.

"이 작전에는 하루 군 같은 뛰어난 도적이 적임자예요. 하루 군이 좋다고요. 하루 군이 아니면 안 되는 거지요. 고로, 하루 군이 하는 걸로 합니다. 자, 자, 준비는 오케이지요? 하루 군."

하루히로는 대답하기 전에 쿠자크를 봤다. 왜 살짝 눈물을 글썽이는 건가? 그런 눈으로 보지 말아줬으면 한다. 미간을 모으고, 입술을 꾹 다물고, 너무나 한심한 얼굴을 하고 있다. 정말로 그러지 말아줬으면 하는데.

"내가 하겠다고, 최종적으로는 나 스스로 결정했어. 믿으라거나 그런 거창한 말은 할 수 없지만. 그렇게 너무 걱정하면 왠지 침착할 수가 없는데."

"그렇겠지…."

쿠자크는 고개를 숙였다.

"미안. 말할 필요도 없다고 생각하지만, 나는 하루히로를, 믿고 있고. 단지, 계책에 빠진 것 같은 느낌이 마음에 들지 않는다고나 할까."

히요가 발끈해서 나이프를 빙글빙글 돌렸다.

"그런 식으로 말하면 마치 히요가 악랄한 책략가 같잖아요. 히요는 두뇌파인 것뿐이라고요. 근본은 선량하다고요."

"…선량?"

메리가 중얼거렸다. 세토라가 한숨을 내쉰다.

"쓸데없는 말 하지 말고 빨리 끝내는 게 어때?"

"한다고요. 말 안 해도. 한다고 했잖아. 망할 비치."

히요는 왼손을 하루히로의 허리에 댔다. 오른손에 든 나이프가 흐릿하게 빛나고 있다. 나이프가 스스로 빛을 낼 리는 없다. 천장에 뚫린 구멍으로 들어온 빛을 반사하는 것뿐인가?

이럴 때에는 어떻게 하면 되는 거지? 보고 있는 게 좋을까? 고개를 돌려야 할까? 끝날 때까지 눈을 감고 있는 게 좋은 건가?

심장 고동 소리가 엄청나다. 호흡도 가빠졌다.

히요가 휴 하고 숨을 내쉰다.

그냥 왠지 그런 기분이 든 것뿐이지만, 보고 있는 편이 좋을 것 같다.

"갑니다요."

"언제든 좋아."

나 스스로도 모호한 대답이라고 생각했다. 히요는 아주 약간 웃고는, 하루히로의 오른쪽 옆구리에 나이프로 쓱 칼집을 넣었다.

풋 하는 작은 소리가 나고, 아프다기보다는 앗, 뜨거… 하는 느낌이었다. 아니, 어느 쪽일까? 역시 아프다. 아프네. 아파. 하루히로는 이를 악물었다. 우오오. 아프네, 이거. 식은땀이 난다. 흘러내린다. 몸부림치고 싶다. 몸부림치지 않을 거지만, 가만히 있어야지.

"조금 더 쨉니다."

이번에는 고개를 끄덕이는 것밖에는 할 수 없었다. 히요의 나이프가 상처로 들어가 안을 휘젓는다. 빙빙 휘젓는 것은 아닌지도 모르지만, 그만큼 지독한 짓을 당하고 있다고밖에는 생각할 수 없다. 아프다. 하지만, 견딜 만하다, 아닌가? 참을 수는 있다.

"미안하네요. 1센티미터만 더… 2센티미터 쨉니다."

그런데, 필요 없다고. 그런 설명 같은 건. 해설 같은 건 하지 않아도 되니까, 냉큼 했으면 좋겠다. 이렇게 되면, 피부건 살이건, 뭐든지 마음껏 베라고.

"근육에는 가급적 상처를 입히지 않도록 하고 있으니까요…. 이 부근은 피하 지방이라고 생각하거든요. 그냥 짐작이긴 하지만. 그러니 괜찮아, 괜찮아요."

필요 없다니까. 말하지 않아도 된다고. 그런 실황 중계, 듣고 싶지 않으니까.

"에잇."

"큭…."

"호잇."

"…우오옷."

"움냥냥냥."

"…끄으으응."

"조금만 더, 한숨, 이야압."

"…이, 일부러 그러는 거지?"

"아닌데요. 별꼴이야…. 천박한 인간일수록 의심을 하지요. 그런 거라고요. 자, 자, 드디어, 마침내라고요. 렐릭, 이식해버립니다…. 메리 양, 준비되었지요…?"

"응. 나는 언제든지. 빨리 해."

"그럼, 갑니다…."

히요가 나이프를 옆에 놓고 대신에 꽃봉오리 같은 물체를 받침대에서 집어 들었다.

나이프로 절개하는 아픔에는 다소 익숙해졌지만, 저건 또 다르겠지. 하루히로는 다시 어금니를 꽉 물고 기합을 넣었다.

"으쌰…!"

히요가 꽃봉오리 같은 물체를 하루히로 안으로 쑤셔 넣었다.

이것은.

"아흑…."

이상한 소리가 났다.

슬프고 안타까워진달까. 울고 싶어진달까. 상당히, 매우, 불쾌한 종류의 아픔이다.

"들어갔다! 들어갔습니다요! 됐어요, 메리 양!"

"빛이여! 루미아리스의 가호 아래에…."

메리가 달려와 히요를 밀쳤다. 조금만 더 참는 거다. 메리. 메리 님. 절하고 싶은 심정이었다.

"새크라멘토(빛의 기적)!"

그야말로 기적이다.

눈부시다.

빛이 퍼진다.

순식간에 아픔이 사라지고, 몸에서 힘이 빠졌다.

"하루…!"

그런가 했더니 메리가 달려들었다.

"괜찮아? 이제 아프지 않아? 하루? 어때?"

"…아, 응, 괘, 괜찮아… 요."

"다행이다…."

그렇지. 일단은 다행이다.

그 점은 하루히로도 동감이지만, 그렇게 달라붙으면. 상반신, 알몸인데. 그리고, 그리고 또, 그렇지.

"…피가, 묻어, 메리."

"아아."

메리는 한순간 신경 쓰는 기색을 보였다. 하지만, 자기 옷이 더러워지는 것은 상관없는 듯, 받침대에 깔아놓았던 천 가장자리를 잡아당겨 하루히로의 몸을 닦기 시작했다.

"상처는 잘 덮었어. 위화감은 없어? 그런대로 크기가 있는 게 안에 들어가버렸으니까."

"…그렇게 심하지는. 만지지만 않으면 거의 신경 쓰이지 않을지도."

"그럼 다행인데."

"그보다 말이야아아."

히요가 끼어들었다. 비아냥거리는 듯한 목소리다. 온갖 부정적인 감정을 한꺼번에 표현하려고 하는 것인가? 눈을 가늘게 뜬 것뿐만이 아니라, 얼굴 전체가 일그러졌다.

"당당하게 꽁냥대지 말라고, 이봐? 서두를 일도 아니고, 큐어(치유)로 충분한데 새크라멘토를 처박냐고. 일부러 보라고 그러는 거야?"

"그, 그러려던 게…!"

메리는 허둥지둥 하루히로에게서 떨어졌다.

덕분에 한숨 돌렸다고나 할까. 역시 이성과 딱 붙어 있으면, 별로 불쾌하지는 않지만, 어느 쪽인가 하면 그 반대인지도 모르지만, 그래도 아무래도 안정이 안 된다고나 할까. 사람마다 제각각이겠지만, 하루히로의 경우엔 상대가 동성이라도, 예를 들면 쿠자크가 비비적거려도 기분이 편안하지 않다.

하루히로가 몸을 일으키자 쿠자크가 옷을 갖고 왔다.

"여기!"

그러니까 말이야.

어째서 만면에 웃음?

그런 건 짜증 난다고. 이렇게 말하면 쿠자크는 또 풀이 죽을 것 같다. 틀림없이 다른 뜻은 없었을 테고. 참자. 별로 힘들게 참아야 하는 것도 아니니까.

하루히로는 옷을 받아서 입기 전에 오른쪽 옆구리를 만져봤다. 렐릭이 들어 있는 부분이 약간 튀어나와서, 거기를 만지면 아픔이라기보다는 답답함 같은, 지금 당장이라도 제거하고 싶은 이물감이 있다.

"…뭐, 이 정도라면."

물론, 이것은 히요의 아이디어였다. 렐릭을 이용하는 작전이므로 하루히로 팀은 절대로 생각해낼 수 없었다.

단, 만약에 우리한테 렐릭이 있었다고 해도, 그런 발상이 떠올랐을지? 어쩌다 문득 뇌리를 스치기는 해도, 아니, 이건 아니다, 무리. 그렇게 곧바로 그 생각을 떨쳐버렸을지도 모른다.

하루히로는 옷을 입고 테이블에서 내려왔다.

"그럼, 잘하라고요."

히요가 어깨를 두드렸다. 때려주고 싶었지만, 그건 나중으로 남겨두기로 하고 무시했다.

지금은 이렇게 협력하며 일에 착수하고 있다. 어쩔 수 없이 하는 것이다. 이 관계는 언제까지고 계속 이어질 것은 아니다.

그때가 오면, 히요에게 마땅한 대가를 지불하게 하겠다.

히요가 하루히로 팀에게 손해를 끼치거나 불쾌하게 만들 때마다, 지불해야 할 대가의 액수는 올라가는 것이다.

쿠자크가 신시가 벽에 등을 대고 살짝 무릎을 구부리고 두 손을 깍지 낀다. 키이치가 쿠자크의 어깨를, 머리를 발판으로 삼아 벽 위까지 뛰어 올라갔다. 하루히로는 쿠자크의 두 손을 오른발로 디뎠다. 쿠자크가 단숨에 하루히로의 몸을 밀어 올렸다.

벽을 넘어, 밤의 신시가에 숨어들어, 터널길 천장 위를 걸어간다. 키이치는 자유자재다. 천장 구멍을 폴짝폴짝 뛰어넘어 하루히로를 이끄는가 싶더니, 재빨리 건물에 올라가 주위를 둘러보기도 하고, 조금 뒤로 빠져 뒤쪽을 경계하기도 한다. 하루히로가 이래라저래라 지시를 내릴 필요는 전혀 없다. 키이치는 정말로 똑똑한 냐아이며 신뢰할 수 있는 파트너. 말하지 않아도 된다는 것도 좋다. 하루히로는 가급적 말을 하고 싶어하지 않는 편인지도 모른다. 사람이 싫은 것은 아니지만.

목표는 아아스바아신이다.

아아스바아신으로 통할 것으로 짐작되는 메인 스트리트로 내려가 봤지만, 역시 사람의 통행… 이 아니라, 고블린의 통행이 많다. 스텔스를 잘 구사해도 돌파할 수 있을지 어떨지.

하루히로와 키이치는 다시 터널길 천장으로 올라갔다. 아아스바아신을 둘러싼 대형 건축물들은, 가까이 다가가면 마치 우뚝 솟은 절벽 같다. 모든 건물이 하나같이 구멍, 즉 창문이 엄청 많고 형태도 천차만별인데, 기어 올라갈 수 있는 외벽은 극히 제한되어 있다.

과감히 창문에서 건물 안으로 들어가 봤다. 안의 구조는 상당히 복잡했고, 문이 있는 방도 있고 없는 방도 있었다.

통로 중간에 설치된 흙을 쌓아 만든 것 같은 침대에서 고블린이 자고 있기도 했다.

어느 틈엔가 키이치가 없어졌지만, 하루히로는 신경 쓰지 않았다. 건물 안 탐색을 진행하고 있노라니 키이치가 돌아왔다. 왔던 방향을 돌아보면서 가볍게 꼬리를 흔들어 보인다. 이리 오라는 몸짓이라고 하루히로는 해석했다.

키이치를 따라가 보니, 지하도 아닌데 움막 같은 방에 도착했다. 크고 작은 단지가 줄지어 놓여 있거나 겹겹이 쌓여 있다. 뭐지? 강렬하다고 할 정도는 아니지만 독특한 냄새가 차 있었다. 곰팡내 같기도 하고 달큰한 것 같기도 한.

단지 뚜껑을 열어보니, 안에 곰팡이 덩어리로 보이는 것이 담겨 있었고, 아까부터 풍기던 냄새를 백배로 강하게 한 것 같은 냄새가 물씬 퍼졌다. 하루히로는 황급히 뚜껑을 닫았지만, 마비된 코는 한동안 정상으로 돌아올 것 같지 않다.

움막 위쪽에 창문이 몇 개 있다. 슬슬 동이 틀 무렵이다.

분명 여기는 저장고겠지. 단지 내용물은 먹을 것인가? 저걸 먹는다고? 발효 식품이라면 그럴 수도 있겠다.

하루히로는 저장고 구석에 몸을 숨기고 밤을 기다리기로 했다.

때때로 고블린의 기척을 느꼈지만, 저장고 근처를 지나가도 안으로 들어오지는 않는다. 키이치는 하루히로의 발치에서 몸을 웅크리고 새근새근 잠들어 있다. 인간보다 훨씬 감각이 예민한 키이치가 잠들어 있는 것을 보니 여기는 안전한 것이겠지. 그렇다고 긴장을 풀 수는 없다. 그렇다고 또 지나치게 신경을 곤두세우면 버티지 못한다. 적당히 집중한다고 말하면 될까? 필요한 일에만 주의력을 기울인다. 앉아서 벽에 등을 기대고 반쯤 졸고 있는 거나 마찬가지지만, 작은 소리도 놓치지 않는다.

키이치는 가끔씩 잠에서 깨어 저장고에서 나갔다가는 되돌아오곤 했다.

하루히로는 때때로 일어서서 몸을 풀었다. 두 번 휴대 식량을 먹었고 키이치에게도 나눠줬다.

날이 저물고 고블린들이 잠들어 조용해졌다. 하루히로와 키이치는 저장고를 나갔다.

키이치는 낮 동안에도 건물 안을 돌아다녔기 때문에 제법 구조를 파악한 모양이다.

키이치의 안내로 출입구가 있는 장소는 알았으나, 고블린이 있어서 가까이 갈 수 없었다. 복잡하게 느껴진 이유도 판명되었다. 이 건물만 그런 건지도 모르지만, 계단이 없는 것이다. 그러므로 1층, 2층, 3층이라는 명확한 층 구분이 없다. 각 방의 크기는 천장의 높이까지 제각각이고 통로는 대개 기울어 있다. 계단은 보이지 않는다. 위아래의 방이 통로 구멍으로 이어져 있고, 밧줄이 걸려 있기도 했다.

하루히로는 높은 쪽으로, 높은 쪽으로 이동하기로 했다. 고블린을 조심하면서 가야 하기 때문에 우회하지 않으면 나갈 수 없는 경우도 적지 않다. 시간은 걸린다. 하지만, 조바심내지 않고, 조금씩이라도 괜찮으니까, 위로. 위쪽으로.

더 이상은 올라갈 수 있을 것 같지 않다. 창문을 찾는다. 거기를 통해 밖으로 나왔다.

지상 14~15미터쯤 될까? 꽤 바람이 분다. 과연 다리가 움츠러들었다. 키이치는 쑥쑥 외벽을 올라간다. 꼭대기에 도착한 건가? 아마도 지금 키이치가 있는 장소가 이 건물 옥상일 것이다.

그렇구나. 키이치는 하루히로도 올라갈 수 있을 만한 루트를 가르쳐준 모양이다. 해보니 키이치처럼 쉽게는 아니지만, 하루히로도 어떻게든 옥상까지 도착할 수 있었다.

옥상이라고 해도 평평하지는 않다. 납작한 경단 같은 모양을 하고 있다.

가장자리에 튀어나온 난간이 있는 것도 아니고, 발이 미끄러지면 만사가 끝장이다. 하루히로는 신중하게 한쪽 무릎을 꿇고 아아스바아신을 올려다보았다.

지극히 높은 천상, 아아스바아신은 이 건물 건너편에 우뚝 솟아 있다. 높이는 30미터 이상 되겠지. 팔 같은 구조물이 다섯 개. 그중 하나는 하루히로와 키이치가 있는 건물 상공을 스치듯 뻗어 있다.

"크다…."

오랜만에 목소리를 내봤다. 키이치가 하루히로의 무릎에 머리를 비볐다. 목을 쓰다듬어주니 기분 좋은 것처럼 눈을 가늘게 떴다.

"같이 오게 만들어서 미안. 역시 나 혼자였으면 상당히 불안했을지도. 있어줘서 고마워."

키이치는 신경 쓰지 말라고 말하는 것처럼, 냐 하고 짧게 울었다.

몇 번인가 심호흡했다.

좋아. 가자.

하루히로는 옥상에서 내려가기 시작했다. 기어 올라온 것과는 반대쪽, 즉, 아아스바아신 쪽으로 난 외벽을 내려간다. 올라올 때와 마찬가지로 내려갈 수 있는 부분도 그리 많지 않다. 아무래도 창문에서 창문으로 타고 내려가는 형태가 된다. 내려갈 수 없으면, 창문으로 일단 안에 들어가는 수밖에 없다.

혼자였다면 불안했을 것이다. 아니, 불안한 정도가 아니다. 키이치가 도와주지 않았다면 몇 배나 시간이 걸렸겠지. 어쩌면, 아무리 시간을 들여도 진전할 수 없었을지도 모른다.

하늘에 하얘지기 시작했을 무렵에는, 지상까지 한달음이라는 위치까지 내려올 수 있었다. 키이치가 안전을 확인해줬기 때문에 하루히로는 창문을 통해 건물 안으로 들어갔다. 눈에 힘을 주고서 들어온 창문을 통해 아아스바아신을 관찰했다.

저런 식으로 되어 있을 거라고는 예상하지 못했다.

대형 건축물들에 둘러싸인 구역이 아아스바아신의 부지… 에 해당하겠지. 그곳은 평평한 토지로, 울타리나 담장, 아아스바아신 내부로 통하는 터널길이 있지 않을까? 하루히로는 그렇게 생각했었으나, 아니었다.

깊이 파여 있다.

수로인가? 물이 고여 있는 것처럼 보이지는 않는다. 마른 도랑인가? 어쩌면 거대한 구멍을 파서 그 바닥에 아아스바아신을 건조한 건지도 모른다.

도랑의 깊이는, 글쎄? 10미터는 될 것 같다. 폭은 그 이상. 대충 20미터쯤 될까?

도랑은 못 넘을 것도 없다고 생각한다. 수로가 아니라면, 바닥까지 내려가서 걸어가면 된다. 문제는 그 뒤다. 어떻게 해서 아아스바아신에 들어가면 되는 건가?

우선 내려가볼까? 아니야, 그때그때 닥쳐서 해결할 만한 상황이 아니다. 조만간 해도 뜬다. 지금은 참아야 할 때다.

하루히로는 건물 안에서 다음 날 밤을 기다리기로 했다. 키이치도 이해한 듯, 안전해 보이는 장소를 찾아주었다. 이번에는 창고 같은 방으로 잡다한 물건들이 가득하고 먼지투성이이긴 했으나, 비교적 쾌적했다. 거의 고블린의 기척을 느끼는 일은 없었고, 누워서 잠시 수면을 취하는 것까지 가능했다.

낮은 길다. 생각할 시간은 충분했다.

또 밤이 찾아오자 하루히로는 이 건물 안을 어디까지 내려갈 수 있을지 확인해보기로 했다. 막연한 추측이지만, 저 도랑 밑에 공간이 있는 게 아닐까? 하는 생각이 든 것이다. 만약 그렇다면, 이 건물에서 그 공간으로 들어갈 수는 없을까?

한참을 내려가니 문짝이 달린 출입구가 있었다. 고블린은 없다. 잠시 망설였으나, 하루히로는 결심했다.

문으로 다가갔다. 손잡이를 잡고 밀어보기도 하고 당겨보기도 했으나, 문은 꿈쩍도 하지 않는다. 손잡이를 비틀자 열렸다.

문을 천천히 열어젖힌다. 가급적 조용히 했다고 생각하지만, 소리를 내지 않고 열기란 불가능한 문이었다. 삐걱거린다기보다는 스치는 소리가 아무래도 나게 된다.

열린 부분으로 바깥을 내다본다. 키이치는 스륵 밖으로 나갔다.

터널길이다. 흐릿하게 밝다. 약간 걸어가면 그 앞은 T자 삼거리로 되어 있는 모양이다. 그 앞에는 등불이 있는 것 같다.

뒤쪽에서 뭔가 움직이는 기척이 났다. 고블린인가? 건물 안의 고블린이 다가온다.

이제 와서 후퇴하는 것은 오히려 위험하다. 하루히로는 문을 조금 열고 밖으로 나갔다. 문을 닫는다. 꽤 큰 소리가 나서 간담이 서늘해졌다. 건물 안의 고블린은 방금 그 소리를 들었을까? 모르겠다. 문은 이미 닫혀버렸다. 확인할 수가 없다.

그럴 생각은 없었지만, 마음이 급했던 것이리라. 위험한 다리를 건너버렸다.

키이치는 삼거리 끝으로 사라졌다.

왼쪽이다. 왼쪽으로 꺾어졌다.

하루히로는 키이치를 좇아갔다. 만약을 대비해서 삼거리 직전에 멈추고 얼굴만 내밀어 가만히 좌우를 살핀다.

심장이 멎는 줄 알았다.

오른쪽. 있다. 고블린이다. 그리 멀지 않다. 5미터 정도 앞인가? 램프 같은 것을 땅바닥에 놓고 쪼그리고 앉아서 뭔가 하고 있다. 이쪽을 눈치채지는 못했다. 뭐랄까, 고개를 아래로 향하고 있다. 청동 갑옷. 투구. 방패를 등에 멨고, 창을 터널길 벽에 세워뒀다. 무장하고 있다. 순찰을 도는 경비병 고블린인가?

하루히로는 얼굴을 뒤로 뺐다. 키이치는 왼쪽으로 갔다. 저 경비병 고블린에게는 들키지 않았다. 하긴, 저 상태라면 키이치를 수상히 여길 일은 없겠지. 뭔가 있다는 생각을 아예 하지 않으면, 의외로 놓치게 되는 것이다.

다시 한번 경비병 고블린을 확인했다. 아직 쪼그리고 앉아 뭔가 하고 있다. 작은 목소리로 중얼거리는 것 같다.

뒤쪽에 있는 문에서 언제 건물 안의 고블린이 튀어나오지 않을 거라는 보장도 없다.

잠수하자.

가라앉는다.

…스텔스.

하루히로는 삼거리에서 왼쪽으로 걸어갔다. 돌아보지 않아도 경비병 고블린의 동향은 알 수 있다. 경비병 고블린은 여전히 쪼그리고 있다.

터널길은 곧 막다른 곳에서 오른쪽으로 꺾어졌다. 키이치의 모습은 없다. 경비병 고블린이 움직이기 시작한 모양이다. 발소리가 들린다.

하루히로는 터널길을 그대로 걸어갔다. 또 T자 삼거리다. 왼쪽에서 키이치가 불쑥 고개를 내밀었다가 곧바로 길 저편으로 모습이 사라진다. 하루히로는 키이치를 따라갔다. 길은 오른쪽으로 꺾이면서 내려가는 길이다. 상당히 경사가 급하다. 키이치를 따라잡았다. 따라잡았다 싶었는데, 키이치는 걸음을 빨리한다. 이 길 너머는 뚫린 모양이다.

넓다.

상당한 넓이다.

천장도 높다.

구멍은 뚫리지 않은 것 같다. 그런데도, 밝다. 아니, 실제로는 어둑어둑하다고 할 정도겠지. 하지만, 상당히 밝게 느껴진다.

뭔가 빛나는 것이 날고 있다. 한둘이 아니다. 잔뜩이다.

저것은 도대체 뭘까? 가늘다. 뱀처럼. 뱀은 날아다니지 않는다. 벌레일까? 날개는 없는 것으로 보인다. 얇고 가늘고, 그리고 살짝 노르스름한 빛을 발하는 몸을 흐느적거리면서 천천히 비행한다. 길이는 개체 차이가 큰 것 같다. 10센티미터에서 30센티미터 정도인가? 상당히 작은 것도 있다.

생물이겠지. 발광장충(發光長蟲)이라고 부르면 될까? 벌레인지 아닌지는 정확하지 않지만.

아무튼, 발광장충 덕분에 뚜렷하게는 아니지만, 여기가 어떤 장소인지 대충 파악할 수 있었다.

분명, 지극히 높은 천상, 아아스바아신의 지하 앞뜰이다. 뭔가 조각 같은 것이 놓여 있고, 그 사이는 지나갈 수 있다. 조각은 고블린 모양을 한 것인 듯하다. 즉, 고블린 조형물이다. 등신대는 아니다. 실제 크기의 두 배, 아니, 세 배도 더 될 것이다. 그냥 고블린 조각상이 아니다. 올라갈 수 있게 되어 있다. 그리고, 모든 고블린 조각상에 무장한 고블린들이 배치되어 있다. 삼엄한 경비를 하고 있다는 느낌은 아니고, 양반다리를 한 것 같은 고블린 조각상의 무릎 위에 걸터앉아 있기도 하고, 조각상 어깨 위에 한쪽 다리를 세우고 앉아 있기도 한데, 고블린 조각상 하나당 한두 마리, 때로는 다섯 마리 이상의 무장 고블린이 있다. 고블린 조각상의 숫자는 바글바글한 발광장충 정도는 아니지만, 그래도 수십이라는 단위는 아닌 것 같다. 더 많다.

키이치는 지하 앞뜰에 발을 들이지는 않는다. 물론, 하루히로도 마찬가지다.

이른바 엄중한 경계 체제… 라는 것과는 약간 다른 것 같은 느낌도 들지만, 과연 빠져나갈 수 있을까?

고블린 조각상들의 간격은 제각각이다. 1미터 정도인 경우도 있고, 3미터 정도 떨어져 있는 경우도 있다. 고블린 조각상들 사이를 걸어 다니는 무장 고블린도 여기저기 조금씩 보였다.

지금이 전투 중이거나 무장 고블린들의 주의가 뭔가 다른 것으로 쏠릴 만한 상황이라면, 그나마 걸어볼 만하다. 하지만, 무장 고블린들은 나름대로 경계는 하고 있을 것이다.

어렵다고 판단할 수밖에 없었다. 일단 현시점에서는. 시간을 들여도 파고들 빈틈을 찾아낼 수 있을지 어떨지.

별로 자신이 없다. 아니, 불가능하다고 생각하는 편이 좋겠지.

아무리 조심스럽게 일을 진행한다고 해도 반드시 무장 고블린에게는 들킨다. 한 마리의 눈에 띄면 수십 마리, 그 이상의 무장 고블린들이 덤벼들어 포위하겠지. 잘 보니 석궁을 들고 있는 무장 고블린도 꽤 눈에 띈다. 그 점도 고려해야 한다.

"…하는 수밖에 없잖아."

하루히로는 아주아주 작은 목소리로 중얼거리고, 몸을 굽혀 키이치의 머리를 쓰다듬었다.

키이치는 하루히로를 올려다보았다.

"부탁한다. 동료들에게."

키이치는 정말로 아주 작게, 냐, 라는 소리로 대답했다.

하루히로는 세 번 고개를 끄덕였다. 순서는 괜찮다. 숨을 들이켜고, 내쉬면서, 몸을 뻗는다. 허리의 칼집에서 단검을 뽑았다. 자기 단검이 아니다. 빨간 검신. 히이로가네. 부왕 보고의 나이프다. 다시 한번 고개를 끄덕이고 히이로가네 나이프를 칼집에 넣었다.

"다녀올게."

하루히로는 지하 앞뜰로 발길을 옮겼다. 기척을 지우는 것보다도, 감각을 자신의 외부로 극한까지 넓힌다.

자기가 여기에 있는 게 아니라, 거기에 있는 자신을 보고 있다.

왠지 마치 남 일 같다.

처음으로, 가장 가까이에 있는 고블린 조각상 왼쪽 어깨에 걸터 앉아 있던 무장 고블린이 하루히로에게 눈길을 향했다.

무장 고블린은, 거기에 뭔가가 있고 그것은 동족이 아니라는 것은 금방 이해한 모양이다. 일어서려다가 고개를 틀고, 워우, 라는 것 같은 소리를 냈다. 그리고, 어이, 뭐야, 인간이잖아, 라고 알아차린 듯, 화웃이라는 외침 소리를 발하며 석궁을 집어 들었다.

이렇게 되면 뒤는 연쇄적이다. 사방의 고블린 조각상 위와 주변에서 무장 고블린들에게서 긴장한 빛이 나타난다. 최초의 무장 고블린이 석궁으로 화살을 쐈다. 쏠 것이라는 것만 알면 석궁은 그리 무섭지 않다. 날아온 화살을 몸을 틀어 피한다. 도망치지는 않는다. 아직이다. 차분히 기다린다.

최초의 무장 고블린이 고블린 조각상에서 뛰어내리려고 했다.

약간 위치가 먼 고블린 조각상 위에서 다른 무장 고블린이 석궁을 쏜다. 이것도 미리 알아차리고 있었기 때문에 최소한의 동작으로 피했다.

최초의 무장 고블린이 지면에 착지했다. 그 직전에 하루히로는 고블린 조각상들 사이로 뛰어들었다.

네 마리, 아니, 다섯 마리의 무장 고블린이 앞길을 막아섰다. 석궁을 든 무장 고블린도 있고, 창끝을 이쪽으로 향하려는 무장 고블린도 있었다. 그러나, 무장 고블린들은 아직 당황하고 있다.

하루히로는 무장 고블린들에게 덤벼들었다. 반사적으로 창을 내지른 무장 고블린은 한 마리뿐이다. 앞으로 발을 내디며 창 자루를 움켜잡고 비튼다. 무장 고블린은 창을 빼앗기지 않으려고 버텼다.

하루히로는 바로 창 자루를 놓고 무장 고블린을 향해 돌진했다. 단숨에 헤집고 무리 뒤쪽으로 빠져나왔다.

뒤를 돌아보면서 동시에, 한 마리, 두 마리 무장 고블린의 등을 걷어차서 고꾸라트린다. 다른 무장 고블린들이 공격해오기 전에 하루히로는 냅다 뛰었다.

고블린 조각상을 이용해서 무장 고블린에게 포위당하지 않도록 하고 싶다. 하지만, 생각하고 움직일 여유는 없는 것 같다. 이미 어디로 가든, 어느 쪽을 향하든 무장 고블린이 있다. 고블린 조각상 위에서 벗어나지 않고 석궁으로 하루히로를 노리는 영리한 무장 고블린도 있다.

몇 번 창이나 화살이 몸을 스쳤는지. 도저히 세고 있을 수는 없다. 위험해 하고 느끼는 순간은 있었어도 신기하게 무섭지는 않다.

일일이 공포에 휩싸였다가는 몸이 굳어지거나 이상한 짓을 저지르거나 해서 심한 부상을 입거나 찔려 죽거나 사살당했을 것이다.

그렇기는 해도, 용케도 살아 있네, 라는 것이 속마음이다.

내가 어디에 있는 건지 이제 잘 모르겠다. 이제 하루히로를 중심으로 반경 1미터 이내에 무장 고블린이 반드시 한 마리는 있다. 왼쪽 허벅지, 그리고 오른쪽 팔의 창에 찍힌 상처는 얕지는 않은 것 같다. 상당히 쑤신다.

틀렸는지도… 라고 생각하는 것보다 빨리, 하루히로는 히이로가네 나이프를 허리에서 뽑았다.

"모도 보고, 히이로가네!"

큰 소리로 외치면서 나이프를 높이 쳐든다.

무장 고블린이 내지른 창을 피할 생각이었으나, 왼쪽 어깨에 강한 충격을 받았다. 관통하지는 않았다. 하지만, 어깨 위 부근을 창 끝에 썰렸다.

"히이로가네!"

하루히로는 목청 높이, 창을 두 팔로 끌어안는 것처럼 해서 힘껏 밀어 내렸다. 창을 들고 있는 무장 고블린은 창 자루에서 손을 떼지는 않았으나, 힘에 부쳐 무릎을 꿇었다.

"모도 보고! 히이로가네!"

하루히로는 그 무장 고블린의 턱을 걷어차고 나이프를 휘둘렀다.

무장 고블린들이 술렁거린다. 공격해오지 않는다. 한 걸음, 두 걸음, 물러선다.

"히이로가네! 모도 보고! 히이로가네!"

무장 고블린들이, 히이로가네, 히이로가네 하고 저마다 말했다.

적지 않은 수의 무장 고블린이 뭔가를 찾는 것처럼 두리번거리고 있다. 명백하게 그들은 당황하고 있다. 어떻게 해야 좋을지, 자기들끼리는 결정할 수 없다, 누군가의 판단을 묻고 싶다, 아마도 그런 반응이다.

10미터 정도 떨어진 곳에 있는 고블린 조각상 머리 위에 키이치가 있다. 물론 이쪽을 보고 있다.

눈이 마주쳤다.

…그런 것 같은 기분이 든다.

키이치가 퍼뜩 놀란 것처럼 다른 쪽으로 얼굴을 돌렸다. 어디로 시선을 옮긴 것인가? 분명 하루히로 바로 가까이에 있는 고블린 조각상 위다. 그 직후였다.

뭔가가 날아온다. 그것은 알았다.

피하자. 그렇게 생각했을 때, 목에 뭔가가 부딪쳤다. 부딪쳤다기보다는 가느다란 것이 목에 감겨, 졸렸다.

위험.

죽나?

"꾸엑…."

목이 졸린다. 당겨진다. 당겨져 올라간다고 하는 편이 정확한가? 하루히로는 몸부림쳤다. 목에 감긴 것을 왼손으로 더듬었다. 딱딱하다. 금속인가? 목줄 같은. 잘 보니, 빨갛다. 빨간 금속. 히이로가네인가? 고개를 돌려 위를 본다. 바로 가까이의 고블린 조각상 위에, 있다. 고블린이. 얼굴에 커다란 흉터가 있다. 키이치가 시선을 향했다. 저 녀석인가? 역시 빨간, 히이로가네 제품으로 짐작되는 기구 같은 것을 들고 있다. 그 기구에서 뻗어 나온 밧줄인지 사슬인지가 이 목줄로. 하루히로의 목을 조이고 있는 물체로 이어져 있다.

"슨걋."

흉터 고블린이 밧줄인지 사슬인지를 당긴다. 하루히로는 의식이 날아갈 것 같았다. 보고의 나이프를 떨어뜨리지 않는 것이 고작이었다.

키이치.

이제 없다.

방금 전의 장소에는.

갑자기 밧줄이 느슨해져 하루히로는 무릎을 꿇고 말았다.

다시 당겨진다.

"우흡…."

실패, 한 것인지도.

미안, 다들….

…소리가.

무슨 소리, 일까?

아프다.

몸 여기저기가.

여기저기 전부.

"…우우."

목소리.

내 목소리?

"아아…."

또 목소리를 내봤다.

나다.

역시.

내 목소리인 모양이다.

그렇다는 것은.

"…살아… 있는… 건가…?"

어디야? 여기는.

어둡다. 거의 캄캄하다. 거의. 완전하게는 아니다.

어쨌든, 아프다. 온몸이 아프다. 그것만이 아니야. 아픔만이.

뭐지?

저린, 건가?

어떻게 된 거야? 이거.

모르겠다. 내 자세조차. 분명하게는.

서 있지는 않았다. 앉아 있지도 않았다. 그렇다는 것은, 누워 있는 건가? 누워 있다. 위를 향해 드러누운 것도, 엎드린 것도 아닌 것 같다.

아마도 몸 왼쪽이 밑으로 되어 있다. 그래서, 인 건가? 혈액 순환이 저하되어 그 탓에 저린 것이다. 왼팔이, 특히. 제대로 있는지 아닌지. 확실치 않을 정도다.

움직일 수 있을까? 움직여보는 수밖에 없나?

그렇다. 움직여보자.

"…음… 응…."

오른팔은, 간신히 움직인다. 하지만, 조금만 힘을 줘도 상당히 아파서 솔직히 움직이고 싶지는 않다.

이대로 가만히 있고 싶다.

"…안, 돼…."

그럴 수는 없다.

하나씩 하나씩이다.

손가락, 손목, 팔꿈치, 어깨. 움직이기는 움직인다. 밑에 깔리지 않은 오른팔은. 그냥, 묶여 있는 건가? 분명, 손목이다. 손을 뒤로 돌려, 노끈이나 그런 것으로, 좌우의 손목을 같이 묶은 것이다.

"…발, 도…?"

아무래도 발목도 마찬가지로 단단히 묶여 있는 모양이다.

계속 몸 왼쪽을 밑으로 하고 있으면 좋지 않다. 좋지 않을 것 같다. 이미 저려서 감각이 없다. 왼팔만이 아니라 왼쪽 다리도.

위를 보고 누우려고 했다. 몸을 오른쪽으로 눕히기만 하면 된다. 단지 그것뿐인데도, 좀처럼 되지 않는다.

"…간신… 히…."

상당히 고생해서 드러누웠다. 손목이 묶인 두 손이 몸 아래에 깔려 있기 때문에 이건 이것대로 힘들다. 저린 느낌이 풀리자 그만큼 통증을 강하게 느끼게 되었다. 저림과 통증. 어느 쪽이 나을까? 둘 다 괴롭다.

"…힘들어…."

그야, 팔자 좋은 소리를 할 수는 없다. 살아 있는 것이다.

불행 중 다행이랄까.

죽는다고 생각했다.

적어도, 죽었어도 이상할 것 없다. 그런 상황이었다. 실은 죽은 게 아닐까 하고 아직 반쯤은 의심하고 있다. 죽으면 이렇게 생각할 수도 없을 테니 역시 살아 있는 거겠지.

여기는 어디인가? 천장이 있다. 왼쪽, 그리고 누워 있기 때문에 머리 위와 발밑 방향에는 벽이 있는 것 같다. 오른쪽은 일부가 창살로 되어 있고, 그 너머를 예의 발광장충이 하늘하늘 날아다닌다.

발광장충 한 마리가 창살 사이로 들어왔다. 천천히 천장 가까이를 선회한다.

감옥 같은 장소인가? 그런지도 몰라. 독방 비슷한.

"…큰일… 났, 네…."

신고 있었던 신발이 없다. 맨발이다. 신발뿐만이 아니다. 옷도 안 입었다. 몸에 걸친 것이라고는 속옷, 즉 팬티뿐이다.

소지품을 전부 빼앗기리라는 것은 예상했달까, 그렇게 되었을 때를 대비해서 준비했다.

옷의 각 부분, 그리고 신발 밑창에 얇은 면도칼을 넣어두었던 것이다. 간파당한 건가? 그저 몸에 걸친 것을 전부 벗겨버린 것뿐인가? 어느 쪽이든, 예상했던 것 중에서는 최악의 다음다음 정도로 나쁜 상황이다.

최악은 물론 죽는 것. 고블린에게 죽임을 당한다. 이것은 어떻게든 피할 수 있었던 모양이다. 아직까지는 말이지만.

최악의 다음은, 죽지는 않아도 반죽음 상태가 되어 의식만 있을 뿐이고 아무것도 할 수 없게 되고 마는 것. 보아하니 거기까지는 아니다.

최악의 다음다음은, 붙잡혀 자유를 빼앗기고, 쓸 수 있는 것이 아무것도 없다. 즉, 바로 지금의 나다.

여기는 어디인 건가? 아아스바아신 안인가? 밖이라면 어쩌지? 그건 곤란하다.

아아스바아신 내부라고 확인할 방법은 없을까? 발광장충. 발광장충을 처음 본 것은 아아스바아신 지하 앞뜰이다. 여기에도 발광장충이 있다. 이 독방은 아아스바아신 안에 있다. 그렇게 생각하고 싶지만, 희망적 관측의 영역을 벗어나지 못한다.

아직 움직여서는 안 된다. 기다려야 한다. 기다려? 뭘?

뭐가 어찌 되었든, 아아스바아신에 들어왔다. 그렇게 확신할 수 있을 때까지 기다린다.

기다리면 확증을 얻을 수 있는 건가? 기다린 끝에 고문이나 죽임을 당할지도 모른다. 아니, 죽일 생각이었다면 진작 그랬겠지. 그렇게 생각할 수도 있다. 상대가 인간이라면, 그야 십중팔구 그랬겠지.

하지만, 고블린이다. 고블린의 생각은 예측할 수 없다. 신시가에서 인간을 붙잡으면 죽이기 전에 뭔가 특별한 처치를 한다는 규정이 있는 건지도 모르고.

현시점에서는 아직 아파서, 아파서 견딜 수가 없지만, 어떻게든 버틸 수는 있다. 그러나, 악화될지도 모른다. 피가 모자라게 되거나 상처가 곪거나 해서 인사불성이 될지도 모른다. 그대로 죽어버릴지도 모른다.

오른팔과 왼쪽 허벅지, 그리고 왼쪽 어깨의 창에 찔린 상처는 역시 얕지 않다. 목도 꽤 아프다. 그 흉터 고블린의 이상한 기구에 당한 부분이다. 그 밖에는 얼굴이 신경 쓰인다. 분명, 여기까지 운반되는 동안에 질질 끌리거나 해서 상당히 땅에 쓸리거나 부딪치거나 하지 않았을까? 코피가 나는 건가? 코피가 났다가 지금은 멎은 건가? 아무튼, 코가 완전히 막혔다. 입으로 호흡할 수밖에 없다.

배와 등도, 다른 부분의 아픔이 없었으면 상당히 괴로웠을 것이라고 생각될 정도로는 아프다. 아픔이 아픔을 상쇄한다. 아니, 상쇄할 수 있으면 좋겠지만, 어떤 아픔이 더 심각한 아픔인지 판단이 안 될 뿐이지, 아프기는 아프다.

기다리지 못할지도.

느긋하게 생각하는 것은 애초에 불가능하지만, 아픔을 참고 또 참다가 죽어버린다면 너무 모양 빠진다. 아직 여력이 있다고는 말할 수 없지만, 움직일 수 있을 동안에 움직이는 게 좋을 것 같다. 실은 그것 말고는 선택지가 없다.

가능하면 제일 하고 싶지 않던 방법에 기대기로 한다. 어쩔 수 없다. 이미 하기로 정했다. 실행할 뿐이다.

드러누운 채로는 무리이므로, 몸 왼쪽을 다시 밑으로 한다. 손목을 묶여서 성가셨지만, 간신히 오른손으로 오른쪽 옆구리를 더듬을 수 있는 자세를 발견했다.

편하지는 않다. 밑에 깔린 왼쪽 어깨가 특히 힘들다. 숨이 거칠어
진다. 아프다. 왜 이렇게 아픈 건가? 웃기지 마. 이제 싫어. 그만두
고 싶어. 울고 싶어지기도 해. 울지는 않을 거지만. 모르겠다. 울고
있는 건지도 몰라. 우는 건 됐어. 아무도 안 보니까. 해야만 해.

두 손의 손톱은 짧게 깎지 않고 갈아뒀다.

하고 싶지 않았다. 가능하면, 이것은. 하긴 할 거지만.

오른손 검지로 옆구리 살을 긁었다. 세게. 과감히, 힘껏.

안 되나? 이거로는 안 된다. 이 방식으로는.

검지와 엄지로 피부를 꼬집는다. 비틀고 또 비튼다.

"…음… 끄, 으, 으, 으응…."

힘을 빼고 싶어진다. 물론, 빼거나 하지는 않는다.

살갗이 찢어졌다.

"…아야아…."

지금 오른쪽 옆구리 피부에 구멍이 뚫렸다. 검지가 들어갈 정도
의 크기라고 생각한다. 아니, 다 들어가지는 않을까? 들어가지 않
는다면, 넓히면 된다. 간단히 말하네. 아무도 말하지 않았지만. 억
지로 구멍을 넓혀, 검지를 쑤셔 넣는다. 피부 안쪽으로.

아아, 싫다, 싫다, 싫다. 싫어, 이거. 정말로, 싫다. 하고 싶지 않
다고, 나도 이런 일은.

하지만, 찾았다.

있다.

렐릭.

히요가 묻어둔, 꽃봉오리 같은 형태를 한 물체다.

있다는 건 알고 있었지만. 있다고 해서 뭐가 어쨌다는 거야? 전혀 기쁘지 않아. 이제부터 이 렐릭을 끄집어내야 한다. 검지만으로는 잡히지 않는다. 엄지도 넣어야 해. 이보다 더 고통을 당해야 하는 건가? 그렇다. 하는 수밖에 없다.

"…우우우우우우우웃… 웃… 크으으으으윽….”

들어갔다. 들어갔고, 렐릭을 집을 수 있었다. 남은 건 끄집어내는 것뿐이다. 어렵지 않다. 간단하다.

"아아아아아아아고ㅇㅇㅇㅇㅇㅇㅇㅇㅇㅇㅇㅇㅇㅇㅇㅇㅇㅇㅇ…!"

이렇게 말하는 것 같은 목소리가 울려 퍼진 것은 그때였다.

뭐지? 고블린?

아마도, 그렇다. 고블린 목소리였다.

그리고, 소리. 소리가 들린다. 발소리인가? 다가온다.

일 났다. 어쩌지? 렐릭. 이제 금방이다. 꺼내기만 하면 되는 건데. 꺼내도 되는 건가? 어떨까? 넣어두는 편이 나을까? 하지만, 피가 났는데. 거기 말고도 부상을 입었다. 원래 피투성이였으니 들키지는 않을까?

발소리가 꽤 가깝다. 벽이나 창살을 딱딱한 물체로 두드리면서 다가온다.

"…아니, 이제… 모르겠다고…!"

렐릭을 꺼내 오른손에 꼭 쥐고 창살 쪽으로 몸을 향했다. 아파. 아프다고. 옆구리가. 새로 생긴 상처이기 때문이다. 분명 신선한 상처라서 더욱 아프게 느껴지는 것뿐이다.

창살을 빨간 막대기 같은 것으로 두드리면서, 놈이 다가왔다.

흉터 고블린이다.

몇 마리인가 다른 고블린을 거느리고 있다. 네 마리인가? 다섯 마리인가?

흉터 고블린이 들고 있는 것은 그 기구인 모양이다. 막대기 끝에 붙어 있는 고리 모양의 부분을 분리해 던져서 표적의 목 같은 것을 잡는 건가? 올가미처럼 쓸 수 있는 도구겠지.

흉터 고블린이 뒤에 오는 고블린에게 뭔가 지시했다.

고블린 한 마리가 걸어와서 창살을 만졌다. 그 부분이 문으로 되어 있는 모양이다. 잠금쇠를 풀고 문을 열려고 하는 모양이다.

제일 뒤의 고블린에게 시선이 고정되었다.

아니, 고블린… 이 맞나?

다른 고블린과 비교하면 피부색이 꽤 연하다. 적어도 발광장충이 내뿜는 빛 속에서는 희게 보인다. 인간 기준으로 보면, 고블린은 전반적으로 상체가 앞으로 기울어서 목이 앞쪽으로 튀어나와 있다. 하지만, 그 고블린은 아니었다. 등줄기를 쭉 펴고 있다. 키는 다른 고블린과 비슷한 정도다. 납작하달까, 빈약한 체격에, 이것도 고블린답지 않은 점인데, 품이 넉넉한 거무스름한 옷을 입었다.

문이 열리고 흉터 고블린이 안으로 들어오려고 했다.

저 희멀건 고블린, 혹시나 우고스. 현자가 아닐까?

흉터 고블린이 다가왔다. 머리를 밟혔다.

"이에… 히엣히엣히엣!"

이 녀석.

화가 나지 않는다면 거짓말이 되겠지만, 그보다 우고스로 짐작되는 고블린이 마음에 걸렸다.

흉터 고블린 이외에는 독방에 들어오려고 하지 않는다.

"어이…!"

하루히로는 낼 수 있는 한 가장 큰 소리로 외쳤다. 우고스가 이쪽을 본다. 히요가 거짓말을 하지 않았다면, 우고스는 인간의 말을 알 것이다. 다시 부르려고 했는데, 흉터 고블린이 하루히로의 머리를 짓밟고 있던 발을 들더니 휘둘러서, 어? 뭐? 뭘 하려는 거야? 찰거야? 차버리려고?

"…커헉…."

이것은, 제대로 들어왔다. 한순간 정신이 아득해졌다. 렐릭은? 괜찮다. 쥐고 있다. 간신히 손안에 있다.

렐릭을 다시 고쳐 쥐자마자 한 번 더, 흉터 고블린이 발로 찼다. 이번엔 턱이었다. 반사적으로 이를 악물지 않았다면 혀를 깨물었을지도 모른다.

몽롱하다. 떨어뜨리지 않도록 해야 해. 어떻게든, 렐릭을. 단단히 움켜쥐지 않으면. 렐릭을 떨어뜨리고 만다면 끝장이다.

"인, 간, 의…."

우고스는 인간의 말을 알 것이다. 말을 들어줬으면.

"다아아… 굿!"

흉터 고블린이 예의 기구를 하루히로에게 들이댔다. 고리 상태 부분이 열리더니 하루히로의 목에 채워지는 것처럼 닫힌다. 숨이 막혔다. 괴롭다.

"인간의, 말, 을…."

잡아당긴다.

흉터 고블린은 하루히로를 끌고 가려고 했다.

무리다. 말할 수가 없어. 가아, 라거나 고오, 라거나, 그런 목소리밖에 나오지 않는다. 사용할까?

지금, 여기에서, 렐릭을.

흉터 고블린은 우악스럽다. 게다가 힘이 세다. 하루히로는 손발을 죄다 묶여 있다. 걸을 수 없다. 뒤로 손이 묶여 있기 때문에 기어갈 수조차 없다. 흉터 고블린은 그런 하루히로를 거침없이 끌고 간다. 위험해. 우고스고 뭐고 알 바가 아니야. 숨이. 또 정신을 잃는 건가? 그 정도가 아니라, 죽는 것 아닐까?

독방을 나간 후에도 흉터 고블린은 멈추지 않는다. 아직도 하루히로를 질질 끌고 간다. 어디까지 끌고 갈 셈일까?

이렇게 되면, 렐릭을.

아니야. …기다려.

흉터 고블린은 하루히로를 어딘가로 끌고 가려고 한다. 우고스를 데리고 왔다. 우고스는 모가도를 섬기고 있을 것이다. 히요가 거짓말을 한 게 아니라면. 그렇다는 건?

"우왓, 크헉, 큭…."

괴롭다고. 숨을 못 쉬겠다고. 질식하겠다고. 시체가 되어버리겠다고.

흉터 고블린은 하루히로를 계속 끌고 간다. 굳이 어딘가로 연행해 가려는 것이다. 굳이, 죽지 않고.

그렇다. 분명히 괴롭고 아프지만, 하루히로는 아직 죽지 않았다. 지하 앞뜰에서는 쉽사리 빠지고 말았다. 일부러 그런 것 아닐까? 흉터 고블린은 어떠한 방법으로 힘을 조절하고 있다. 의도적으로 기절시키지 않으려고 하며 하루히로를 끌고 가는 건지도 모른다.

하루히로는 어디로 끌려가는 것일까?

모가도가 있는 곳은 아닌가? 만약 그렇다면.

"끄읏, 으앗, 크윽, 아악…"

시끄러워. 내 목소리가. 제멋대로 나오고 만다. 어떻게 할 수가 없다. 괴롭다. 정말로 힘 조절을 하고 있는 건가? 그렇지 않은 것 아니야? 역시 그저 힘껏 끌고 가는 것뿐인가? 죽으면 죽는 거고. 그 때는 그때고. 그런 정도의 감각 아닐까?

어느 쪽이든 이 대우는 심하다. 지독한 방식이다. 야만적인 것도 정도가 있지. 어차피 고블린이다. 기대했던 내가 잘못이었다. 뭘 기대했다는 건가? 기대 같은 건 하지 않았다. 괴롭다. 숨이. 마치 물에 빠진 것 같다. 물에 빠져서 끌려가고 있다. 이제 무리. 절대로, 무리. 정말로 무리라니까.

한계는 아마 진작 넘었다.

마음속으로 엄살을 부림으로써 간신히 의식을 유지하고 있다. 남은 건 욕을 하거나. 원망하거나. 저주하거나. 왜 내가 이런 꼴을 당해야 하는 건가? 그렇게 나쁜 짓을 했단 말인가? 이런 벌을 받을 만한 짓을.

아아, 하지만, 고블린을, 죽였지.

기억을 잃기 전에도 꽤 여러 마리 죽인 것 같거든.

불평할 자격은 없는지도. 이것이 고블린의 복수라면, 그런대로 정당성이 있는 건지도 몰라.

포기해버리고 싶어졌다.

정신론이 아니라 실제로 이럴 때는 마음이 꺾이면 거기서 끝이다. 아무리 비참해도 살고자 매달린다. 그런 마음이 없으면 견딜 수가 없다.

소용없다. 아무 의미도 없어. 견디는 건 이제 그만하자.

편해지고 싶다.

기왕이면, 빨리.

조금이라도 빨리.

차라리, 죽여주지 않을까?

아슬아슬한 경계선이었다. 죽여줬으면 좋겠다. 스스로는 죽을 수 없다. 보아하니 아직 죽지 않은 것 같으니, 숨통을 끊어줘. 그런 소극적인 자살 기원에서 한 걸음만 더 나가면, 혹은 헛디디면, 생존을 완전히 포기해버리게 된다. 아슬아슬한 선에서 멈춰 서서, 망설이고 있는 건지, 아닌지. 아니, 멈춰 서 있긴 했겠지. 하루히로는 렐릭을 손에서 놓지 않았다. 그것이 증거다.

느닷없이 잡아끄는 것이 아니라 앞쪽으로 내던져져서, 하루히로는 옆으로 데굴데굴 굴렀다. 그 직전인지, 동시인지, 직후인지, 정확하지는 않지만, 목줄이 풀렸다.

목은 아프지만, 호흡이 편해졌다. 숨을 들이마시거나 내쉬거나 하면 극심하게 아프다. 그래도 공기를 마음껏 마실 수가 있다. 사레들리고, 토할 것처럼 괴로워도, 엄청난 기세로 온몸에 산소가 돈다. 그렇게 느껴졌다.

눈물이며 피며 침이며 뭐며, 여러 가지 것들로 얼굴이 엉망진창이 되어, 뭐가 뭔지. 잘 보이지 않고 냄새도 느껴지지 않는다. 여기저기가 다 아파서, 뭐가 어떻게 된 건지도 모르겠다.

"헤앗! 모가도! 과가진!"

흉터 고블린의 목소리다. 모가도. 과가진.

고블린의 왕. 모가도 과가진.

혹시나, 여기는 어전 같은 장소인 건가?

"모가도!"

"과가진!"

"모가도 과가진!"

"헤앗! 모가도! 헤앗!"

"모가돗! 과가진!"

고블린들이 연달아 외쳤다. 이것은 틀림없다.

하루히로는 몇 번이나 눈을 깜빡였다. 이 흐릿한 시야를 어떻게 좀 하고 싶다.

조금씩이지만, 보이게 되었다. 고블린이다.

고블린이 엄청 많다.

상당한 숫자의 고블린이, 하루히로와 흉터 고블린을 열 겹, 스무 겹으로 에워싸고 있다.

꽤 밝다. 발광장충인가? 아니다. 위쪽에서 빛이 들어온다. 이것은 햇빛 아닌가? 천장에 창문이 있는 모양이다. 지금은 대낮인가? 그런 모양이다.

모가도 과가진은 어디에 있는 건가?

있다.

여기에서 10미터 정도는 떨어졌겠지. 망루 같은 것이 설치되어 있다. 금빛으로 번쩍인다. 금빛 번쩍 그 위에… 인간? 인가? 아니, 그럴 리가 없다. 하지만, 신분 높은 인간처럼 빨강과 파랑, 흰색의 의류를 차려입은 고블린이 있다. 손에는 빨간 석장. 머리에는 왕관. 분명 저것이 모가도다. 고블린의 왕.

모가도 과가진.

금빛 번쩍 망루 밑에는 검은 옷을 걸친 희멀건 고블린, 즉, 우고스가, 한 마리가 아니다. 전부 해서 몇 마리일까? 네 마리인가? 우고스가 네 마리 있다.

　"헤앗! 모가도! 과가진!"

　"모가도, 모가도!"

　"과가진! 헤앗! 모가도 과가진!"

　고블린들의 환성은 그칠 줄을 모른다. 목소리에 맞춰서 발을 구르는 고블린도 있고, 자기 가슴을 두드리는 고블린도 있다. 고블린들은 흥분하고 있다. 하루히로 가까이에 있는 흉터 고블린도 예의 기구를 치켜들고 흔들면서 되풀이해서 주군의 이름을 부르고 있다.

　네 마리의 우고스들은 조용히 서 있다. 금빛 번쩍 망루 위에 있는 모가도 과가진도, 의자인지 뭔지에 앉은 채로 미동도 하지 않는다. 마치 장식품 같다. 저것은 살아 있는 고블린인가? 고블린의 왕과 비슷하게 만든 모형 아닐까? 아니다.

　진짜다.

　모가도 과가진이 히이로가네로 만든 빨간 석장을 치켜들었다.

　그러자마자 고블린들의 목소리가, 그들이 내는 소리가, 일제히 시끄러워졌다.

　기다려야 하나? 아직 더 기다리는 편이? 지금 아니야?

　꾸물거리지 마.

　당황하지 마.

　어느 쪽도 옳은 것 같은 느낌이 든다. 어쩌면, 둘 다 틀렸다.

　그런 느낌이 드는 것뿐이다. 근거는 없다. 이것만큼은 인정하는 수밖에 없겠지.

머리가 움직이지 않는다. 틀렸다. 제대로 뭘 생각할 수가 없다.

하루히로는 꽃봉오리 같은 형태를 한 렐릭의 밑바닥 부분을 눌렀다. 상당히 강한 힘을 가하지 않으면 끝까지 눌리지 않는다. 그래서 혼신의 힘을 기울였다.

잘 작동해줘. 제발. 부탁이니까. 이 판국에 와서 기도하는 수밖에 없다니.

렐릭이 진동하기 시작했다. 작동해준 모양이다. 하루히로는 렐릭을 근처에 내던졌다. 손을 뒤로 묶여 있어서 보이지 않을 것이고, 시끄러워서 바닥에 떨어진 소리도 들리지 않는다. 괜찮겠지. 작동한 거지?

투웅ㅊㅊㅊㅊㅊㅊㅊㅊㅊㅊㅊㅊㅊ… 라는 것 같은 큰 소리가 나고, 흉터 고블린과 다른 고블린들이 놀라 자빠지고, 힉 하고 숨을 멈추기도 하고, 화들짝 놀라 뒤로 물러서기도 했다.

하루히로는 목을 틀어 뒤쪽을 봤다. 무슨 일이 일어나는지는 들었지만, 렐릭을 작동시켜보며 실연한 것이 아니라서, 막상 보고는 약간 아연실색했다. 시험 삼아 작동시켜볼 수는 없었던 것이었다. 저 렐릭은 두 개가 한 쌍으로, 단 한 번만 쓸 수 있는 물건이라고 한다. 한쪽을 작동시키면 다른 한쪽도 작동한다.

희한하다고밖에 말할 수가 없는 광경이다. 마침 반쯤 열린 문 정도 크기일까? 허공에 네모난 구멍이 뚫려 있다. 그 구멍 너머는 어딘가 다른 장소다. 실은, 구멍은 구시가의 폐허 안으로 통하게 되어 있다.

렐릭 한쪽은 하루히로의 오른쪽 옆구리에 묻어뒀다.

다른 한쪽은 히요가 갖고 있다.

고블린에게 들키지 않고, 붙잡히지 않고 아아스바아신 내부에 침입할 수 있다면 제일 좋다. 하루히로도 그것을 목표로 했었지만, 성공하지 못했다.

차선책으로는, 갈 수 있는 데까지 가서 렐릭을 사용한다. 아니면, 포로가 되어버린 단계에서 렐릭을 사용한다.

키이치는 하루히로가 붙잡혔다는 사실을 동료에게 알려주었을 것이다. 동료들은 이제나저제나 기다리고 있었겠지.

처음으로 이쪽으로 날아온 것은 쿠자크였다.

"으라차아아아아아아아아…!"

쿠자크는 바보처럼 큰 소리를 내며 흉터 고블린을 걷어차더니 대검을 획획 휘두르며 고블린들을 위협해서 물러서게 했다.

"비켜, 짜샤! 어엉?! 죽고 싶냐? 인마아아아아아아아앗…?!"

네가 깡패냐?

딴지를 걸고 싶어졌다. 쿠자크의 모습을 보고 안도하고 있다. 그런 자신이 좀 부끄럽다. 안도하고 있을 때가 아니고.

"하루…!"

다음은 메리와, 그리고 세토라와 키이치가 거의 동시 정도였다.

메리는 분명 미리 몇 가지 케이스를 가정하고, 어떤 경우에는 어떻게 할지 정해두었던 것이리라. 눈을 크게 뜨고 하루히로를 보더니, 곧바로 육망성을 그리는 동작을 했다.

"빛이여, 루미아리스의 가호 아래에… 새크라멘토!"

아아, 이 빛은 정말로 기적이다. 솔직히 하루히로는 빈사 상태였다. 오래는 버티지 못했을 것이다. 반죽음 상태였던 거나 마찬가지다. 죽어버리는 편이 훨씬 편할 거라고 생각할 수밖에 없는 아픔이,

절망적인 괴로움이, 순식간에 희석되어간다기보다, 눈 깜짝할 사이에 사라져버렸다.

키이치가 작은 흉기를 재주 좋게 다뤄 하루히로의 손발을 묶은 밧줄인지 뭔지를 끊어주었다.

세토라는 창을 빙빙 돌리더니 아직 가까이에 있는 고블린을 일격했다. 허리에 찬 단검을 던져 건네준다.

"하루히로!"

"응!"

팬티 한 장 차림인 것은 다소 마음에 걸렸지만, 그런 말을 하고 있을 때가 아니다. 하루히로는 단검을 받아 일어서서 모가도 과가진의 상태를 살폈다. 놈은 아직 금빛 번쩍 망루 위다. 움직이지 않는다. 우고스도 마찬가지다.

닐이, 그리고 히요가 이쪽으로 뛰어 들어온 직후, 렐릭에 의해 만들어진 공간과 공간을 연결하는 구멍이, 스큐우우우웅… 이라는 기이한 소리를 남기고 흔적도 없이 사라졌다.

이제 돌이킬 수는 없다.

이 계책을 생각한 히요에게도 이것은 건곤일척의 대승부다.

"들으라, 현명한 우고스여!"

그건 그렇고, 저 히요가 이렇게도 늠름한 큰 목소리를 낼 수 있을 줄이야.

"위대하고 영명한 모가도 과가진 폐하께, 삼가 아뢰노라!"

기묘한 모습은 여전했지만, 고블린의 기준으로 보면 그저 수많은 인간 중 한 명으로 딱히 이상하다고도 느끼지 않겠지. 히요는 겁먹지 않고 걸어 나가, 두 팔을 벌리고 가슴을 펴고서 모가도 과가진을 올려다보았다.

고블린들은, 뭐야? 무슨 일이야? 이게 어떻게 된 일이야? 저 인간 여자는 도대체 뭐야? 라며 히요를 주시하고 있다. 네 마리의 우고스는 마치 만들어진 물건 같아서 잘 모르겠지만, 역시 히요에게 시선을 향하고 그 말에 귀를 기울이고 있는 것 같았다.

"대단한 히어로 납셨네."

닐이 조그맣게 중얼거렸다. 하루히로를 말하는 거겠지만, 악의가 있다고밖에는 생각할 수 없다.

"현명한 우고스여! 부디! 아무쪼록, 모가도 과가진 폐하께 우리의 의사를 전해주기를 바란다!"

히요는 더욱 목청을 드높였다. 그것만이 아니다. 한 걸음, 두 걸음 앞으로 나갔다.

"우리는 더는 당신들 고블린족과 싸우는 것을 바라지 않는다! 우리는 고블린족과의 평화를 바랍니다!"

모가도 과가진은 히요에게서 눈을 떼지 않고, 아마도 번쩍거리는 망루 아래에 있는 우고스들을 향해,

"라앗, 닷샷!"

그런 느낌의 말을 했다. 왠지 감이지만, 저 인간은 무슨 말을 하는 것이냐? 라는 뜻 정도일까?

우고스 한 마리가 모가도 과가진을 우러러보며 입을 움직이기 시작했다. 고블린들이 술렁거리고 있어서 잘 들리지 않는다. 모가도 과가진도 우고스의 목소리가 들리지 않는 듯, 석장 끝을 금빛 번쩍 망루 바닥에 찍으며 뭔가 소리쳤다. 조용히… 라고 야단을 친 것이겠지. 고블린들은 일제히 입을 다물었다.

하루히로는 고블린들 사이사이로 지나가 이미 금빛 번쩍 망루에 다가들었다. 스텔스를 하고 있어서 아무도 하루히로를 알아차리지 못했다.

고블린들은 금빛 번쩍 망루 앞쪽에 모여 히요와 쿠자크와 나머지를 에워싸고 있다. 네 마리의 우고스가 서 있는 위치는 금빛 번쩍 망루 네 귀퉁이다.

금빛 번쩍 망루와 벽 사이에는 5~6미터 정도의 공간이 있다. 하루히로는 거기까지 갔다. 필시 모가도 과가진이 오르내리기 위한 것이겠지. 계단 사다리가 설치되어 있다.

모가도 과가진과 우고스는 아직 뭔가 문답을 하고 있다.

하루히로는 계단 사다리를 올라간다.

금빛 번쩍 망루는 제법 훌륭한 것으로, 골격을 봐서 금속 같다. 금이 듬뿍 사용된 장식도 호화찬란하다고까지는 말할 수 없어도, 전체적으로 힘이 솟구치는 문양이 새겨져, 정성껏 만든 것임을 알 수 있었다.

하루히로는 금빛 번쩍 망루 꼭대기로 올라갔다.

눈앞에 모가도 과가진이 있다.

앉은뱅이 의자 같은 것이 만들어져 있고, 지금은 거기에 반쯤 다리를 걸치고 서 있다. 역시 고블린 치고는 눈에 띄게 덩치가 크다. 히이로가네 왕관을 뺀다고 해도 150센티미터는 족히 넘는다. 덕분에 자세를 낮추고 있는 하루히로가 완전히 감춰진다.

금빛 번쩍 망루 위에서 내려다보니 이 공간의 넓이와 고블린의 많은 숫자를 실감할 수 있었다.

모가도 과가진의 알현실 같은 장소로 보이는 이 공간은 네모나지는 않고 원 비슷한 상태로, 직경 30미터 이상 되지 않을까? 천장도 꽤 높다. 5미터나 6미터 정도인가? 타원형 천창은 셀 수도 없이 많다. 그 천창들에는 유리가 박혀 있는 것 같다.

그곳에 모인 고블린은 천 마리는 족히 넘는다. 그 두 배가 될지도 모르겠다.

금빛 번쩍 망루 가까이에는 히이로가네 무기를 든 고블린들이 있다. 바르바라 선생님이 백걸이라고 명명한 모가도 과가진의 측근이다. 이렇게 많은 수의 고블린들에게 둘러싸여 있으니, 히요나 쿠자크와 나머지는 너무나 하찮아 보였고, 아무래도 불안했다.

모가도 과가진이 호령을 하면 고블린들은 일제히 인간들에게 덤벼들겠지. 인간 측이 아무리 선전해봤자 백 마리 정도 되는 고블린을 길동무로 삼는 것이 고작일 것이다. 예를 들어 200마리, 300마리의 고블린을 죽인다고 해도 이 공간에서 탈출할 수 있을 것 같지는 않다.

그야말로 여기는 하루히로 일행에게 사지다.

도저히, 히요의 언변에 전부 맡겨둘 수는 없다.

"모가도 과가진!"

히요가 허리에 찬 가방에서 검 한 자루를 꺼냈다. 저 가방에는 도저히 끝까지 다 들어갈 리가 없는 길이다.

그런 일보다, 고블린들에게는 그 검이 히이로가네라는 사실 쪽이 훨씬 중요한지도 모르겠다.

"폐하의 한쪽 팔이던 부왕 모도 보고의 검을 지참했습니다! 우리는 그 밖에도 다수의 히이로가네 무기를 회수해서 보관하고 있습니다! 우호의 징표로, 우리는 그것들을 폐하께 돌려드리려 합니다!"

"닷샤앗!"

모가도 과가진이 외쳤다.

우고스가 뭔가 말하고 있다.

하루히로는 언제든지 모가도 과가진을 덮칠 수 있다. 목숨을 빼앗는 것까지도 가능하겠지. 하지만, 그것은 마지막 수단이다.

"모가도 과가진, 위대한 폐하와 현명한 우고스는 아실 테지요. 우리와 고블린족은 과거에 밀약을 맺고 공존공영의 길을 선택했습니다!"

히요의 말을 우고스가 통역해서 모가도 과가진에게 전해주고 있다.

"과거의 약속은 유명무실해진 지 오래라고는 하나, 우리는 고블린족이 우리와 서로 협력할 수 있는 상대라고 확신하고 있습니다! 우리와 손을 잡음으로써 고블린족도 반드시 큰 이익을 얻을 것이 틀림없으⋯."

모가도 과가진이 석장 끝을 히요에게 향했다. 닥치라는 뜻이겠지. 히요도 그렇게 받아들인 듯, 입을 다물었다.

우고스가 모가도 과가진에게 히요의 주장을 통역해서 말해준다. 모가도 과가진은 한 번, 두 번 고개를 끄덕였다. 통역이 채 따라가지 못한 건가? 그래서 모가도 과가진은 도중에 히요의 입을 다물게 한 것일까? 과연, 그게 다일까?

우고스는 통역을 마친 모양이다.

모가도 과가진은 석장 끄트머리로 금빛 번쩍 망루를 내리쳤다.

분위기가 좋지 않다.

그렇게 느꼈을 때는 이미 하루히로는 움직였다.

모가도 과가진은 고블린들에게 뭔가 명령하려고 한 것 같다. 저 인간들을 모두 죽여라… 라는 명령을 내리려고 했던 것 아닐까? 말려야만 한다. 달리 방법이 없다.

"케앗…."

뭔가 외치려던 모가도 과가진이 뒤를 돌아봐서 하루히로는 적잖이 놀랐다. 눈치챘나?

하루히로가 있는 것을 알아차린 건가?

고블린의 왕. 보통이 아니야.

흠칫 놀란 탓에, 조잡하달까, 거칠어졌지만, 하루히로는 모가도 과가진에게 달려들어 목덜미에 단검 날을 들이댔다. 고블린치고는 큰 체격이라도 하루히로보다는 몸이 작다. 힘은 센 것 같지만, 조금이라도 저항했다가는 하루히로는 주저 없이 해치워버릴 것이다. 여기에서 모가도 과가진을 죽이면 어떻게 되는 건가? 거기까지 생각할 수 없는 것은 아쉽지만, 어쩔 수 없다. 이렇게 하는 수밖에 없는 것이다.

"후우웅…후우읏… 누우우뭇…."

모가도 과가진은 상당히 분한 모양이다. 콧김을 거칠게 내뿜으며, 이빨을 딱딱 소리 내며, 엄청나게 험상궂은 얼굴로 하루히로를 노려보고 있다.

그 공간의 고블린들은 완전히 조용해졌다. 몸을 조금이라도 움직였다가는 자기들의 주군이 목숨을 잃을 거라고 생각하는 모양이다.

"하, 하지 마! 그만둬!"

금빛 번쩍 망루 아래에서 우고스가 외쳤다.

"끝까지 우리 이야기를 들어주길 바란다. 과가진에게 그렇게 전해라."

하루히로가 말하자 우고스가 통역하기 시작했다.

모가도 과가진은 이를 갈기만 할 뿐 대답하지 않는다.

반반인가? 하루히로는 그렇게 생각하고 있다. 결코 냉정하지는 않다. 그런대로 가슴이 쿵쾅거리고 발이 조금 붕 떠 있는 것 같은 위태로운 감각도 있다. 자칫하면 손이 떨릴 것 같아서 무섭다. 반반, 이라고 생각함으로써 간신히 평정을 가장하려고 한다.

모가도 과가진은, 괜찮으니까 해치워, 라고 고블린들을 부추길지도 모른다. 그럴 경우에는 하루히로는 단검으로 재빨리 모가도 과가진의 숨통을 끊는다. 그 혼란을 틈타 누군가 한 명이라도 살아서 돌아갈 수 있다면 다행으로 여겨야겠지.

어쩌면 교섭 테이블에 앉아줄지도 모른다. 아니면, 교섭 테이블에 앉는 척하며 위기를 벗어나려고 한다.

어디가 반반이라는 건지.

"오르타나를!"

히요도 필사적인 것이다. 목소리도, 표정도, 본 적 없을 정도로 절박했다. 저것이 연기라고는 도저히 생각할 수 없다.

"모가도 과가진이여! 우리는 고블린족에게, 다시 정식으로 오르타나를 넘겨줄 용의가 있습니다!"

자기도 모르게 하루히로는 엇… 이라는 소리를 흘릴 뻔했다. 속으로는 엄청나게 당황하고 있다. 그것을 숨기는 것이 큰일이었다.

오르타나를… 이라니.

뭐야? 그게.

그건 못 들었는데요.

결론부터 말하자면, 모가도 과가진은 히요의, 라고나 할까, 진 모기스 장군의 제안에 흥미를 보였다.

그 후에 벌어진 일들을 돌이켜보는 것은 얼마간 시간이 지난 후에 하고 싶다. 아무튼, 몹시 예민해져야 하는, 단 한순간도 긴장을 풀 수 없는 우여곡절이 있었고, 하루히로 일행은 간신히 다무로를 나올 수가 있었다.

참고로, 하루히로의 소지품은 돌려받았지만, 특히 의복은 너덜너덜한데다가 피범벅이라서 정말로 지독한 꼴이었다. 고블린한테서 옷을 빌릴 수도, 나체로 있을 수도 없으니 입는 수밖에 없었지만.

해가 지기 전에 오르타나로 돌아오니 장군이 축하연이라며 만찬회를 열어주었다. 만찬회라고 해도 예의 그 식당에 모여 다른 장병보다는 좀 나은 요리를 먹는 것뿐인, 연회라고는 도저히 말할 수 없을 만한 만찬이었다. 술도 마련되었지만, 입을 댈 마음은 들지 않는다. 히요가 재잘재잘 지껄이고 장군이 느긋하게 응답하는 것 말고는 대화다운 대화도 없었다.

하루히로 일행은 일단 역할을 완수했다. 그렇다는 것은, 독살을 경계할 필요는 없는 것인가? 하루히로가 그렇게 생각한 것은, 그래도 식사가 절반 정도 진행된 무렵이었다. 얼마나 경솔한지. 하루히로가 경악하고 있노라니, 그 마음을 간파한 것처럼 세토라가,

"괜찮아."

라고 말해줬다. 피로며 그런 것 때문에 주의를 게을리한 하루히로와 달리 세토라는 제대로 주의를 기울이고 있었던 모양이다. 잘

보니 키이치도 세토라의 발치에서 주인이 나눠준 것을 먹고 있다. 경솔하게 독을 먹을 정도로 키이치는 얼간이가 아니다.

아직 하루히로 일행에게는 이용 가치가 있다. 장군이 그렇게 간주했다는 뜻인가?

보아하니 고블린과의 동맹이 성립되어도 이상하지 않을 만한 정세다.

이제부터 장군은 노획품인 히이로가네 무기를 모가도 과가진에게 넘기게 된다. 이 작업은 가까운 시일 내에 이루어지겠지.

동시에 장군은 원정군을 해체하고 변경군으로 재편성한다. 군으로서의 간판을 바꿔 다는 것뿐이지만, 아라바키아 왕국에서 이탈해서 새로운 군기를 장만하고, 장군은 스스로 변경군 총사 자리에 앉을 예정인 모양이다.

그리고, 변경군 총사 진 모기스는 고블린족의 왕 과가진과 싸우지 않는다는 맹세를 교환한다. 모기스 총사는 다무로까지 나가고, 모가도 과가진은 신시가를 나와, 구시가의 마땅한 장소에서 대면한다고 한다.

서약의 내용은 이렇다.

변경군은 다무로와 그 주변을 고블린의 영토로 인정하고 이를 침범하지 않는다.

또한, 변경군은 오르타나와 그 주변을 영토로 한다. 고블린은 이를 침범하지 않는다.

이 부분까지는 하루히로 팀도 미리 들었었다. 몰랐던 것은 다음 조건이다.

변경군은 자유도시 베레의 획득을 꾀한다. 베레를 획득하면, 변경군은 오르타나와 그 주변을 고블린에게 양도한다. 그 이후에 변경군은 다무로 이남을 고블린의 토지로 인정하고 이를 침범하지 않는다.

다무로 이남이라는 것은 오르타나를 포함하는 것인데, 그 남쪽에는 천룡 산맥이 있다. 천룡 산맥 너머에는 아라바키아 왕국의 본토가 펼쳐진다. 고블린족에게 천룡 산맥을 넘어 본토를 침략할 힘이 있는 건가? 아무러면 무리겠지. 그러나, 그럴 권리가 그들에게는 있다고, 진 모기스는 은근히 암시한 것이다.

우고스의 통역을 통해 히요의 설명을 들을 때마다 모가도 과가진은 기분이 좋아졌다. 하루히로의 눈에는, 고블린의 왕이 들뜬 것처럼 보이기까지 했다.

고블린들은 아마도 다른 종족에게 강한 열등감을 갖고 있다. 분명 두려워하기도 하는 것이겠지. 그래도 자기들도 아직은 쓸 만하다, 그렇게 생각하고 싶은 것이 인지상정이다. 고블린은 인간은 아니지만, 그들 나름대로 지성을 갖고 있으므로 하루히로 같은 인간과 마찬가지로 생각한다 해도 이상할 것 없다. 그들에게도 문화가 있고, 문명을 이룩했다. 왕이 있고 사회가 있는 것이다. 멸시받으면 틀림없이 화가 날 것이다. 인정받고 존중받으면 기쁘겠지.

과거에 노 라이프 킹은 고블린을 동맹자로서 대등하게 대우한 모양이다. 하지만, 어쩌면 오크 등 다른 종족은 꼭 그렇지만은 않았는지도 모른다.

이번에 오크의 각 씨족과 언데드의 군세가 남하하자 고블린과 코볼트는 이에 호응해서 오르타나를 공격했다. 고블린은 오르타나를, 코볼트는 리버사이드 철골 요새를 손에 넣긴 했으나, 오크나 언데드의 대부분은 금방 떠나버렸다.

결국, 오크와 언데드의 입장에서 보면, 고블린이나 코볼트는 필요할 때에만 이용하는 도구일 뿐인지도 모른다.

고블린족의 왕 과가진도 그렇게 느끼는 것 아닐까? 오크나 언데드는 자기들의 동료가 아니다. 자기들을 깔보고 지들 입맛대로 이용한다. 아군조차 아니다.

진 모기스는 모가도 과가진을 추어올려 환심을 사는 데 일단은 성공한 모양이다. 이제 남은 절차는 실제로 만나보고 어떻게 될지. 명확한 근거는 없지만, 변경왕이 되려는 사내와 그 고블린족 왕과는 의외로 서로 통하는 부분이 있지 않을까? 그런 느낌이 들지 않는 것도 아니다.

"하루히로."

옆에 앉은 쿠자크가 큰 키를 기울여 얼굴을 가까이 대고 속삭였다.

"있잖아. 슬슬 그러니까, 뭐랄까… 시호루 씨 일."

"응."

알고 있다. 쿠자크가 말하지 않아도 안다. 하루히로도 계속 말을 꺼낼 타이밍을 노리고 있던 것이다.

"뭔가?"

장군이 적갈색 눈으로 하루히로를 보았다. 인간미가 느껴지지 않는다고나 할까, 무기질이라고나 할까. 저 눈동자에 응시당하면, 마음이 수선거린다. 지레 겁을 먹게 되어버린 것일까? 그렇다면, 그건 별로 좋지 않다.

"…괜찮을까요? 말씀드리고 싶은 게."

"괜찮다."

장군이 냅킨으로 입가를 닦고 오른손을 식탁 위에 놓더니 그 위에 왼손을 올렸다.

왼손 검지에 반지를 꼈다. 저 파란 돌. 세 장의 꽃잎 같은 문양이 새겨져 있다. 저것은 분명 렐릭이다. 어떤 힘을 숨기고 있는 것일까?

"뭐든 말해보거라."

첫 대면 때부터 진 모기스는 어딘가 초연한 느낌에 무서운 것은 아무것도 없는 것 같았다. 과연 이 남자가 동요하는 일은 있는 걸까? 눈앞에서 친형제나 친구가 죽는다 해도 분명 눈썹 하나 까딱하지 않겠지. 자기 자신의 몸에 위험이 닥쳐도, 그야, 아무리 그래도 약간은 낭패감을 느끼겠지만, 당황해서 우왕좌왕하지는 않을 것 같다. 그렇게 보이게끔 만드는 분위기라는 것이 있는 건지도 모른다. 웬만해서는 흔들리지 않는 진 모기스라는 인물을 연기하는 것이라고 해도, 그것은 그것대로 대단하다. 연기라고 해도 본색을 드러내지 않는다면 진짜와 다름없는 것이다.

어차피 연기겠지 하고, 하루히로는 생각했었다.

엄포라고까지는 말하지 않겠지만, 장군은 허세를 부리고 있다. 약점을 보이지 않으려는 것이리라. 사실은 겉보기만큼 여유가 있는 것은 아닐 것이다.

말하자면, 장군은 역전의 무장으로 경험 풍부한 지휘관일 테고, 남들만큼, 아니, 남들보다 더 검을 잘 다룬다는 건 틀림없다.

하지만, 진검승부라면 쿠자크도 상당히 강하다. 그야 체격을 타고났고, 겁내지 않는다. 그러면서도 힘으로만 대검을 휘두르는 것뿐만은 결코 아니다. 재주가 좋다는 표현과는 거리가 좀 있을지도 모르지만, 그만큼 혼자서 여러 명을 상대할 수 있는 걸 보면 상당히 눈썰미가 좋다. 게다가 쿠자크가 저 대검을 휘두를 때에는 일격필살의 위력이 있다.

쿠자크와 장군이 결투를 한다면 누가 이길까? 물론 승부니까 해봐야 아는 거지만, 쿠자크가 호락호락 당할 거라고는 생각할 수 없다. 적어도 접전으로 몰고 갈 수는 있겠지.

하루히로와 동료들도 있다. 쿠자크 혼자서 싸우지 않아도 된다. 비겁하든 어쨌든, 우르르 덤벼들어 공격하면 분명 결판은 순식간에 난다.

흉흉한 이야기지만, 마음만 먹으면 하루히로 팀은 장군을 죽여버릴 수 있다. 장군도 바보는 아닐 테니 알고 있겠지. 여차하면 하루히로 팀은 고개를 저으며 시키는 대로 따르지 않을 수도 있다. 그래서 장군은 시호루를 인질로 잡고 협박한 것이리라.

"우리 동료 일로."

하루히로가 거기까지 말하자, 장군은 전혀 표정을 바꾸지 않고, 흠, 콧소리를 냈다.

우리를 화나게 하면 어떻게 될지 알고 있지? 우리는 당신을 처치할 수도 있어. 당신이 시키는 대로 했다. 말을 들어줬다고. 당신도 할 일을 해. 안 그러면.

"지금 여기에는 없는 동료 말입니다."

"의용병단에 옛날 동료가 있다고."

발뺌할 셈인가? 호통을 치고 싶어진다. 자제해라. 지금은 아직.

"아뇨. 그게 아니라."

장군은 반지를 낀 왼손 검지로 오른손을 두 번 두드리고 나서 살짝 고개를 갸웃거렸다.

"그럼, 누구 말인가?"

닐이 큭 하고 목구멍으로 웃음소리를 냈다. 히요는 어깨를 으쓱거렸다. 저 녀석들. 머리에 피가 솟아오른다.

혀를 차는 소리가 들렸다. 소리 나는 쪽을 보니 쿠자크가 무시무시한 표정으로 고개를 숙이고 있었다. 메리는 얼굴이 창백하다. 히요를 노려보고 있다.

세토라가 약간 몸을 굽히고, 뭘 하는가 했는데, 발치에 앉아 있는 키이치의 머리를 쓰다듬어준다. 자기는 상관없다는 듯이 미소까지 띠고 있다.

하루히로는 장군의 눈길을 맞받아쳤다. 여전히 장군은 동요하지 않는다.

이 남자는 정말로 허세를 부리는 건가? 아니면, 이상할 정도로 둔감한 것뿐인가? 혹은, 수많은 아수라장을 거쳐와 이제는 달관한 건가?

"우리는 할 일을 했다. 당신도 그래야 한다고 생각합니다. 대가를 치러주지 않겠다면, 일은 할 수 없습니다."

"지위도, 명예도 바라는 대로 다 주지."

하루히로가 고개를 가로젓자 장군이 살짝 미간을 찡그렸다.

"욕심이 없네. 다른 건 뭘 원하지? 그렇지. 요로즈 위탁상회인지 뭔지의 보물고를 여느라 애를 먹고 있다. 너희가 해보겠나? 신음소리가 나올 정도로 금은보화가 차고 넘친다고 한다. 얼마간 나눠줄 수도 있다."

"필요 없습니다. 그런 건."

가급적 언성을 높이고 싶지 않다. 이것은 오기일까? 장군에게 대항하려는 건가? 뭔지 잘 모르겠다.

"나는 단지, 돌려주길 바랄 뿐입니다."

"빚은 갚으라는 건가? 너희의 공적에는 보답하겠다. 아까 내가 말했다고 생각하는데."

"그러니까…!"

쿠자크가 손바닥으로 식탁을 두드렸다. 상당히 큰 소리가 났지만, 장군은 눈길도 주지 않는다. 빤히 하루히로를 응시하고 있다.

"너희들에게 갚아줘야 할 것은 아무것도 없는 걸로 안다. …그러나, 설령, 말이다. 너희에게 그것을 돌려준다면, 나는 뭘 얻을 수 있지?"

"뭘… 이라니…."

"나는 너희에게 온갖 것들을 줄 수가 있다. 욕심 많은 너희는 그래도 만족하지 못할지도 모르지만, 성의를 형태로 표현하려는 나로서는 유감스럽다. 그 이상을 원하는 너희에게, 나는 어떻게 대응해야 하지? 나에게 뭘 줄 수 있는 건가? 어떠한 대가를?"

"대가…."

하루히로는 고개를 숙였다. 뭐지? 말이 안 통해. 도대체 뭐냐고? 전부 소용없었어? 그저 일만 죽도록 한 것뿐인가? 혹시나 장군은 시호루를 돌려줄 생각은 처음부터 전혀 없었다?

돌려줄 수가 없다, 거나?

시호루는 납치당해 어딘가에 갇혀 있다. 정말로?

역시 그게 아닌 것 아니야?

이미 예전에… 예전에, 뭐야?

생각하고 싶지 않아. 생각하지 않으려고 한다. 그 점을 파고드는 것 아닐까?

최악의 가능성을 예상하고 싶지 않다. 그래서, 그런 일은 없을 테니까, 일어나도 될 리가 없으니까, 하루히로 팀은 장군의 말을 듣는 수밖에 없다. 장군을 따르는 수밖에 없다. 꼭 있을 거라는 법은 없는 희망에, 그래도 매달리는 수밖에 없다.

꼭 있을 거라는 법은 없다.

처음부터 희망 같은 건 없었는지도 모른다.

"나는 자네들을 평가하고 있네."

장군은 잠시 생각하고 나서,

"높이 평가하고 있다고 생각한다."

이렇게 고쳐 말했다.

"이 변경의 미래를 개척하는 것은 자네들 같은 젊은이들이겠지. 물론, 나도 자네들의 힘을 필요로 해. 자네들은 나를 모른다. 분명, 엇갈림이 생겼겠지. 그러나, 젊은 자네들에게 군이 조언해준다면, 현시점에서는 납득할 수 없는 일이 있다고 하더라도 길게 멀리 보라는 것이다. 지금 잔뜩 낀 짙은 안개도 내일이 되면 걷힐지도 몰라."

하루히로는 얼굴을 들고 다시금 장군의 눈을 똑바로 본다.

"분명하게, 말씀해주시겠습니까? 좀 더, 알아들을 수 있도록."

"아무쪼록 나를 믿어줬으면 한다."

장군은 미소 지었다.

믿기 힘든 일이지만, 자애가 배어 나온다고밖에 생각되지 않는,

마치 부모가 자식에게 보이는 것 같은 미소였다.

"나쁘게는 하지 않아. 나는 자네들을 생각해서 말하는 거다. 꽃이 피기도 전에 싹을 잘라버리는 것은, 나로서도 바라는 바가 아니다."

천망루 안에 주어진 방으로 돌아와서는 하루히로는 넋이 나가 아무 생각도 할 수 없어 몸을 웅크리고 그저 가만히 있었다. 동료들이 말을 걸어도 건성으로 대꾸하는 것이 고작이었다. 이래서는 안 된다. 알고는 있지만, 어떻게도 할 수가 없다.

"하루, 이거."

메리가 뭔가를 갖고 왔다.

"응…."

하루히로는 그렇게 대답하고 잠시 후에 메리가 아직 그 뭔가를 손에 들고 있다는 사실을 깨달았다. 받지 않았으니까, 당연하다.

"고마워."

하루히로는 건네받은 그것을 바닥에 놓고, 이제 밤이 깊었나? 라고 생각했다. 아닌가? 이 방에는 창문이 없다.

"하루."

말을 걸어온다.

그쪽을 보니, 메리는 방금 전에 있던 그 장소에서 움직이지 않았다.

"응. 왜…?"

"옷 갈아입어."

"아아. …그렇지."

보아하니 메리가 갖고 와준 것은 옷가지인 모양이다. 그것도 몰랐다니, 제정신이 아니다.

"지독하니까… 그러네. 갈아입는 게 좋겠지."

하루히로는 일어섰다. 더러워지고 너덜너덜해진 옷을 벗는다.

"…하루?"

그러자, 또 메리가 부른다.

"응. …앗…."

하마터면 알몸이 될 뻔했다. 속옷은 벗지 않아도 되겠지.

"빠, 빨리 입어…."

메리의 재촉에 하루히로는 바지를 입고 윗도리를 걸쳤다. 입을 옷은 아직 더 있다. 전부 다 입어야 하는 건가? 귀찮다.

하루히로는 바닥에 주저앉아 무릎을 끌어안았다. 메리가 옆에 앉는다.

쿠자크는 담요 같은 것에 싸여 잠든 모양이다.

세토라는 깨어 있다. 벽에 등을 기대고 팔짱을 끼고, 무슨 생각이라도 하는 걸까? 키이치는 그 발치에서 몸을 동그랗게 웅크리고 있다. 잠든 모양이다.

"하루."

이게 몇 번째일까? 메리가 이름을 부른 것은.

짜증스러웠다.

물론, 메리에게는 잘못이 없다.

"응."

"괜찮아?"

메리가 그렇게 묻는데, 어떻게 대답해야 좋을까? 괜찮을 리가 없지. 솔직하게 그렇게 말하는 것도 좀 아닌 것 같은. 엄살을 부려봤자 별수 없고. 화풀이도 하고 싶지 않다. 적반하장으로 화를 내는 것은 말도 안 된다.

대답할 말이 없다.

그렇다고 해서 언제까지고 입을 다물고 있을 수도 없으니까.

"응…."

하고 고개를 끄덕여 보이자, 메리는 하루히로의 기분을 헤아린 듯,

"미안해, 나…."

아차 싶은 얼굴을 하더니 입술을 깨물고 괴로운 듯이, 미안한 듯이 목을 움츠리는 메리를 보고, 하루히로는 진심으로 자기 자신이 한심했다.

"아니야. …나야말로…."

나야말로, 뭐야? 미안? 사과하면 다냐고? 그걸로 문제가 해결되는 거냐? 사태는 진전되는 거야?

하루히로는 두 손으로 자기 뺨을 찰싹 때렸다.

메리는 깜짝 놀란다. 그렇겠지. 놀라겠지.

솔직히 하루히로도 놀라고 있다. 갑자기 뭘 하는 건가? 하지만, 이 정도는 하지 않으면 눈이 뜨이지 않는다. 순간적으로 그렇게 생각한 것이다. 정신을 차리고 싶었다.

"괜찮아."

하루히로는 다시 한번 그렇게 확실히 말하고 웃는 얼굴을 만들어 보였다. 분명 희한한 얼굴이 되었을 것이다. 웃는 얼굴이라기보다, 이상한 얼굴인지도 몰라. 하지만 메리는 웃어주었다.

"응."

아무래도 자각은 없는 것 같지만, 메리의 미소에는 상당한 위력이 있다. 흡인력, 이라고 해야 할지도 모른다. 사로잡혀 빤히 보게

될 것 같아서, 하루히로는 황급히 눈을 피했다.

"…아… 이 옷, 어디에서?"

"닐이 갖고 왔어."

"어, 언제?"

"한참 전인데."

"…큰일이네. 전혀 알아차리지 못했어."

"그럴 때도 있어."

메리가 다정하게 대해주면, 가슴속이 꽉 조여드는 것 같은 심정이 되는 것은 어째서일까?

"장군이 준 거래. 닐 말로는. 입는 건 내키지 않을지도 모르지만, 이상한 장치를 해두었다거나 그러지는 않은 것 같으니까."

"그런가. 응…. 괜찮아. 이제 와서 빚을 지고 싶지 않다는 상황도 아니고."

"제대로 입어."

약간 꾸짖는 것 같은 말투이긴 했지만, 메리는 화내고 있는 게 아니다.

"…그러네. 제대로 입을게."

하루히로는 메리가 시키는 대로 옷을 고쳐 입었다. 하나같이 가죽 제품이다. 소재도, 가공도 좋다. 바느질도 꼼꼼하다. 가죽 갑옷과 가죽옷의 중간쯤 될까? 외투도 있었다. 검은 가죽 외투다. 후드가 달렸고, 무척 얇고 가볍다.

"잘 어울려."

농담처럼 메리가 말한다.

"그래?"

하루히로는 약간 몸을 움직여봤다. 더러움은 눈에 띄지 않지만, 누군가가 입었던 것이겠지. 가죽이 꽤 부드러워졌고 주름도 잡혀 있다. 사이즈가 거의 딱 맞는 것이 약간 기분 나쁘다.

"겉멋만 신경 쓴 게 아니라, 실용적인 것 같아, 이거."

"진정되었어?"

"꽤 많이."

하루히로는 메리 옆에 앉았다. 약간 등을 구부리고 천천히 호흡한다.

"……장군은, 우리를 신용하지 않아. 우리도 당연히 장군을 믿지 않아. 그래도, 장군은 우리를 자기편으로 삼으려고 해."

"맞아. 어떤 수를 써서라도."

"시호루는 살아 있어."

하루히로는 입 밖에 내어 말해보고 나서, 자신의 감정이 어떻게 움직일지 신중하게 관찰했다.

시호루는 살아 있다. 그렇게 생각하고 싶은 것뿐인가? 아니면, 그렇게 생각할 수밖에 없는 이성적인 판단인가?

"장군이 어지간한 바보가 아니라면, 시호루를 죽이거나 하지 않아. 시호루를 죽이면 우리가 장군에게 복종할 이유는 절대로 없을 테니까. 살아 있다고 계속 거짓말을 하는 방법도 없지는 않아. 하지만, 들킬지도 모른다는 위험 부담이 있어."

"장군은… 시호루를 살려두고 이용하는 거지. 우리를, 자기 뜻대로 부리기 위해서."

"단, 사고로… 즉, 실수로, 무슨 착오가 생겨서, 인질… 시호루에게 상처를 입히고 말, 죽이고 말 가능성은, 있어."

"…그러네. 없다고는 할 수 없어."

"그럴 경우, 장군은 위험 부담을 무릅쓰고 거짓말을 할 수밖에 없어. 실수로 죽였다고 말해도 우리가 납득할 리가 없으니까."

"만약, 거짓말을 해야만 하는 상황이라면… 끝까지 거짓으로 밀고 나가지 않을까?"

"나도 그렇게 생각해. 그럴 경우에는 흔적을 전부 지운다. 아무것도 남기지 않는다. …재로 만들어 여기저기에 뿌려버리면, 살아있는지 죽었는지 증명할 자는 없게 돼. 비록 장군이, 인질은 죽었다, 이제 없다고 명언한다고 해도, 진위를 확인할 방법이 없어."

"그래도, 그렇다면, 그건… 생각하지 않아도 돼. 고려해봤자 별수 없는걸."

메리는 앞을 응시하고 분명하게,

"시호루는 살아 있어."

이렇게 말했다.

"어디까지나 우리는 그 전제하에 움직이는 거지."

"응, 그러면 된다고 생각해."

"장군이 언젠가 시호루를 돌려줄 거라고 생각해? 자발적으로, 장군 쪽에서."

"예를 들어… 우리가 장군에게 충성을 맹세한다, 장군은 이제 돌려줘도 괜찮겠지 하고 생각한다, 시호루를 돌려준다고 해도 배신당할 일은 없다, 그렇게 믿는다… 글쎄? 어렵네. 좀 있을 수 없는 일일까?"

"그러네. 우리와 장군의 관계가 그 정도로 크게 변하는 일은, 보통으로 생각하면, 우선 없어."

"…장군은 바보가 아니니까, 알고 있을 거야. 천지가 뒤집힐 만한 일이 일어나지 않는 한, 우리는 장군의 충실한 부하는 되지 않아."

"우리는 단지 협박당해서 시키는 대로 할 뿐. 장군은 가진 장기말이 적으니까 우리를 쓰는 수밖에 없어. 만약 앞으로는 그렇지… 않게 된다면?"

"장군이, 신용할 수 없는 우리를 계속 쓸 이유는… 없겠지. 아마장군은 진심으로 우리를 회유할 수 있다고는 생각하지 않을 거야. 필요 없어지면 잘라버리는 거지. 임시방편이라고 생각해."

검은 외투들과 닐 이하 척후병은 진 모기스와 일심동체라고 해도 좋을 듯하다. 그들 사이에는 우애의 정과 동료 의식, 책임감, 충성심 등등의 것을 뛰어넘는 특별한 유대감이 있다.

추측일 뿐이지만, 본토 남부에서의 야만족과의 싸움은 어마어마하게 치열하고 가혹했을 것이다. 장군은 그들을 구했고 그들도 장군을 도왔다. 그들은 함께 살아남았다. 그런 경험을 하면 이론을 초월한 연대감을 갖게 되는 건지도 모른다.

이 변경에서 장군이 자기 수족처럼 움직이는 부하를 얻는 것은 힘들겠지. 단, 이해관계가 일치하면 장군에게 가담하는 자는 나타날 것이다.

"어째서인지 모르지만, 히요는… 열리지 않는 탑의 주인은, 장군의 편을 들고 있는 모양이야. 이오네 팀은 어떻게 하고 있을까? 히요를 따라간 후에는 못 봤는데…."

"이오는, 신관."

메리가 중얼거리듯이 말한다.

"의용병 전체 안에서도 톱클래스의. 상당히 성격에 문제가 있는 사람 같지만, 실력은 아주 뛰어나."

"고미와 타스케테라는 사람도, 이름은 좀 그렇지만, 보통내기들이 아니겠지."

"그럴 거야."

"히요는… 도대체 뭐지? 왠지 초조해하는 것 같았어. 이상하게 심각했고, 자기 몸까지 위험에 노출시키면서. 혹시나 히요의 입장도 탄탄한 건 아닌지도 몰라."

"필사적으로 공헌하지 않으면 이오 파티에 밀려난다…?"

"그런 위기감은 있지 않을까? 가정이긴 하지만, 만약 열리지 않는 탑의 주인의 명령으로 이오 파티까지 장군에게 힘을 빌려주게 된다면…."

"우리의 이용 가치는 상대적으로 떨어지겠지."

그때까지 잠자코 있던 세토라가 갑자기 끼어들더니 비꼬는 것처럼 훗, 코웃음을 쳤다.

"즉, 우리 입장도 또한 안정적인 것은 아니라는 뜻이다."

키이치가 일어나서 기지개를 쭉 켜고는 머리를 부르르 털었다. 앉아서 세토라를 올려다본다.

세토라는 키이치에게 눈길을 떨군다. 그러자마자 표정이 부드러워졌다.

"…응아아…."

쿠자크가 이상한 소리를 냈다. 손으로 얼굴과 목을 비빈다. 깨어난 건가? 그건 아닌 모양이다. 쿠자크는 금방 다시 코를 골기 시작했다.

"이 사내는….”

세토라가 어이없다는 얼굴로 쿠자크를 보고 있다. 키이치를 볼 때와의 격차가 엄청나다.

쿠자크를 깨워서 지금 당장 구체적인 행동을 취해야 할까? 심정적으로는 물론 그러고 싶다. 하지만, 움직일 수 있을까?

"시호루를 구출한다.”

하루히로는 바닥에 오른손 검지를 세웠다.

"그게 최우선이다.”

"방법은… 교섭이 통하지 않는다면, 크게 나눠서 두 가지가 있다고 생각해.”

메리도 바닥에 검지 끝을 가만히 놓았다.

"한 가지는, 시호루가 있는 곳을 알아내서, 구출한다.”

"또 하나는?”

세토라는 키이치를 안아 들었다. 키이치는 목덜미에서 등까지 쓰다듬어주자 기분이 좋아 보였다.

"우리가 당한 걸 되갚아준다. 장군을 인질로 잡아 그의 신병과 맞바꾸는 걸로 해서 시호루를 해방시킨다. …어느 쪽이든 온당하다고는 말하기 힘들지만, 이 판국에선 어쩔 수 없어. 먼저 공격한 건 상대방 쪽이야.”

실패는 안 된다. 우선, 보다 확실성이 높은 방법을 고른다. 할 바에는 반드시 성공시킨다. 하루히로는 바닥을 손가락으로 두드리면서 고개를 틀었다.

"…장군을 인질로 잡았다고 해도 시호루를 되찾을 수 있다는 법은 없어. 자기 목숨을 아끼는 남자인지 아닌지 아직 파악할 수 없는 면도 있고. 요즘은 용건이 있을 때에만 호출하는 정도라서 접근할 기회도 그리 없어."

"조만간 원정군이 히이로가네를 고블린에게 넘긴다."

세토라는 키이치를 안은 채로 걸어 다니기 시작했다.

"그 여자…, 히요는 입회하겠지. 장군은 어떨까?"

"모가도 과가진과 직접 만날 때까지 장군은 표면적으로는 나서지 않지 않을까?"

메리가 말한다.

"구시가 어딘가에서 만나기 위해 장소를 마련하겠지. 그때까지 시호루를 찾아낼 수 있다면 기회는 올 거야."

세토라는 고개를 끄덕였다.

"장군과 모가도 과가진이 다무로에서 대면한다면, 천망루를 포함해서 오르타나 전체의 경비가 허술해질 테니까."

해야 할 일이 보이기 시작했다.

제일 먼저 시호루 수색이다. 장군 측이 수상히 여기지 않도록 조심하면서, 천망루, 그리고 오르타나 시내를 찾는다. 니시초의 도적 길드에 가서, 멘토 엘라이자가 있으면 협력을 요청해보는 것도 좋다.

장군을 인질로 잡는 선택지도 버리지는 않는다. 장군에게 접근할 수 있는 상황이 있을지 어떨지를 수시로 확인해두면, 여차할 때 움직일 수 있겠지.

아무튼, 하루히로는 아침까지 자기로 했다.

신시가 수색은 상당히 힘들었다. 게다가, 다 찾아봤는데도 바라던 결과를 얻을 수 없었다. 백번 양보해서 표현하더라도 낙담했다.

하루히로는 강인한 정신의 소유자도, 아무것도 아니다. 평범한 인간인 것이다. 심하게 기죽지 않는 것이 이상할 정도다. 메리가 마법으로 상처를 치료해주기는 했지만, 흘린 피가 순식간에 되돌아오는 것도 아니라서 피로감도 있다. 몸도, 마음도 회복시키지 않으면 시호루를 구해낼 수가 없다.

엘라이자와는 만날 수 있었다. 얼굴은 보여주지 않았지만. 아무튼 사정을 말하고 시호루 수색을 거들어달라고 했다.

　단, 엘라이자에게는 도적 길드 멘토로서 할 일이 있다. 엘라이자는 이른바 의용병단 소속이다. 현재는 의용병단이 점령한 리버사이드 철골 요새와 오르타나 사이를 오가고 있다. 따라서 엘라이자가 오르타나에서 할 수 있는 일은 제한된다.

　"의용병단은 아직 진 모기스가 고블린과 손을 잡으려고 하는 사실을 몰라. 이제부터 전해줄 거지만. 또 한바탕 파란이 있을 거라고 생각해."

　원정군과 고블린족과 사이에 동맹이 맺어지면 의용병단은 어떻게 움직일까? 엘라이자조차 예측할 수 없다고 한다. 그러나, 의용병단으로서도 변경에서 고립될 수는 없다. 비록 모기스가 고블린족과 손을 잡았다고 해도, 당분간은 연계를 유지하는 수밖에 없지 않을까? 당연히 모기스는 그렇게 예측하고 일을 진행시키고 있겠지.

　더욱이 오리온의 시노하라가 말한 탄식의 산에 관해서인데, 역시 남정군의 잔당이 집결해 있는 모양이다. 잔당이라고는 해도, 리버사이드 철골 요새에서 지고 도주한 코볼트 약 3천에, 데드 헤드 감시 보루의 오크 약 500마리, 더욱이 원래 탄식의 산에 자리 잡고 있던 언데드도 상당수 있다고 한다. 상당히 큰 세력이다.

　"탄식의 산이 당면한 열쇠가 될지도 몰라."

　이렇게 엘라이자는 말했었다.

　모기스와 의용병단에게 탄식의 산의 세력은 명확한 적이다. 고블린족은 본래 그쪽 편인데, 모기스와의 동맹은 말하자면 제왕 연합 이탈을 의미한다.

아무리 그래도 고블린족이 탄식의 산의 세력과 싸우는 일은 없을 것 같다. 단, 중립을 지키는 정도라면 충분히 있을 법했다.

의용병단으로서는, 리버사이드 철골 요새에 가까운 탄식의 산의 적은 처치해두고 싶다. 모기스가 여기에 힘을 보태면, 양쪽의 연결은 탄탄해진다.

하루히로와 키이치는, 검은 외투나 닐 이하 척후병들의 눈을 피해 천망루 내부 수색을 진행했다. 로비와 저장고, 하루히로 일행에게 할당된 방 등이 있는 1층은 물론이고 메인 홀과 응접실, 식당, 주방, 난로 방 등이 있는 2층도 구석구석 수색했다. 천망루의 3층 이상은 그야말로 탑이다. 3층에 있는 진 모기스의 침실은 경비가 삼엄해서 접근하기조차 어렵지만, 그 외에는 조사했다. 모기스의 침실 이외에는 어떤 방도 사용되지 않는 듯, 아무도 없었다.

팀을 나누어 오르타나 시내도 수색하고 있지만, 아무 성과도 나오지 않았다.

오르타나는 시 구역의 거의 중앙에 있는 천망루를 경계로 북구와 남구로 나뉜다. 약간 언덕배기인 동쪽 한구석은 히가시마치(동쪽 마을), 다소 낮은 지대인 서쪽 한 모퉁이가 니시초(서쪽 마을)라 불렸다.

원정군 병사들은 현재 북구의 구 변경군 본부, 여관 거리였던 화원 거리, 환락가인 천공 골목, 그리고 남구에 있는 장인 거리의 건물에서 묵고 있다. 모기스로부터 그렇게 하라는 명령이 내려왔던 모양이다.

방벽에는 병사가 배치되어 있는데, 시내는 검은 외투가 가끔씩 돌아보는 정도다. 폐자재 철거나 건물 수선 등의 일을 땡땡이치고 어슬렁거리는 병사도 없지는 않다.

하지만 결코 많지는 않다. 모기스가 정한 거주 구획 밖에서는 거의 병사의 모습을 찾아볼 수 없었다.

병사가 없다면 시호루를 숨기기에 오히려 좋을지도 모른다. 그렇게 생각할 수도 있다. 단, 모기스 이하 원정군은 원래 이곳 지리를 잘 모른다. 과연 복잡하고 알기 어려운 장소에 시호루를 감금할 수 있었을까?

아라바키아 왕국 변경군의 전사연대장 안토니 저스틴이 안내했다… 는 선도 의심해봤다. 하지만 천망루에서 지나칠 때, 안토니는 하루히로가 탐색할 필요도 없이 먼저 시호루가 없다는 사실을 수상히 여기고 걱정했었다. 연기인지도 모르지만, 느낌상으로는 안토니가 몰래 장군에게 힘을 보태고 있다고는 생각할 수 없었다.

역시 북구와 남구에는 시호루가 없는 게 아닐까?

아담한 고급 주택가였던 히가시마치는 약탈과 파괴의 피해가 극심했고 전혀 복구될 조짐이 보이지 않는다. 대충 수색해봤지만, 움직이는 것이라고는 벌레나 쥐 정도밖에 보이지 않았다.

암흑 기사 길드와 도적 길드가 있는 니시초는 복잡하게 길이 얽힌 빈민가로, 그냥 돌아다니다가도 자주 길을 잃게 된다. 엘라이자에게 부탁해서 시호루를 찾아봐달라고 했으나, 별로 가능성은 없을 것 같다.

하루히로 일행이 아아스바아신 침입을 한 날로부터 나흘 뒤, 히이로가네 무기의 양도가 이루어졌다.

절차는 이렇다.

원정군이 히이로가네 무기를 다무로 구시가와 신시가를 가르는 벽 바로 앞, 문 가까이로 운반한다. 원정군은 일단 퇴각한다. 고블린들이 신시가에서 나와 히이로가네 무기를 확인한다.

고블린 측은 히이로가네 무기의 종류와 숫자를 정확하게 파악하고 있는 모양이다. 하나라도 부족하면 일이 꼬이겠지. 다행히 모든 히이로가네 무기가 반환되어, 양도는 무사히 끝났다.

회견장은 고블린들이 구시가에 설치하고 원정군이 점검하기로 되어 있다.

양도일에는 이미 반으로 자른 흙 경단 모둠 같은, 인간이 보기에는 기괴하다고밖에 표현할 수 없는 건물이 완성되어 있었다.

하루히로 일행도 동원되어 회견장을 이 구석에서 저 구석까지 다 시찰해봤으나, 복병을 숨길 수 있을 만한 구조는 아니었다. 수상한 장치도 없었다. 천창은 있기는 하지만, 측면에는 출입구를 제외하고는 하나도 뚫린 부분이 없어서, 날아다니는 도구로 밖에서 안에 있는 자를 저격하는 일도 할 수 없을 것이다.

다음 날 진 모기스는 아라바키아 왕국 원정군을 변경군으로 새로 배치하고 새로운 군기 아래에서 변경군 총사 자리에 스스로 취임한다. 그리고, 정오에 다무로 구시가의 회견장에서 모가도 과가진과 대면하고 변경군과 고블린족 사이에 동맹을 체결한다.

그 전야제라는 걸까?

모기스는 방벽을 지키는 당번 병사 이외의 병사들을 천망루 앞의 광장에 모아, 성대하게 화톳불을 피우게 하고 통 크게 술과 먹을 것을 나눠줬다.

몇 마리나 되는 가나로 등의 대형 짐승을 잡아서 통구이를 만들었고, 본토에서 갖고 온 것으로 보이는 말린 쌀과 여러 종류의 건더기들이 큰 냄비 안에서 끓고 있다. 마음껏 마시라는 듯이 즐비한 술통 내용물은, 증류주에 몇 배나 되는 물을 타고 향초를 왕창 집어넣은 것이다. 맛도 냄새도 정말로 지독하지만, 병사들은 몸에 좋다고 믿기까지 했다.

병사들에게는 나무접시나 옹기그릇, 술잔이 분배되었다. 하루히로 일행도 병사들과 같이 줄을 서서 접시나 그릇에 음식을 배급받아야 했다. 척후병 닐과 그 부하에게서 감시당하고 있어서, 이 어설픈 전야제에 참가하지 않는다는 선택지는 안타깝게도 없었다.

광장에는 상당수의 빈 술통과 빈 상자가 난잡하게 널려 있다. 테이블 대신으로 쓰라는 뜻인 모양이다.

하루히로는 쿠자크, 메리, 세토라와 키이치와 함께 빈 술통을 둘러싸고 앉아 그릇에 담긴 죽 같은 것을 먹어봤다. 예상과는 달리 나쁘지는 않은 맛이었고, 쿠자크가 우물거리고 있는 꼬치구이 고기도 보기에는 맛있어 보인다. 저 술까지는 도저히 마실 마음이 들지 않았지만, 음식에 죄는 없다. 배가 불러 움직임이 둔해질 때까지 먹지만 않으면 문제없겠지.

어쩌면 기회가 굴러들어올지도 모른다.

모기스는 연설을 한 차례 한 뒤에 퇴장하나 싶었더니, 천망루 정문 앞에 설치된 식탁에 앉아 병사들을 쳐다보고 있다. 술잔은 준비되어 있지만, 지금은 거의 마시지 않는 것 같다. 호위병인 검은 외투는 네 명. 분명 천망루 안에도 몇 명인가 있겠지.

하루히로와 키이치는 천망루를 거의 다 조사했다.

어디까지나 거의일 뿐이다. 완전하지는 않다.

3층에 있는 모기스의 침실에는 한 번도 들어갈 수가 없었다.

안토니 저스틴이 말을 걸어왔지만, 건성으로 대충 응대하니 서운한 듯이 가버렸다.

"즐기고 있나?"

닐도 나무로 된 술잔을 들고 다가왔다.

"뭐야. 안 마셔? 내일은 다 같이 재출발이라는 기념비적인 밤이라고. 약간 정도는 일탈해도 되잖아?"

"당신도 맨정신이잖아요."

쿠자크가 혐오감을 노골적으로 드러내며 말하자, 닐은 술잔에 입을 대더니 벌컥 들이켰다.

"나는 아무리 마셔도 얼굴에 티가 안 나. 술고래라서."

"그거, 진짜 술인가…?"

"시험해볼래?"

닐은 술잔을 쿠자크의 코 끝에 들이대고 입술을 일그러뜨리며 히죽 웃는다.

"내가 주는 술을 못 마신다고는 못 하지."

"그럼, 분명히 말하지요."

쿠자크는 한 음 한 음 끊어가며,

"당, 신, 이, 주, 는, 술, 은, 못, 마, 셔."

라고 발음했다.

닐은 웃으며 술잔을 내리는 대신, 친한 척하며 쿠자크의 어깨를 두드렸다.

"자, 자, 사이좋게 지내자고."

"싫은데!"

쿠자크는 몸을 틀어 닐의 손을 뿌리쳤다. 닐은 기분이 상하긴커녕 우스워서 못 견디겠다는 듯했다.

"그렇게 미워하지 마, 형제. 우리는 일련탁생이니까. 그렇지?"

"네."

하루히로는 즉답했다.

"그러네요."

공허하게 들리겠지만, 별로 상관없다. 닐의 말도 진심에서 나오지는 않았을 것이다.

"즐기라고."

닐은 그 말을 남기고 그 자리를 떠났다.

하루히로 일행을 감시하고 있는 것은 닐과 부하인 척후병, 합쳐서 네 명이다. 하루히로는 그 모두의 얼굴을 똑똑히 기억하고 있다. 단, 척후병도 바쁘다. 지금은 다무로에 많이 배치되어 있다. 이 광장에 있는 것은 닐과 다른 한 명뿐이다. 닐이 이쪽을 보지 않을 때에는 그 한 명이 하루히로 일행의 동향을 살핀다.

닐이 집적대는 동안에 모기스가 자리를 벗어났다. 천망루로 돌아간 건가? 아니, 그게 아니다. 광장 안을 돌아보려는 것 같다. 검은 외투들이 장군을 따라가고 있다.

진 모기스는 병사와 허물없이 말을 나누는 지휘관이 아니다. 병사들 대부분은 오히려 그를 피한다. 모기스가 다가가면 도망가는 병사도 있을 정도다.

예전에는 노골적으로 모기스를 깔보는 듯한 태도를 보이던 병사들도 많았다. 그러나 오르타나 공략전을 통해서 그들은 인식을 달리한 모양이다. 여전히 규율을 지키지 않는 병사는 적지 않지만, 아무리 게으른 사람도 모기스를 두려워한다. 상관에게 말대답하는 것과 모기스에게 반항하는 것은 전혀 다르다. 모기스는 두말 않고 갑자기 병사의 목을 날려버리는 남자다.

모기스를 적극적으로… 랄까, 거의 열광적으로 지지하고 추어올리려는 움직임도 일부 병사들 사이에서는 생겨났다.

"진 모기스 장군님께 건배!"

"장군님이 아니지, 총사 각하지!"

"그렇다! 우리는 이제 원정군이 아니라 변경군이다!"

"진 모기스 총사님께!"

"총사님 만세!"

"왕이 되어주십시오, 총사 각하!"

"우리의 왕이!"

"베레를 쟁취하는 거다! 부탁드립니다, 모기스 총사님!"

"변경을 우리 고향으로!"

술잔을 들고 떠들어대는 젊은 병사들에게 둘러싸이니 모기스도 그리 싫지는 않은 건가? 표정은 평소와 다름없다. 그래도 손을 들고 환호에 응하기도 한다. 싫어하는 기색은 아니다. 모기스의 입장에서 보면 지금 상황은 계획대로이며 일단은 안심, 그런 상태인가?

"아아…."

쿠자크는 얼굴을 찡그리고 꼬치에 꿴 고기를 뜯어 씹으면서 말했다.

"고기가 맛이 없어지네."

"얼마나 먹을 셈이야?"

세토라는 이미 테이블 대신인 빈 술통 위에 그릇을 내려놓았다. 쿠자크는 고개를 갸웃거린다.

"뭐, 먹을 수 있는 만큼 먹어둘까나 하는? 그런 느낌인데요. 두세 개는 더 받아 올까 하는데. 여러분은? 필요 없어요? 가는 김에 가져 올게요."

"나는 됐어."

메리는 의리 있게 대답해줬지만, 세토라는 머리만 흔들었다. 하지만 키이치는 더 먹고 싶은 듯한 눈을 하고 쿠자크를 올려다본다.

"오, 키이치는 먹고 싶어? 그렇구나, 그래. 하루히로는?"

"나는…."

필요 없어 하고 대답하려고 했는데, 뒷덜미가 쭈뼛 서는 것 같은 감각에 휩싸였다.

"어이."

그쪽에서 말을 걸어올 때까지 자기가 그 남자의 존재를 거의 의식하지 못했다는 사실에 하루히로는 놀랐다.

자세히 보니 남자는 어두운색 외투로 몸 전체를 다 감싸고 후드를 눈가까지 뒤집어썼다. 그뿐만이 아니다. 뭔가 가면 같은 것으로 얼굴을 가리고 있다.

"…어…."

누구? 라고 묻기 전에, 메리가 헉, 숨을 들이켰다.

하루히로는 동요를 애서 감추고 아무렇지 않은 척하며 주위를 살폈다. 15미터 정도 떨어진 곳에 닐이, 또 한 명의 척후병은 모기스 근처에 있다. 두 사람 다 이쪽을 보고 있다.

단, 어떤 상황일까? 두 사람의 위치를 생각해보면, 가면의 남자는 마침 사각지대에 들어 있지 않을까? 두 사람은 분명 가면의 남자를 보지 못했다.

우연인 건가? 아니면, 의도적으로 감시의 눈을 피해 접촉해온 건가?

"모르겠나?"

가면의 남자는 헤헷, 낮게 웃었다.

"기억이 없다고 했지. 하루히로. ……그런데, 오줌 싸고 싶지 않냐?"

하루히로가 대답하기도 전에, 가면의 남자는 몸을 뒤로 돌렸다.

재빠르다는 정도가 아니다. 가면의 남자는 거의 눈 깜짝할 사이에 병사들 속으로 숨더니 사라져버렸다.

하루히로는 동료들과 얼굴을 마주 보았다.

"저기, 나, 좀."

말을 어물거리며 몸짓으로 볼일을 보러 간다고 전했다. 물론, 사실은 볼일을 보려는 것이 아니다. 동료들도 알고 있겠지.

"아아… 그렇구나, 응!"

쿠자크가 짐짓 고개를 끄덕여 보이자, 세토라는 마치 이것 보라는 듯이 휴우 하고 한숨을 쉬었다.

메리는 마음이 딴 데 가 있는 것 같았다. 하루히로 일행과 달리 기억하고 있기 때문인가?

하루히로가 빈 술통에 나무접시를 놓고 그 자리를 벗어나자 닐도 움직였다. 쿠자크와 일행의 감시는 모기스 근처에 있는 척후병에게 맡기고서 자신은 하루히로를 미행할 셈이겠지. 하지만 상대를 잘못 봤다. 하루히로는 스텔스를 구사해서 닐을 따돌렸다. 광장을 나가서 어디로 가면 되는 건가? 생각하기도 전에 발이 의용병 숙사로 향했다.

가면의 남자는 의용병 숙사 안의 한 방에서 하루히로를 기다리고 있었다.

"너, 진짜 기억이 없냐?"

"왜… 그런 걸, 묻는 거야?"

"망설이지도 않고 이 방으로 처왔으니까 그러지."

남자는 가면을 벗고, 뒤집어쓴 후드도 같이 벗어버렸다.

열려 있는 창문으로 달빛이 들어와 이목구비 정도는 알 수 있었다.

"정말이야. 기억나지 않아."

"…그런가."

남자는 가면을 침대 위에 내던지고, 곱슬머리를 성가시다는 듯이 긁어댔다.

"내가 누군지는 알지?"

"응. 대충은."

"대충이라고? 죽고 싶냐?"

"아니."

"기억을 잃어도 재미없는 건 조금도 변하지 않았네."

"란타."

어떻게 말하면 좋을까? 뭐라고 말하면 되는 걸까?

"오랜만."

짐작도 가지 않아 무난한 말을 입에 올리고 말았다. 이런 나는 확실히 재미없는 인간이겠지. 납득할 수밖에 없었다.

란타는 고개를 숙였다.

"기억 못 하는 녀석이 할 말이야? …멍충이."

목소리는 뒤로 갈수록 작아졌다.

란타와의 관계는 꼭 양호했던 것은 아닌 모양이다. 아니, 나빴었다. 그렇지 않았다면 서로 갈 길이 달라졌을 일은 없었겠지.

꽤 입이 험한 남자다. 그것은 이 짧은 대화만으로도 알 수 있었다. 그래서 좋아할 수 없었던 걸까? 그런 단순한 문제는 아닐 테지. 분명 서로 뭔가 맞지 않는 게 있었다. 그래도 동료였다. 함께 고난과 역경을 극복해온 끝에, 결별했다.

"멍청이라고 하지 마, 바보 란타."

어떻게 된 일인지 입에서 자연스럽게 튀어나왔다.

란타는 얼굴을 들고 한순간 눈을 크게 떴으나, 곧바로 다시 고개를 숙였다.

"멍청이라고는 안 했어. 나는 멍충이라고 했단 말이다. 그 점을 착각하지 마."

"…같은 말 아니야?"

"다르잖아. 멍충이와 멍청이라고."

"지나치게 사소한 차이라고 생각하는데."

"그런 사소한 뉘앙스가 꽤 크다거나 한다고. 알겠냐? 모르겠지. 섬세하지 못하니까. 파루피로, 진짜 너라는 놈은."

"뭔가… 그 뉘앙스의 차이는 잘 모르겠지만, 너와 꼬인 이유는 조금 알 것 같기도 해."

"나는 섬세하고 너는 무신경하니까. 물과 기름이라고. 아니, 하늘과 땅 차이라고. 참고로, 말할 필요도 없이 하늘이 나고, 너는 땅이다.”

한 마디 하면 열 마디가 돌아온다는 게 이런 거다. 세토라처럼 말을 잘하고 독설가라는 것과는 다르다. 아무 말 대잔치라고나 할까, 제대로 상대하다가는 과연 지치겠지.

“의용병단에 있었다며?”

적당히 넘기고 이야기를 진전시키는 편이 좋을 것 같다.

“멋대로 빠져나온 거야?”

“그럴 리가 있냐. 시호루가 납치당했다고 하니까… 나는 별로 거시기하지만, 역시 저 녀석한테는 그건….”

저 녀석이라니? 라고 물어보려고 했는데, 뒤에서 뭔가가 덤벼들었다.

“하루 군…!”

“우와앗?!”

뭐야? 이거. 어부바? 내가 업은 건가? 갑자기 달려든 상대를? 아니, 아니, 업은 게 아니다. 상대방이 멋대로 달라붙어 있는 것뿐이다. 하루히로는 간신히 균형을 잡고 있다. 떨궈버려야 하는 건가? 하지만, 하루 군… 이라니.

“하루 군! 하루 군이다! 하루 군 냄새가 나잖여?! 하루 군이여……!”

“아니, 잠깐, 저기…!”

엄청나게 냄새를 맡고 있다. 하루히로의 목덜미와 귀 뒤에 코를 눌러대고, 킁킁킁킁 냄새를 마구마구 맡고 있는 것은, 개? 아니다. 당연하다.

“야아아, 유메 인마아아아앗…!”

하루히로에게 매달려 있는 그 누군가를, 란타가 떼어놓으려고 한다.

"너 인마! 뭐 하는 거야? 멍청아! 떨어져어엇!"

"싫어어어! 유메는 하루 군 냄새, 진짜 엄청 오랜만인걸!"

"하루 군 냄새라니, 오해를 초래할 수도 있는 표현이라고, 그거?! 그보다 너, 하루히로 놈한테 그렇게 달라붙었던 적이 있었단 말이야?!"

"그럼, 있지!"

"엉?! 거짓말이지?! 진짜로?!"

"한참 전이지만 유메, 하루 군이 꼭 껴안아줬었는데!"

"아, 그랬지. 그게 아니라! 한참 옛날 일이잖아! 말해두는데, 이 똥 덩어리는 그것도 전혀 기억 못 한다고, 알고 있는 거야?!"

"유메를 잊어버렸어도, 하루 군의 몸은 기억할지도 모르잖아!"

"그러니까, 바로 그런 표현이…!"

"아, 저기….."

하루히로는 필사적으로 목소리를 쥐어짰다.

괴롭다.

란타가 떼어놓으려는데도 떨어지지 않으려고, 유메… 그렇다, 유메가 온몸을 사용해서 하루히로에게 달라붙어 있다.

특히 두 팔이 단단히 목에 감겨 파고들기까지 한 상태라서, 꼼짝달싹할 수가 없다.

"사, 살려줘, 놔, 놔, 줘…."

"우왓. 미안!"

유메가 펄쩍 뛰어 떨어져줘서, 아슬아슬하게 질식할 뻔한 고비를

넘겼다.

웅크리고 앉아 숨을 고르고 있노라니, 유메가 몸을 굽히고 등을 문질러주었다.

"괜찮아? 진짜 미안해. 유메, 하루 군을 만나서, 엄청나게 기뻐서."

"그런 코흘리개 녀석을 만났다고 뭐가 기쁘다는 거야? 멍청한 유메. 들뜨지 말라고, 헤퍼 보이게."

란타는 이상하게 심사가 뒤틀려 있었다. 유메도 화를 내며 받아친다.

"유메 그렇게 해피하지 않은데!"

"해피하다는 말은 안 했어! 헤프다고 했다, 나는!"

"우엥?"

유메가 고개를 갸웃거리자, 땋긴 했으나 매우 긴 머리카락이 바닥에 닿았다.

"헤프다는 게 무슨 뜻이야? 빨리 없어지는 거? 유메 안 없어지고 여기 있는데?"

"됐고! 엉망진창이 된다고, 너랑 말하고 있으면!"

"…항상 이런 느낌?"

하루히로가 목을 문지르면서 묻자, 란타는 묘하게 당황하며,

"무, 무무무, 무슨 느낌이란 거냐? 이런 느낌이라는 건?! 뭘 가리켜 이런 느낌이냐고 말하고 지랄이야? 엉?!"

"그야 뭐. 대개 이런 느낌인디."

유메는 한숨 섞어 긍정했다. 란타는 왠지 쑥스러워하는 것 같다.

"…사실, 이런 느낌이냐고 하면 이런 느낌은 맞지만. 분위기에 휩

쓸려서 이렇게 된다고나 할까, 뭐랄까. 그 이상도 그 이하도 아니니까, 그 점은 착각하지 말도록. 알았냐?"

"네, 네…."

하루히로가 건성으로 대답하자 란타는 또 화를 냈다.

"네는 한 번만! 한 번만 하는 거라고! 천지개벽 이래로 정해진 규칙…."

"그렇지!"

갑자기 유메가 펄쩍 뛰어서 란타는 힉 하고 뒤로 물러섰다.

"뭐, 뭐뭐, 뭐야? 갑자깃?!"

"시호루가 납치되었잖아. 유메네, 하루 군네를 만나려던 것도 있지만, 시호루를 구하려고 온 거잖아. 그렇지?"

"…어, 응. 그렇지. 마, 맞아!"

란타는 하루히로에게 척 삿대질을 했다.

"그렇다, 파루포로롱!"

"누구냐? 파루포로롱은…."

"너 말고 누가 또 있어? 없잖아? 모르냐? 그 정도까지 네 머리는 또또로도또 또라이 군인가?"

"…시호루 이야기, 안 할 거야?"

"할 거다! 너 따위가 안 해도 엄청 할 거야! 그보다, 네가 말해. 상황을 설명해봐. 스사삭. 간단하게, 간결하게. 빨리 했."

란타만 있었다면, 오기로라도 말을 하지 않았을지도 모른다. 유메가 같이 있어서 다행이다.

시호루와 유메는 특히 친했다고 메리한테서 들었다. 그런 시호루가 기억을 잃었다. 그것만으로도 유메의 입장에서는 대단히 충격이었겠지. 더욱이, 행방불명인 것이다. 도저히 가만있을 수가 없어서 유메는 의용병단에서 나와 오르타나로 왔다. 더불어 란타도. 란타는 덤이라고나 할까.

"…그런 상황이지. 일단은."

하루히로가 시호루의 현 상황을 대략 전해주자, 유메는 침대에 주저앉고 말았다. 란타는 팔짱을 끼고서 엄지를 깨물고 있다.

"…제법 일이 재미있게 되었네. 참고로 유메, 지금 이 말은 진짜 재미있다는 뜻이 아니야. 따지고 들지 마라. 폼 나게 표현을 한 것뿐이니까. …아니, 내가 직접 해설해버리면 소용없잖아…."

유메는 고개를 숙인 채다. 란타의 헛소리 따위 귀에 들어오지 않는 모양이다. 란타는 칫 하고 혀를 차고는 하루히로를 노려본다.

"그래서? 어떻게 할 셈이야?"

"어떻게… 라니?"

하루히로는 자기도 모르게 고개를 숙여 눈을 피하고 말았다.

"…기회를 봐서 진 모기스의 침실을 조사해볼까 하고."

"거기에도 시호루가 없으면 어떻게 할래? 그런 뻔한 장소에 인질을 숨길 거라고는 나는 생각하지 않는데."

"그건… 그럴지도 모르지만."

"열리지 않는 탑은 어때?"

"엇?"

"모기스는 히요무… 히요라고 해도 되겠지. 아무튼, 놈의 주인님과 손을 잡았어. 네가 말하는 것처럼 그 녀석이 열리지 않는 탑의 주인이라면."

"…그런가. 인질을… 시호루를 열리지 않는 탑의 주인에게 맡기면.”

“열리지 않는 탑에는 들어갈 수 없어. 무슨 방법은 있겠지만, 우리는 모르니까. 있는 곳을 알아내서 구출한다는 것은 애초에 불가능해.”

“나는….”

하루히로는 유메 옆에 앉았다.

“…그건 생각하지 못했어.”

“그렇다면, 바보천치 똥 멍충이네.”

란타는 헷 하고 코웃음을 쳤다.

“너는 옛날부터 빌어먹게 부정적이고 사물을 나쁜 쪽으로밖에 생각하지 못해. 그렇게 만들어낸 도피처는 좀 편하냐?”

“아는 척하지 말아줄래? …솔직히 불쾌하다.”

“너를 유쾌하게 해서 나한테 무슨 이득이 있어?”

“나한테 심술을 부리면 너한테 무슨 이득이 있는데?”

란타는 어깻짓을 한다.

“기분이 좋아. 아주 약간이지만.”

“란타.”

낮은 목소리였다. 유메치고는, 말이지만. 소리 자체의 낮음보다, 울림의 차가움이 인상적이랄까, 무서웠다. 섬뜩했던 것은 하루히로만이 아닌 모양이다.

“네헷….”

란타는 명백하게 겁먹은 목소리로 대답했다. 네헷이 뭐냐? 하루히로는 딴지를 걸고 싶었지만, 관두는 게 좋을 것 같다.

“계속 그렇게 쓸일없는 말만 하면, 맴매할 거야.”

"쓸…."

란타는 분명, 쓸일없는 말이 아니라 쓸데없는 말이겠지, 라고 말하려던 것이겠지. 하지만 말하지 않았다. 유메한테 어지간히 심하게 혼난 경험이라도 있는 건가? 아무래도 유메는 화나면 꽤 무서운 모양이다.

"…아, 아무튼, 말이야. 그런 느긋한 짓을 할 시간이 있으면, 손쉽게 모기스 놈을 두드려 패서 시호루를 풀어주게 하면 되는 거잖아."

"두드려 패다니?"

일일이 말꼬리를 잡고 비난만 하다가는 언제까지고 이야기가 진전되지 않을 것 같다. 란타가 하고자 하는 말의 뜻을 하루히로도 모르지는 않는다.

"…그야, 모기스를 인질로 잡는 방법은 우리도 생각했지만. 간단하지는 않아. 상대방도 경계하고 있고."

"이 나와 유메가 있어도?"

란타는 히죽 웃고는 엄지로 자기 자신을 가리켰다.

"어차피 너는 잊어버렸겠지만. 나 님은 일당백이거든?"

## 17. 왕의 손

하루히로는 혼자 의용병 숙사를 나와 광장으로 돌아갔다. 동료와 합류하기 전에, 닐이 하루히로를 발견하고 다가왔다.

"어디 갔었어?"

"볼일 보러."

"꽤 오래 걸렸네."

"배가 아파서."

"뭐 잘못 먹었나?"

닐은 명백하게 야유하면서 탐색한다. 하루히로는 일부러 어두운 얼굴을 하고 복부를 문질렀다.

"그야… 일상적으로?"

"제법이네."

닐은 웃으며 하루히로의 어깨를 두드렸다. 함부로 건드리지 말아 줬으면 좋겠다. 하지만, 이 정도는 참을 수 있다. 여유다.

"그럼, 나는 이만."

"그래."

닐은 뒤따라오지 않았다. 아니, 뒤에 딱 달라붙지는 않았지만, 거리를 두고서 하루히로를 쫓아오고 있다. 돌아보고 눈이 마주치면 손을 들어 보이는 걸 보니 감시하고 있다는 사실을 숨길 마음도 없는 모양이다. 지금까지와 마찬가지이긴 하다.

쿠자크와 동료들은 광장 끄트머리 쪽으로 이동해 있었다.

"주정뱅이 병사가 세토라 씨와 메리 씨한테 집적대서."

분이 풀리지 않은 얼굴로 쿠자크가 가르쳐주었다.

"한바탕 좀 했어, 내가. 물론 힘 조절은 했지만."

"최악…."

메리는 화가 났다기보다 진저리가 난다는 듯이 해쓱한 얼굴이었지만, 세토라는 전혀 아무렇지 않아 보였다.

"그런데, 어떻게 됐어?"

"응…."

하루히로는 동료들을 둘러보았다.

"이거, 지금까지 중에서 가장 재미없는 사건에 관한 이야기라고 생각하고 들어줬으면 하는데."

"뭐예요? 그건. 오히려 엄청 흥미진진한데요. …아얏."

쿠자크는 세토라에게 턱 주위를 맞아 불만스럽게 입을 삐죽 내밀었다.

"…아니, 안다고요. 아무리 나라도. 가벼운 농담이잖아요."

"쿠자크가 늘 그렇듯이 가치 없는 농담을 늘어놓을 때처럼 말해, 하루히로."

"…오케이."

하루히로는 쿠자크가 아무도 웃지 않는 농담을 날릴 때처럼 계획을 밝혔다. 유메의 이름을 꺼냈을 때만큼은 메리가 동요를 감추느라 고심했다. 그러나, 그 외에는 모두가 마치 재미없는 농담을 흘려 듣는 것 같은 표정을 지으며 들어주었다.

"할지 말지 그런 문제가 아니네."

세토라는 더는 헛소리를 못 들어주겠다는 듯이 한숨을 쉬었다.

"이걸로 결판이 날지 말지야."

"그러네."

메리가 고개를 끄덕이자 쿠자크는 짐짓 장난스럽게,

"옙…."

이렇게 대답했다. 키이치는 냣… 익살맞게 짧게 울었다.

멀리에서 진 모기스를 칭송하는 환호성이 들렸다.

"진 모기스!"

"변경군에!"

"우리는 이제 원정군이 아니다!"

"변경군! 변경군!"

"모기스 총사님께!"

"모기스!"

술에 취한 병사들이 그 남자의 이름을 연호한다.

"모기스!"

"모기스!"

"모기스!"

그 목소리가 파도처럼 홀 전체로 퍼져간다.

모기스는 검은 외투들을 이끌고 유유히 걸어간다.

천망루 정문 부근에는 현재 검은 외투가 한 명밖에 없다. 그 한 명도 모기스 쪽으로 눈길을 향하고 있다.

닐과 그 부하 척후병은 여전히 하루히로 일행을 감시 중이다.

하루히로는 모기스를 멍하니 바라보는 척을 하면서, 들어갔구나 … 생각했다.

란타와 유메는 천망루에 침입했다. 그런 계획이었다. 소동이 일어나지 않는다는 것은, 두 사람이 검은 외투에게 들키지 않고 침입했다는 뜻이겠지.

모기스는 천망루 정문 앞에 설치된 특별석 쪽으로 향하고 있다. 그러나, 자리에는 앉지 않는 모양이다. 슬슬 천망루로 가버리는 건가? 정문 앞에서 모기스는 뒤를 돌아봤다.

"이 변경에서."

낭랑한 목소리가 울려 퍼지자, 병사들은 일제히 입을 다물었다.

모기스는 몸을 뒤로 젖히는 것처럼 해서 두 팔을 활짝 벌려 보였다.

"너희들이 이제부터 이 변경에서 손에 넣을 것을 상상해보아라. 모든 것이다. 너희는 여기에서 바라는 것 전부를 손에 넣는다. 변경은 너희 것이다."

"모오오오오·················· 기스!"

한 병사가 외쳤다.

그것을 계기로 솟구치는 열광이 광장에 소용돌이치고, 폭발했다.

"모기스!"

"왕이시다!"

"진 모기스야말로!"

"아무쪼록 우리의 왕이!"

"모기스!"

"진 모기스 만세!"

"만세!"

모기스는 한 번 고개를 끄덕이고는 몸을 돌렸다.

천망루로 들어간다.

모기스를 따르던 검은 외투 네 명 중에서 세 명은 정문 앞에 남았다.

"한 명뿐인가?"

세토라가 그렇게 중얼거리자,

"…그러네요."

쿠자크가 능청스러운 얼굴로 말하고 기지개를 켰다.

"야아. 왠지 나, 졸리네. 내일도 있으니. 배는 한참 전에 빵빵하게 불렀고. 안 자요?"

"그러네."

메리가 하루히로를 본다.

"방으로 돌아갈까?"

"응."

하루히로 일행은 아직 달아오른 병사들을 헤치고 천망루로 갔다. 닐과 척후병도 하루히로 팀의 움직임에 맞춰 이동하고 있다. 그들은 하루히로 팀을 놓치지는 않았다. 그러나, 술에 취한 병사들이 거치적거려서 약간 뒤처졌다.

정문 앞에는 원래 있던 한 명에 더해서 검은 외투 네 명이 있었다. 순순히 통과시켜줄지 어떨지.

예상대로 검은 외투들은 앞을 가로막으려고 했다.

"벌써 피곤해서, 우리, 일찍 자고 싶은데요."

하루히로가 평정을 가장하며 말하자, 검은 외투들은 서로 눈빛을 교환했다. 쿠자크가 입술을 핥는다. 이제 와서지만, 하루히로는, 괜찮을까? 자문해버린다.

괜찮아, 이걸로.

『결단을 내린다는 건 말이야.』

의용병 숙사에서 란타가 훈계했었다.

『요컨대 우선순위를 매겨서, 제일 위에 것 말고는 깔끔하게 버리는 거야. 대부분의 경우에 선택되는 것은 한 가지뿐이니까. 이것도 저것도 다 할 수는 없는 거라고.』

란타는 좋아할 수가 없다. 기억을 잃기 전에도 계속 그랬겠지.

『하루히로, 너는 지금 뭐가 제일 중요하냐? 우리는 어떻게 하면 돼?』

왜 너 따위가 하는 말을 들어야 하는 건데? 아무래도 그런 심정이 앞서게 된다.

『리더잖아.』

하지만, 란타는 하루히로에게 그렇게 말했다.

『네가 결단을 내리면, 그게 뭐든 우리는 그 말대로 한다. 그러니까 주저하지 말라고. 길을 제시해. 그러면 우리가 목적지까지 운반해준다.』

도대체 뭐야? 그 녀석.

희한하게 듬직하잖아.

란타 주제에.

검은 외투 한 명이 턱을 까딱였다. 검은 외투들이 옆으로 비킨다. 지나가도 좋다, 그런 뜻인 모양이다.

하루히로 팀은 정문을 통해 천망루로 들어갔다. 자기들 방으로 간다. 가는 척하고는, 2층으로 올라가는 계단을 확인했다. 검은 외투가 없다.

정문의 검은 외투들은 바깥을 보고 있다.

하루히로는 쿠자크와 동료들에게 시선으로 계단을 가리켰다. 동료들은 고개를 끄덕였다.

뭐가 제일 중요한가? 동료다. 당연하다. 시호루를 구해낸다. 그것이 최우선이다.

진 모기스와의 관계는 복잡하고, 여기에는 의용병단의 이해관계도 얽혀 있다. 덤으로, 하루히로는 이래 봬도 도적 길드의 멘토다. 경거망동은 삼가는 것이 좋다. 이것저것 다 합쳐서 생각해보면, 아무래도 그런 결론이 되고 만다.

상대의 계략에 보기 좋게 넘어갔었다. 분명 모기스는 간파하고 있는 것이다. 하루히로는 과감한 수단을 취하지 않는다고. 어차피 결단을 내리지 못한다. 우유부단한 남자로 보고 있다. 그리고, 한심하게도, 그 말이 맞았다. 란타가 부추기지 않았다면, 하루히로는 이도 저도 못 하고 흘러가는 대로 그저 몸을 맡겼을 것이다.

하루히로 팀은 계단을 올라간다. 이제 후퇴할 수는 없다. 후퇴할 생각도 없다.

2층으로 올라가자 가면의 남자가 기다리고 있었다. 유메도 있다.

"……!"

메리는 유메를 보자 손으로 입을 가렸다. 유메가 눈을 빛내며 두 손을 흔든다.

하루히로는 가면의 남자에게 다가가 속삭였다.

"벗어, 그거."

"시끄러워. …놈의 침실은 조사했지만, 아무것도 없었다."

"모기스는?"

"3층에는 틀림없이 올라가지 않았어."

"난로 방에 있나?"

"어쨌든, 단숨에 끝장을 본다."

"응."

하루히로는 앞으로 걸어가려고 했다. 발이 앞으로 나가지 않는 다. 하루히로가 말하는 것보다도 빨리, 란타가 걱정을 입에 올린다.

"경비가 허술한데. 마음에 걸려?"

"…그야 아무래도."

"중지할 거면 지금이야."

"중지는… 안 해."

"분명하게 말 못 하냐?"

"그만 입 다물어라."

란타는 가면 안쪽에서 슬그머니 웃고는 하루히로의 어깨를 콕 찔 렀다.

난로 방으로 간다. 복도는 조용했다. 하루히로 팀밖에 없다. 난 로 방에 모기스가 있을 때에는 문 앞에 검은 외투가 서 있다. 지금 은 없다. 만약을 위해 문을 열고 실내를 살펴봤다. 역시 아무도 없 다.

그렇다면, 메인 홀이겠지.

메인 홀의 문은 열려 있었다. 드문 일은 아니다. 메인 홀 문에는 열린 상태로 고정하기 위한 기구도 붙어 있다. 하지만, 지금 이런 때 문이 열려 있다는 것은 어찌 된 일인가?

"유인하는 거네."

세토라가 중얼거렸다.

그렇게 생각하는 편이 타당하겠지.

모기스는 아마도 하루히로가 움직일 것이라고 내다봤다. 나머지 검은 외투는 전원 모기스를 호위하고 있겠지.

"그래봤자 별거 없어."

란타가 재촉한다.

"보스만 해치우면 이기는 거니까."

모기스는 란타와 유메의 존재를 파악하지 못했을 것이다. 하루히로와 쿠자크, 메리, 세토라와 키이치뿐이라고 생각하고 있다. 하루히로는 휴… 하고 숨을 내쉬었다.

"가자."

"빛이여, 루미아리스의 가호 아래에….'

메리가 재빠르게 연달아 프로텍션과 어시스트, 두 개의 보조마법을 동료에게 걸어준다.

쿠자크가 선두에 서서 메인 홀로 뛰어들었다. 하루히로, 란타, 유메, 세토라와 키이치, 메리 순으로 뒤따른다.

구석의 단상, 옥좌 같은 의자에 진 모기스가 앉아 있다. 그 좌우에 검은 외투가 두 명씩. 합치면 네 명이다. 생각했던 것보다 적다.

"왔는가?"

모기스가 의자에서 일어섰다. 검은 외투들이 검을 뽑으려고 했다. 모기스는, 그러나 한 손을 들어 제지했다. 혼자서 단상에서 내려오려고 했다.

"돌려줘! 시호루 씨를…!"

쿠자크가 대검 칼자루에 손을 대고 모기스를 향해서 돌격했다. 검을 뽑음과 동시에 단번에 두 동강을 내버릴 것 같은 기세다.

세토라와 키이치, 메리는 쿠자크를 따라갔다.

하루히로는 스텔스해서 맞은편 왼쪽부터, 란타는 메뚜기 같은 것을 연상시키는 몸놀림으로 오른쪽으로 달려갔다. 유메는 란타를 쫓아가는 것처럼 달리면서 활을 들고, 이미 화살을 겨누고 있다.

모기스는 검을 뽑았다. 늘 소지하는, 애용하는 검이다.

쿠자크가 대검을 뽑자마자 비스듬히 내리쳤다.

"이얍…!"

"웃…!"

모기스는 피하려고 했다. 그러나, 순간적으로 완전히 피할 수는 없다고 느낀 것 같다. 검을 두 손으로 들고 쿠자크의 대검을 막아냈다.

몸이 밑으로 가라앉는다. 모기스는 있는 힘껏 다리로 지탱하며 간신히 첫 공격을 막긴 했으나, 힘은 쿠자크 쪽이 위다.

"…에잇!"

모기스가 쿠자크의 배를 발로 밀쳐 물러서게 한다.

"크앗…!"

쿠자크는 두 발자국 후퇴했을 뿐이었다. 곧바로 모기스가 칼을 휘둘렀으나 쿠자크는 쉽사리 대검으로 쳐냈다.

"…겨우 이 정도인가!"

"웃…!"

모기스는 검이 튕겨 나가는 반동을 이용해서 펄쩍 뛰어 물러섰다.

경험은 모기스 쪽이 위겠지. 그만큼 터프할 것 같다. 쿠자크가 힘으로 압도해도 모기스는 요리조리 빠져나갈지도 모른다. 그리고, 쿠자크가 조금이라도 빈틈을 보인다면 반격으로 전환한다. 이길 수 있다고 쿠자크가 생각할 때, 그때가 오히려 위험하다.

승부는 어디로 튈지 모른다.

이것이 1대1 결투였다면.

하지만, 그게 아니다.

란타는 이미 모기스를 포착하려고 했다. 유메는 한쪽 무릎을 세웠다. 언제든지 화살을 쏠 수 있다. 상황에 따라서긴 하지만, 하루히로가 모기스에게 덤벼들어도 된다. 메리도 광마법으로 엄호할 수 있다. 혹시라도 모기스가 메리를 노리는 기책을 쓴다고 해도, 세토라와 키이치가 지켜줄 것이다.

완전히 몰아붙였다.

진 모기스에게 도망갈 길은 없다.

역전할 기회도 없다.

어째서 모기스는 앞으로 나서려던 검은 외투들을 제지했던 것일까?

사실, 검은 외투들이 방해했다고 해도 결과는 그리 달라지지 않았겠지. 검은 외투는 모두 숙련된 병사들이지만, 말하자면 그게 전부다. 만약 모기스와 검은 외투들이 일제히 덤벼든다 해도, 쿠자크는 그리 쉽사리 당하지는 않는다. 란타는 좀 이상한 저 움직임으로 검은 외투들을 가볍게 갖고 놀겠지. 유메의 민첩함, 야생 동물 같은 유연함도 보통이 아니다. 더욱이 메리가 있고, 세토라가 있다. 키이치도 의외의 형태로 힘을 보태주기도 한다. 난전으로 돌입하면, 하루히로가 뒤에서 모기스에게 몰래 접근해서 몸을 결박하면 된다.

싸우기 전부터 모기스는 이미 진 것이나 다름없다. 모기스가 검은 외투들에게 나서지 말라고 했던 것은, 그래봤자 소용없다고 깨달았기 때문일까? 란타와 유메라는 전력은 계산하지 못했다. 이것은 도저히 이길 수 없다. 적어도 추하게 발악하지는 않겠다고 생각한 건가?

그럴 리가 없다.

모기스가 왼손을 앞으로 내밀었다.

"노스타렘 상그위 사크리피시."

뭐라고 말한 건가? 모르겠다. 귀에 익지 않은 말이었다. 마치 주문 같은.

모기스는 왼쪽 손바닥이 아니라, 손등을 쿠자크에게 향하고 있다. 그 검지에는 반지가.

반지에는 흰빛이 강한, 파란 보석이 박혀 있다. 보석에는 꽃잎 같은 문양이.

하루히로는 그 반지가 마음에 걸렸다. 분명 전에는 끼지 않았었다. 히요와, 즉 열리지 않는 탑의 주인과 손을 잡고 모기스는 저 반지를 얻은 게 아닐까? 빌린 건가? 양도받은 건가? 선물받은 건가? 만약 그렇다면, 그냥 반지인가?

"아앗…."

하루히로는 자기도 모르게 목소리를 냈다. 기묘한 감각이었다.

비유하자면, 체중이 10킬로미터나 20킬로미터가 갑자기 늘어나면 이렇게 느낄지도 몰라. 하지만, 늘었다기보다는 빼앗긴 느낌이든다. 피를 너무 많이 흘렸을 때와 약간 비슷할까? 그만큼 중량 자체는 가벼워졌다. 그런데도, 몸이 무겁고, 둔하다.

그렇다. 하루히로는 빼앗긴 것이다. 아니다. 하루히로뿐만이 아니다. 빼앗긴 것은, 하루히로 팀이다.

란타는 넘어질 뻔해서 자세를 바로잡으려고 했다. 유메는 고개를 떨구고서 활을 내리고 말았다. 메리와 세토라는 다리가 휘청거리는 것 같다. 키이치는 엎드려 자세에 가까운 모습으로 꼬리가 바닥에 내려와 있다.

쿠자크는 아예 균형을 잃고서 엉덩방아를 찧고 말았다.

하루히로 팀뿐만이 아닌 건가? 의자 양옆에 있던 검은 외투들도 몸을 묘한 자세로 기울이거나 구부리거나 했다.

또렷하게 보이는 것은 아니다. 하지만, 흐릿하게, 아주 옅은 안개 같은, 아지랑이 같은 것이 주위에 떠돌고 있다. 떠돈다기보다, 흐르고 있다.

그 안개인지 아지랑이 같은 것이, 진 모기스를 향해서. 혹시나, 그것이 저 남자에게 흘러 들어가는 건가?

"으음….."

순식간의 일이었다.

모기스는 발을 앞으로 내디디고 검을 치켜들었다.

더욱 정확하게 말하자면, 하루히로가 본 것은, 모기스가 낮은 자세에서 검을 치켜든 타이밍에서 딱 정지한 모습이었다.

"…우와앗….."

바닥에 엉덩방아를 찧었던 쿠자크는, 왼손으로 오른팔을 누르려고 했던 모양이다. 할 수 없었다. 누르고 싶어도, 그 오른팔은 잘려 나갔다.

"경이적이다."

모기스는 그렇게 낮게 중얼거리더니 무릎을 쭉 펴면서 피를 털어 내려는 것처럼 검을 흔들었다.

"크으읏…!"

쿠자크의 비명은 목소리가 되지 않았다.

이번에는 왼팔이었다.

모기스는 쿠자크의 오른팔에 이어 왼팔까지 날려버렸다.

빠르다… 는 정도가 아니다. 아무리 그래도 지나치게 빠르다.

"쿠자 콧…!"

메리가 쿠자크에게 달려가려고 했다. 하루히로는 말리고 싶었다. 늦었다.

모기스는 5~6미터를 한 달음에 이동한 것 같았다. 그런 일은 불가능할 터이지만, 그렇게 보였다.

"그만…."

하루히로는 목소리를 쥐어짰다. 그런 것치고는 작은 목소리밖에 나오지 않았다.

모기스의 검이 메리의 복부를 관통한다.

"캇…."

메리는 무슨 말을 하려고 했던 것일까?

모기스가 아무렇게나 검을 빼내자 메리는 무너졌다. 모기스는 웃었다.

"이 무슨…!"

처음 보는 웃음이었다.

저것은 어떤 감정의 발로인가? 짐작도 할 수 없다. 좌우의 눈, 눈썹, 콧구멍, 입 등이 제각각의 방향으로 당겨지기도 하고, 일그러지기도 해서 웃는 것처럼 보이지 않는 것도 아니다. 그런 표정이다.

모기스는 도약했다. 사람이 저렇게 뛸 수 있을 거라고는 생각할 수 없다. 믿고 싶지 않다. 하지만, 믿는 수밖에 없다.

"커헉…!!"

먼저 란타가 모기스의 발에 차여 날아갔다. 너무나 빨라서 잘 보이지 않았지만, 란타는 아마도 왼쪽 어깻죽지에서 목 부근에 발차기를 맞았다. 가면이 벗겨지고, 란타는 쓰러지는 것처럼 바닥에 처박혔다.

그리고, 다음 순간에는 이미 모기스는 유메에게 돌려차기를 꽂아 넣고 있었다.

"우웃…!"

유메는 팔로 방어하려고 했던 모양이다. 그러지 않았다면 옆얼굴을 정통으로 맞았겠지. 하지만, 팔이 부러진 것 아닐까? 상당히 불쾌한 소리가 났다. 게다가 유메는 날려가서, 바닥에 굴렀다.

하루히로는 그저 망연자실했다.

세토라는 그렇지 않았다. 창으로 모기스를 찌르려고 했다.

그러나, 내지른 창끝 앞에 모기스는 없었다.

모기스는 왼손으로 창 자루를 꽉 쥐어 으스러뜨렸다. 그 순간, 창을 놓고 뒤로 몸을 눕힌 세토라의 반사 신경은 보통내기가 아니다.

"…웃…!"

왼쪽이나 오른쪽으로 도망치려던 것 같은 세토라의 가슴을, 있을 법한 일인가? 모기스가 짓밟았다.

키이치가 곧바로 노기 띤 소리를 내며 모기스에게 덤벼들었다.

"안…."

말의 무력함을 이토록 통감한 적이 있었을까?

하루히로는, 안 돼, 라고 말하려고 했다. 그런 짓을 해서는 안 돼. 그것은, 안 된다. 절대로 해선 안 되는 일인 것이다.

모기스는 키이치를 쳐다보지도 않고 가볍게 검을 흔들어 썰어버렸다.

"키…."

세토라가 하려고 했던 말도 역시 무력하고, 게다가 중간에 끊겨 버렸다.

모기스 짓이다. 모기스는 검을 거꾸로 고쳐 잡았다. 그리고, 수직 으로 내리친 검으로 세토라의 목줄기를 관통했다.

"몇 명이냐?"

진 모기스는 세토라를 짓밟은 채로 하루히로 쪽으로 얼굴을 향했다.

"몇 명 죽이면 너희는 나에게 충성을 맹세하나? 지금이라면, 가 치 없는 짐승 한 마리. 희생은 최소한이다. 그리고 신관의 치료로 살아날지도 몰라. 내버려두면…."

"…우왓, 크아아앗…."

두 팔을 잃은 쿠자크가 몸부림치면서 일어서려고 했다. 일어서서 어쩌겠다고? 도대체 뭘 할 수 있다는 거지?

란타는 경련하고 있다. 단 한 번의 발차기로 저 상태인가?

유메는 역시 팔이 부러진 모양이다. 왼팔, 오른팔, 양팔 다.

"빛, 이여, 루미아리스의, 가호, 아래에…."

메리는 자기 자신에게 큐어를 쓰려고 했다. 우선 자신의 상처를 치유하지 않으면 동료의 목숨을 구할 수도 없다.

하지만, 모기스가 마음만 먹으면 지금 당장 메리의 숨통을 끊어 버릴 수 있다.

그렇게 하면, 아무도 살아남지 못한다.

하루히로는 마음 깊은 곳에서 저 남자를 두려워했다.

틀림없이 일부러 그런 것이다.

하루히로만 아무 상처가 없다. 아무 짓도 당하지 않았다. 덕분에 동료들의 아픔을 한층 더 생생하게 느낀다.

솔직히 하루히로는, 자기가 죽을 지경에 이르렀을 때보다도 훨씬 절박했다.

"알겠다."

하루히로는 고개를 가로저었다.

무리다.

거부할 수 없어.

굴복하는 수밖에, 없다.

"충성이든 뭐든, 맹세할 테니까. …죽이지 마. 한 명도 죽이지 말아줘."

모기스는, 쯧, 쯧, 쯧, 혀를 찼다. 불만을 표명하고 있다.

이 이상 어쩌라는 건가?

하루히로는 무릎을 꿇고 고개를 숙였다.

"…충성을, 맹세합니다. 동료를, 죽이지 말아주십시오. …부탁입니다."

"이게 마지막이다."

진 모기스는 그제야 세토라의 가슴에서 발을 치웠다.

"다음은 없다."

쿠자크, 메리, 세토라, 란타, 유메에게는 검은색을 베이스로 한 배색의 장비가 지급되었다. 메리는 전투용 지팡이, 세토라는 창과 장검, 유메는 충분한 숫자의 화살도 받았다.

하루히로는 원래 검은 가죽 외투를 입고 있었으나, 다른 이들도 모두가 검은 외투를 입도록 명령받았다. 거부할 수는 없다. 하라는 대로 하는 수밖에 없었다.

날이 밝기 전에 오르타나에 걸려 있던 군기가 새로운 것으로 교체되었다. 새로운 군기는 검은 바탕에 빨간 달과 검이 그려져 있다.

아침 6시에 종이 울렸다.

원정군은 변경군이 되었고, 진 모기스는 총사 자리에 취임했다.

종이 두 번 울릴 무렵에 히요가 천망루를 방문했다. 총사에게 경의를 표하고 인사한 후에 식사를 겸해서 환담을 나눌 모양이다.

종이 세 번 울리자, 총사는 히요와 척후병 닐, 검은 외투들 등 백수십 명을 데리고 오르타나를 나갔다. 정오에는 다무로 구시가의 회견장에서 고블린족의 왕과 만나기로 되어 있다. 히요와 우고스를 포함해서 회담이 무사히 끝나면, 진 모기스와 모가도 과가진의 이름으로 변경군과 고블린족 사이에 동맹이 성립된다.

"…그 새끼, 사람을 우습게 보고 있어…."

천망루 정문 앞에 쪼그리고 앉아 있던 란타가 투덜거린다. 예의 가면은 일단 쓰고 있지만, 이마 위로 올린 상태다. 성가시면 그런 건 쓰지 않으면 좋을 텐데.

"하지만 말이야…."

쿠자크는 정문 오른쪽 옆에서 외벽에 등을 기대고 오른손으로 왼팔을, 왼손으로 오른팔을 문지르고 있다.

"속수무책이었으니까. 우습게 보인다 한들 어쩔 수 없잖아요…."

"멍청아!"

란타가 쿠자크한테 고함쳤다. 사람한테 멍청이라고 했으면 근거를 보여줬으면 좋겠지만, 아무것도 떠오르지 않겠지.

"멍청한 게…."

란타는 그렇게 되풀이해 말할 뿐이었다.

세토라는 쿠자크 옆에 우두커니 서 있다. 어젯밤부터 극단적으로 말수가 적다. 말을 걸어도, 어… 나 응… 이라는 대답밖에 돌아오지 않는다.

정문 왼쪽 옆에서 서로 가까이 몸을 기대고 있는 메리와 유메는, 옆에서 보기에도 멍하니 있는 것 같았다. 혼이 빠져나간 것 같다.

하루히로는 바로 옆에 있는 란타의 등을 걷어차고 싶어졌다.

차지는 않을 거지만. 왜 이 남자는 혼자서만 쪼그리고 앉아 있는 거지? 열받는다. 하지만, 이런 것은 그냥 화풀이일 뿐이다.

하루히로 팀은 천망루 경비를 명령받았다. 말하자면 빈집 지키기다. 인간족과 고블린족이 동맹을 맺는다는 역사적 순간에 입회하지 못해서 유감인가 하면, 전혀 그렇지 않다. 그건 솔직히 어떻게 되든 상관없는데, 하루히로 팀은 힘에 굴복한 것이다. 진 모기스에게 진심으로 복종하는 것은 아니란 뜻이다. 총사도 알고 있을 텐데도, 굳이 자기가 없는 동안에 천망루를 지키라는 역할을 하루히로 팀에게 주었다.

란타를 따라 하는 건 아니지만, 상당히 우습게 보인 거라고 느끼지 않을 수가 없다.

잘돼야 마땅했는데, 계산이 틀어졌다. 큰 실패다. 시호루를 탈환하긴 고사하고, 키이치가 죽임을 당했다. 주인은 세토라지만, 하루히로도 키이치와는 마음이 서로 통했다고 생각한다. 상당히 도움을 받았다. 있는 게 당연한 존재였다. 눈을 감으면 키이치가 죽임을 당하는 장면, 참혹히 살해당한 키이치가 떠오른다. 몸 안쪽이 타는 것 같은 분노가 솟구친다. 진 모기스가 증오스럽다. 무섭기도 하다. 그 이상한 힘은 도대체 무엇인가? 인간의 능력이 아니다. 하루히로 팀은 몰살을 당해도 이상할 것 없었다. 어떻게 목숨을 건진 것인가?

그 남자가 죽이지 않았다. 단지 그것뿐이다.

반대여야 했다.

마음만 먹으면, 하루히로 팀은 그 남자의 목숨을 빼앗을 수 있었다. 그렇게 함으로써 불편해지니까 하지 않았을 뿐이다.

그런데, 그게 아니었던 것이다. 아니, 그렇지 않게 되었다는 건가?

"…반지. 그 반지의 힘인가?"

걸리기는 했었다. 진 모기스의 왼손 검지에 낀 반지. 그렇다. 하루히로는 의심했었다.

"렐릭…."

"그렇겠지."

란타가 헷 하고 자조적으로 웃는다.

"어이없을 정도로 센 놈은 많이 봤지만. 그건 급이 달랐어. 게다가, 뭔가 이상했지."

"이상하다니?"

하루히로가 묻자 란타는 그에게로 얼굴을 돌리고,

"그렇게 갑자기 힘이 빠지냐고? 그런 느낌, 안 들었어? 아니면, 둔감한 네놈은 몰랐던 거냐?"

"…느꼈어. 그보다, 일일이 비난하지 않으면 말을 못 하는구나."

"나도 비난하고 싶어서 비난하는 게 아니라고. 비난 안 할 수가 없으니까 어쩔 수 없이 비난하는 거다. 알겠냐? 비난받고 싶지 않으면 비난하게 하지 마. 그럼 비난 안 받아서 너도 해피, 굳이 비난 안 해도 되니까 나도 해피, 올 오케이라고."

"걸핏하면 그렇게 뭐든 다 남 탓을…."

되받아치려다가 하루히로는 그만둔다. 한숨을 내쉰다. 진정하고, 생각을 하자. 지금은 그 정도밖에 할 수 있는 일이 없다.

"…그런가. 그랬구나. 그 자리에 있던 우리 모두… 분명 검은 외투들도, 뭐랄까, 약해졌었어. 그만큼, 모기스가 강해진 것처럼 느껴졌다…?"

"아니."

란타는 고개를 젓고 나서 떨군다.

"…느껴졌다는 것만으로는 설명이 안 돼. 빨라 보였다는 정도의 레벨이 아니었잖아. 실제로 빨랐고. 완전 강했어. …우리가 약해진 만큼, 그놈이 강해진 건가…? 예를 들어, 한 명의 파워를 10이라고 치면, 우리는 8이나 7이 되었다. 줄어든 만큼을 그놈이 전부 가져가서 파워업을 한 거라면. …느낌으로는 앞뒤가 맞는 것 같아."

"그럴 수가…."

말도 안 되는 일이 일어난 건가?

있을 수 없다고는 말할 수 없겠지.

"렐릭, 인가? …그런 것을 갖고 있는 한은, 모기스는….”

"그건 글쎄다."

란타는 얼굴을 들었다. 눈을 치뜨고서 하늘을 노려보고 있다.

"그 반지가 렐릭이고 우리가 예상한 대로의 힘을 갖고 있다고 치자. 놈은 렐릭을 스스로 손에 넣은 건가?"

"…아니라고, 생각해. 분명, 히요가… 열리지 않는 탑의 주인이 넘겨줬지."

"그렇다면, 말이다. 내가 열리지 않는 탑의 주인이라면. …사용하면 무적이 되어버릴 만한 엄청난 물건을, 빌려주는 것뿐이라고는 해도, 넘겨줄까? 상대는 친형제도 아니고 절대로 배신하지 않을 친구도 아니야. 진 모기스는 야심이 흘러넘치는, 명백하게 위험한 놈인데?"

"그야… 나라면 안 주겠지만."

"뭔가 구멍이 있는 게 아닐까?"

"구멍….”

"결점이랄까. 제한이 있다거나, 디메리트가 있다거나. …반지의 효과는 언제 끊어졌지? 메리의 마법으로 상처를 치료할 때에는 이미 탈진감 같은 것은 없었어."

하루히로는 뺨을 만졌다.

"…솔직히, 모르겠어. 하지만, 분명히, 우리는 눈 깜짝할 사이에 당했지. 그 뒤에 모기스는 메인 홀에서 나갔고… 메리가 치료를 시작했을 때에는 몸이 무겁다거나 그런 것은 나도 없었던 것 같아."

"효과 지속 시간이 짧은지도. 연속 사용은 가능한 건가? 그게 무리라면, 이때다 싶은 타이밍에서만 쓸 수 있어. 그래서 놈은 우리를 유인한 건지도. 우리가 일대 승부로 나설 타이밍이 바로 놈에게는 그야말로 반지를 쓸 찬스였던 거지…."

"우리는… 모기스의 손바닥 위에서 놀아났다는 건가?"

"놈이 가진 패를 몰랐으니까."

란타는 일어서서 딱, 소리 내서 손가락을 튕겼다.

"우리에게도, 이 나 님과 유메라는, 놈이 모르는 패가 있었어. 하지만, 놈의 필살기를 격파해버릴 정도의 위력은 아니었어. …이번에는 말이지."

고개를 돌려 란타는 쿠자크와 동료들을 둘러보았다. 얼굴을 찡그리더니 핫 하고 비웃는다.

"어쩌면 하나같이 다들 넋이 빠진 면상을 하고 자빠졌는지. 한심하네. 이런 초라한 놈들을 이끌고 그 똥 덩어리 새끼를 쓰러뜨려야 하는 건가? 고생길이 훤하네."

"…엉?"

쿠자크는 멍하니 입을 벌렸다.

"이끌고…?"

메리가 의아한 듯한 얼굴을 한다. 유메는 몇 번이나 눈을 깜빡거렸다.

"…음?"

세토라는 무표정이다. 보는 듯 안 보는 듯 란타를 보고 있다.

"내가 하는 수밖에 없잖아."

란타는 먼저 하늘을 가리키고, 그리고 그 검지를 자기 가슴에 세워 보였다.

"낙담 실망, 의기소침, 전의 상실인 얼간이 겁쟁이 놈이 너희를 잡아끌고 갈 수 있다고 생각하나?"

그 얼간이 겁쟁이 놈이란 누구를 말하는 건가?

당연히 하루히로다.

심한 말이지만, 조금도 화가 나지 않는다. 반론의 여지가 없기 때문이다. 란타는 명백하게 하루히로를 도발하고 있다. 그런데도 하루히로는 항변조차 할 수가 없다. 그야, 어쩔 수 없잖아… 라고 변명할 기력조차 없다.

"너도."

란타는 턱을 까딱여 쿠자크를 가리킨다.

"너도."

그리고, 메리를.

"너도, 너도."

유메를, 세토라까지도.

"이놈이고 저놈이고 다 비슷한 꼴이지만. 그러니 더욱 말이야. 얼간이가 얼간이들을 지휘해서 통솔해봤자 얼간이 도수가 지수함수적으로 증대할 뿐이잖아."

"아니, 하지만…."

쿠자크는 어물거리며 고개를 숙였다. 란타는 웃는다.

"나 님은 다르거든?"

너무나 사악해 보이는 웃음이다.

일부러 심술궂게 구는 위악인가? 아니면, 자기의 추악함을 숨기지 않는 노악(露惡)인가?

"그동안 헤쳐 온 아수라장은 셀 수도 없다. 나는 이런저런 온갖 지옥을 봤거든. 이 정도로 주눅이 들 만큼 약골이 아니라고. 그보다 말이야. 무엇보다도 너희들, 왜 그렇게 주눅 들어 있는 거야? 내가 보기에 좀 이상하다고."

"이상…?"

하루히로는 자기도 모르게 물었다.

"이상하다니… 어디가? 상황이 상황이잖아. 전혀 이상하지 않잖아."

란타는 일부러 보란 듯이 한숨을 내쉬었다.

"기억이 없어졌는데도 진짜로 달라진 게 없네. 파루피로, 너라는 녀석은 말이야, 자기가 마지막 남은 한 사람이 된 것도 아니면서……."

혼자가 된 것이 아니다.

란타가 무슨 의미로 그렇게 말한 건가? 하루히로는 모르겠다. 상상하는 것도 거의 힘들다.

란타와 갈라지게 된 경위는 어쩌다가 메리한테서 들었다. 하지만 정확하게 이해한 것은 아니다. 자신의 감정도, 란타의 마음도. 란타는 잠보라는 오크를 중심으로 한 조직 포르간에 가담했었다. 그 후에 무슨 일이 있었던 건가? 어째서, 어떻게 해서 돌아온 건가?

잘은 모르지만, 란타는 어느 시기에 틀림없이 혼자였을 것이다.

하루히로는 기억을 잃고 눈을 떴을 때에도 동료들과 함께였다. 적어도 고독하지는 않았다.

물론, 지금도 혼자는 아니다.

"주눅이 들 요소가 어디에 있어?"

란타는 하루히로의 가슴팍이랄까, 멱살을 잡았다.

"시무룩해 있지 말라고, 문어 대가리야. 네가 그 모양 그 꼴이니

까 얼간이들이 언제까지고 얼간이인 채로 있잖아. 그럴 거면 차라리 이 나 님이 질질 끌고 가주겠다는 거다. 불만 있어?"

"불만, 은…."

"있는 거야, 없는 거야? 엉? 나는 너처럼 어수룩하지 않고, 착하지도 않아. 하지만 말이다, 나는 멈추지 않아. 살아 있는 한은, 계속 걸어 나갈 거라고. 너는 어때?"

란타는 확실히 어수룩하지 않아. 착하지도 않다.

너는 리더잖아. 그렇다면 해야 할 일이 있는 게 아닌가? 아무것도 못 할 거라면 실격이다. 리더 같은 건 때려치워. 란타가 하려는 말은 그런 뜻이겠지. 정론이다.

하지만, 하루히로도 인간이다. 어느 쪽인가 하면, 아니, 분명히 평범한 인간인 것이다. 힘들 때도 있다. 괴로우면, 남들이 그렇듯 좌절해버릴 것 같다. 그럼 안 되나? 언제나 강한 척 허세를 부려야만 하는 건가?

그게 옳다고 란타는 들이댄다. 못 할 거면, 모두를 잡아끌고 갈 수 없다면, 거기에서 내려오면 돼.

내가 대신해줄 테니까… 라고.

"…성가신 놈이네, 너."

"어엉?! 느닷없이 뭔 소리야?!"

란타는 착하지 않다.

정말로 그런가?

어수룩하지 않다. 하지만, 란타 나름대로 동료를 생각한다.

"계속 그런 식이었던 거야?"

"뭐, 뭐가 말이냐?!"

"나는 계속, 너를… 제대로 알지 못했던 건가?"

"뭐어어엇…?!"

란타는 하루히로를 밀쳐냈다.

"기, 기기, 기분 나빠, 너?! 이이이이, 이상해진 거 아니야?! 원래 이상하긴 했지만…."

"쓸데없는 참견."

하루히로는 일부러 약간 웃었다. 비록 쓴웃음이었지만, 세토라의 심정을 생각하면 가슴이 아프다. 하지만, 뭔가에 짓눌린 것 같은 정신 상태에 빠져 이대로 가라앉아 있을 수는 없다. 평범한 인간이어도 하루히로는 리더인 것이다.

리더로 있고 싶다.

그렇게 생각할 만한 이유가 하루히로에게는 있다.

혼자가 아니었다.

분명, 어떤 때에도. 기억을 잃기 전에도 잃고 나서도 하루히로는 외톨이는 아니었다.

그래서 오늘까지 살아 있을 수 있었다.

동료들이 있었기 때문이다.

하루히로가 리더의 역할을 해냄으로써 조금이라도 동료들에게 힘이 될 수 있다면, 그렇게 하고 싶다.

"란타."

"뭐, 뭐야?!"

"너한테 대신 해달라고 할 생각은 없어. 내가 살아 있는 동안은."

"…그런 부정적인 발언은 덧붙이지 말라고!"

"미리 예상은 해둬야지. 만약 나한테 무슨 일이 생기면 동료들을 부탁해. 너는 희한하게 터프한 것 같으니까. 나보다 먼저 죽는 일은 아마 없겠지."

"당연하지! 나는 언젠가는 불로불사의 존재가 되어 세계를 제패할 예정이니까!"

"…엄청난 예정…."

쿠자크가 중얼거리고 실소하다가 당황한 것처럼 손으로 입을 가리며 옆에 있는 세토라에게 눈길을 향했다.

세토라는 하루히로를 응시하고 있다. 살며시 고개를 끄덕였다. 알고 있어. 나는 괜찮다. 하루히로에게 그렇게 전하려고 한다.

아마도 괜찮지는 않을 것이다. 괜찮을 리가 없다. 하지만, 세토라는 자기 눈치를 보게 하고 싶지 않겠지. 후회해도 한탄해도 소용없는데도, 그래도 엄습하는 슬픔, 허무감에 저항할 수가 없다. 분명 세토라는 그런 자신이 누구보다도 답답한 것이다.

하루히로가 고개를 끄덕임으로 응답해주자 세토라는 입꼬리를 아주 약간 올렸다.

종이 울리기 시작했다.

"점심이구나."

유메가 하늘을 우러러본다.

남정군에 함락당하기 전에 오르타나에서는 오전 6시부터 오후 6시까지 두 시간 간격으로 종이 울렸었다. 진 모기스는 원정군이 변경군이 되고 자신이 총사가 된 오늘부터 그 종을 부활시켰다.

"슬슬 하겠네."

그러자 메리가 말한다.

예정대로라면, 지금쯤 다무로 구시가의 회견장에서 진 모기스가 모가도 과가진과 얼굴을 마주하고 있을 것이다. 변경군과 고블린족 사이에 동맹이 맺어진다.

"놈이 다음으로 쓸 수는 뭐지?"

란타는 앞으로, 앞으로 사고를 진전시키려고 한다. 그렇게 하루히로를 재촉한다. 엉덩이를 계속 두드리는 것 같아서 마음 편할 새가 없다. 이게 딱 적당한 건지도 몰라. 처한 상황에 비해 하루히로는 너무나 평범하다. 남들보다 두 배, 세 배, 그 이상, 뼈를 깎는 노력을 하지 않으면 어떻게도 되지 않는다. 사실은 뼈 따위 깎고 싶지 않지만, 란타가 기합을 넣어주니 어쩔 수 없이 하게 된다. 그 정도가 딱 좋은 건지도 몰라.

"다음은… 탄식의 산인가?"

"그렇다는 건, 말이다…."

말하려던 란타가 입을 다문다.

유메가 천망루 앞 광장으로 눈길을 향했다.

"오리온이잖아."

"어?"

하루히로는 유메의 시선 끝으로 눈길을 옮겼다. 하얀 외투를 걸친 한 무리가 줄지어 광장을 걸어온다. 스무 명 이상 되겠지. 선두의 남자가 손을 들었다.

"시노하라 씨…."

한순간, 하루히로는 혼란에 빠질 뻔했다.

모기스 일행이 부재중인 사이에 시노하라가 오리온을 이끌고 천망루로 왔다. 이 사건을 어떻게 해석하면 되는 건가? 시노하라는 의용병단의 중심인물 중 한 명이다. 란타와 유메도 어제까지 의용병단에 있었다. 시노하라는 대강의 사정을 알고 있다. 의용병단과 변경군은 현재로서는 대립 중이 아니다. 보조를 맞추고 있다. 시노하라는 당연히 적은 아니다. 믿음직한 아군이어야 한다.

그런데도 하루히로는 막연한 불신감을 품고 있다.

시노하라 일행은 천망루 정문 앞에서 발걸음을 멈췄다.

"하야시…."

메리가 불쑥 한 마디 중얼거렸다.

"어."

낮은 목소리로 대꾸한 오리온의 남자가 바로 과거에 메리의 동료였던 하야시겠지.

시노하라는 하루히로 팀을 돌아본다.

"감행했다가 실패했다, 그런 뜻인가 보군요."

"예상치 못한 사태가 일어나서."

란타는 못마땅한 듯이 고개를 홱 돌리고 말했다.

"놈이 렐릭을 갖고 있었어. 게다가 황당한 물건이야."

렐릭이라는 말을 듣고서 오리온의 남녀는 술렁거렸다.

"그렇습니까?"

시노하라는 차분한 것처럼 보였다. 너무 깊게 파고드는 걸까?

"렐릭을. 그도 힘을 얻었나요. 역시 당분간은 손을 잡고 가는 수밖에 없을 것 같군."

"저기."

하루히로가 입을 열자 시노하라는 순간적으로 미소 지었다.

아마도 미소 지으려다가, 그 직전에 표정을 지웠다.

"뭔가요?"

"…어, 그게, 시노하라 씨네는, 뭘 하러, 여기에? 진 모기스는 모가도 과가진과 만나고 있어요. 천망루에는 우리밖에 없어요. 어째서 그렇게 여러 명이서."

"돌아오는 것을 기다렸다가 총사 취임 축하 인사를 하려고요."

시노하라는 이번에야말로 웃었다.

"물론, 무조건 진심으로 축복할 생각은 아닙니다. 당신들 사정도 알고 있어요. 행동에 돌입한 것을 꾸짖을 생각은 없어요. 나도 당신들 입장이라면 같은 일을 했을지도 모릅니다. 가능하면 한 마디, 미리 상의해줬으면 했지만, 가까이에 있던 것도 아니고. 아무튼…."

시노하라는 하루히로의 어깨에 손을 올렸다.

"살아 있는 당신들을 만나서 다행이에요."

"아니…."

하루히로는 힐끔 세토라의 표정을 살폈다. 세토라는 눈을 내리깔고 뭔가 생각에 잠긴 것 같다.

"…그런데, 모기스에게 인사하는 것뿐인가요? 그런 거라면 시노하라 씨 혼자라도."

"변경군과 고블린이 손을 잡으면 탄식의 산을 공격할 준비가 갖춰집니다. 의용병단과 변경군의 공동 작전이라는 형태가 되겠지요."

"그 요청을 하러?"

"나는 좀 더 변경군의 내부로 파고들 필요가 있다고 생각해요. 당신이 다리를 놓아줄 것을 기대했습니다만, 과도한 기대였습니다."

시노하라는 한 번 하루히로의 어깨에서 손을 떼더니 다시 잡았다.

"결과적으로 당신들을 괴롭히고 말았지요. 반성하고 있습니다."

"그건, 뭐…."

이 으슬으슬한 한기는 뭘까? 생각해보면, 시노하라와 이렇게까지 가까운 거리에서 마주 대한 것은 처음인지도 모른다. 시노하라는 희미하게 웃고 있다. 어째서 웃고 있는 걸까? 정말로 웃고 있는 것일까?

시노하라는 하루히로를 응시하고 있다. 시노하라의 약간 색이 옅은 눈동자에는 하루히로가 비치고 있다.

하지만, 어째서인지 날 보고 있다는 느낌이 들지 않는다.

"우리 오리온은, 모기스 총사께 변경군 가입을 희망합니다."

시노하라는 여전히 웃는 얼굴이다.

표정만 그런 게 아닐까?

이 사람은 웃고 있는 게 아니다.

"총사는 우리를 거부하지 않겠지요. 앞으로는 동료가 될 겁니다. 잘 부탁해요, 하루히로."

# 작가 후기

최종장이라고 지난 권부터 로고를 맞춰서 표지 분위기를 바꿔보기도 하고, 다른 방식으로 써보기도 하고, 여러 가지를 시도해보고 있습니다. 어떠셨나요? 더욱 재미있게 읽으실 수 있도록 앞으로도 계속 취향을 연구하려고 합니다.

또한, 이 후기 뒤에 이어지는 짤막한 단편 말입니다만, #1은 $14^{++}$의 후일담 같은 것입니다. #2는 그러니까, 뭘까요? 왠지 다음 권 예고 같은 요소도 은근슬쩍 들어 있는 듯한. 아무튼, 양쪽 다 본편을 다 읽으신 후에 읽어주셨으면 합니다.

그럼, 담당 편집자이신 하라다 씨와 시라이 에이리 씨, KOME-WORKS의 디자이너님, 그 외 이 작품의 제작과 판매에 관여해주신 분들, 그리고 지금 이 작품을 선택해주신 여러분께 진심 어린 감사와 가슴 한가득 사랑을 담고 오늘은 이만 펜을 놓겠습니다. 또 만나 뵐 수 있다면 기쁘겠습니다.

주몬지 아오

"…젠장! 벌써 시작해버리고 자빠졌네…!"

가면 사나이는 달린다. 숨을 헉헉거리며 질주한다.

달려가는 그 방향에서 오르타나가 불타고 있다. 가면 사나이는 돌아온 것이다. 마침내 오르타나로. 감회는 없다. 감회에 젖어 있을 수는 없다.

방벽은 이미 한참 전에 뚫렸다. 여기저기에 사다리가 걸쳐지고, 포르간 무리가 계속해서 방벽을 넘어간다. 그들을 닥치는 대로 모조리 베어봤자 그리 의미는 없다. 자살 행위이기도 하다. 전원이 다 그런 것은 아니지만, 포르간에는 숙련자가 상당수 있다. 한꺼번에 여러 명의 실력자를 상대해야 하는 지경이 되면, 제아무리 가면 사나이라고 해도 무사할 리는 없다. 가면 사나이는 대담무쌍하지만, 무모하지는 않다.

발걸음을 늦춘다. 멈추지는 않는다. 종종걸음으로 이동하면서 숨을 가다듬는다. 가면 사나이쯤 되면, 걸어가면서 잠깐씩 잠을 자는 것까지도 가능하다. 그렇게 해서 억지로라도 휴식을 취하지 않으면 살아남을 수 없다.

그 정도로 가혹한 상황이 가끔은 있었다는 것이다.

"자기류, 순신절공(瞬身絶空)…."

재빨리 포르간 무리에 뒤섞여 사다리를 올라간다. 방벽 건너편에 내려가서도 그들은 가면 사나이가 자기들 동료가 아니라는 것을 알아차리지 못한다. 과거에는 한때 동료였긴 하지만.

여기저기 건물에서 불길이 솟아올랐다. 단, 이 북쪽 지구는 특히 돌로 만든 건물이 많다. 대형 화재가 일어나지는 않겠지. 포르간도 오르타나를 송두리째 불태워버릴 생각은 없을 것이다. 불 공격으로 혼란을 일으켜, 그 혼란을 틈타 일을 하려는 것이다.

이것은 포르간에게는 어디까지나 일일 뿐이다. 포르간을 이끄는 잠보는 오크지만, 소위 일반적인 오크와는 다르다. 적어도 잠보 본인은 종족으로 차별하지 않는다. 포르간의 논리는 단순 명쾌한데, 동료인가 동료가 아닌가. 그들에게 동료는 가족이나 다름없다. 포르간은 그들의 마지막 안식처인 것이다.

사실 죽을 장소는 포르간이라고 해도 태어난 고향은 따로 있다. 모두가 천애 고아들만은 아니다. 피를 나눈 친형제가 살아 있다면, 어느 정도는 정은 있겠지. 특히 오크라는 종족은 왕국을 형성하고 있긴 하지만, 씨족 사회의 특색이 짙게 남아 있다. 어떠한 사정으로 고향을 버렸어도 육친에 대한 떨쳐버릴 수 없는 정을 품고 있는 오크는 적지 않은 것 같다.

그야말로 거기에 파고들어서, 포르간이 이 싸움에 가담할 수밖에 없게 만든 것이다.

가면 사나이는 굳이 포르간의 오크를 붙잡아 다그쳐 알아냈다.

디프 고군이라는 오크의 왕은, 자기에게 아첨하는 자에게는 관용을 베풀고 너그럽다. 하지만, 칼을 겨누는 자에게는 용서가 없다. 특기는 유괴, 협박, 고문. 친족을 인질로 잡아 말을 듣게 하는 것이 상투적인 수단이다. 디프 왕은 인질만 가두는 대규모 수용소까지 소유하고 있다고 한다.

포르간의 적지 않은 수의 오크들도, 보기 좋게 그런 더러운 술수의 먹잇감이 되었다는 뜻이다. 디프 왕의 군대에 가담할 것인가?

동료인… 가족인 친형제들을 죽게 내버려둘 것인가? 양자택일을 강요당하자, 잠보는 고심 끝에 결단을 내렸다.

그답지 않다고 생각하지 않을 수가 없었지만, 가면 사나이는 포르간이 아니니 그런 말을 할 처지가 아니다.

가면 사나이는 총명하므로 자기에게 포르간을 막을 힘이 없다는 것은 알고 있다.

그렇다면… 나는 무엇을 하고 있는 건가? 도대체 나는 어떻게 하고 싶은 거야? 이런 일을 하는 게 무슨 의미가 있어?

북문에서 뻗어 나온 길가 끝 쪽에 포르간의 오크와 언데드가 밀집해 있다. 누군가가 그들을 상대로 난투극을 연출하고 있는 건가?

분명 의용병이다.

혹시나? 가면 사나이는 생각했다. 혹시나, 뭐라는 건가? 아는 사람일 거라 생각하기라도? 그럴 가능성도 없지는 않다. 그래서? 아는 사람이면, 그게 뭐 어쨌다고?

어쩌긴 뭘 어째? 궁금한 게 잘못이야?

포르간 무리를 헤치고 앞으로 나간다. 이것은 어리석은 방법이다. 그럼, 어떻게 할래?

이 주변 길가에 인접한 건물은 불이 붙지 않았다. 가면 사나이는 망설이지 않았다. 건물 외벽을 달려 올라간다. 지붕 위에서 내려다보니… 있다.

의용병. 머리가 길다. 여자다.

"웃…."

가면 사나이는 쥐어뜯는 것처럼 가슴을 눌렀다. 심장에 손이 닿았다면, 끄집어내어 꽉 움켜쥐었을지도 모른다.

그녀의 이름을 부를 뻔했다. 아슬아슬하게 바로 직전에 참았다.

그녀만이 아니었다. 오크도 언데드도 아닌, 인간이 한 명 더 있었다.

애꾸눈 남자가 그녀와 대치 중이다.

결투를 하는 것일까?

그녀는 큰 나이프만 들고 있었다. 애꾸눈 남자는 검을 들고 있다.

"저 자식…."

여자한테 뭘 어쩔 셈이야? 아니, 하지만, 저 남자는 여자를 괴롭히는 취미는 없다. 아니, 오히려 약자에게 동정을 베푸는 일은 있어도, 굳이 베어버리려고 들지는 않을 것이다. 여자든 뭐든, 직접 벨 만한 가치가 있다. 그렇게 간주했다는 뜻일 것이다. 외팔이에 애꾸눈이지만, 저 남자가 보는 눈은 정확하다.

"강해졌다는 뜻인가? 하지만…."

그녀가 나이프를 버렸다. 일부러 버린 건가? 맨손으로 어떻게 해볼 셈인가? 그녀가 앞으로 나서자 남자가 검을 움직이기 시작했다.

"봐라, 내 비검을."

가면 사나이도 저것은 모른다. 저 검 놀림은 도대체 무엇인가?

춤추는 것 같은. 혹은, 흩날리는 것 같은.

"…가을 잠자리."

그녀가 현혹된 것처럼 남자에게 돌진했다. 처럼이 아니라, 아마도 정말로 현혹된 것이다. 남자의 검이 그녀를 유혹한다.

뭘 한 거야? 저 녀석한테, 뭘?

이대로 두면 그녀는 베인다. 아무리 저 망할 변태 아재라도 거기까지는 하지 않겠지. 그렇게는 생각하지 않는다. 저 남자라면 한다.

할지도 모른다. 그렇게 두지는 않을 거지만.

"자기류!"

가면 사나이는 검을 뽑고, 뛰었다. 남자를 향해 똑바로 떨어진다.

"오에도 대폭포…!"

가면 사나이의 검과 아재의 검이 제대로 충돌한다.

"웃…!"

반사적으로 손에서 떨어질 뻔한 칼을 붙잡고, 너무 크게 휘두르긴 했지만, 착지한 가면 사나이를 노린 것은 역시 이름값을 한다고 해야 할까?

"…네 이놈…!"

"흐트러졌네, 아저씨!"

가면 사나이는 몸을 틀어 남자의 칼을 피했다. 곧바로 반격한다. 타카사기는 이것을 간신히 칼로 쳐냈지만, 자세가 충분하지 않다. 무너진다.

"으랴, 으랴, 으랴, 으랴앗…!"

연속 공격, 연속 공격, 연속 공격에 이어지는 연속 공격으로, 공격한다, 공격한다, 마구 공격한다. 그토록 첫수부터 불리했는데도 불구하고, 타카사기는 그냥 아저씨가 아니다. 불완전하면서도 막아낸다. 종이 한 장 차이로 피한다. 버티고, 피하고, 바늘구멍처럼 작은 틈새를 철저히 살피고 있다. 알고 있거든. 당신에 관해서는. 몇 번을 싸웠다고 생각해? 타카사기는 마주 보고 왼쪽, 낮은 위치에서 들어오는 공격을 다소 거북해서 반응이 늦어지는 경우가 많다. 그렇다고 거기만 공격하다가는 금방 익숙해지고 만다. 어디까지나 다소 거북해한다는 것뿐이지, 치명적이라고 할 정도의 약점은 아니다. 그래서 다른 공격을 섞는 것이다. 약점을 찌른다, 찌르는 것처럼 보이고는, 찌르지 않는다. 안 찔러? 라고 타카사기가 생각했을 때 찌른다.

"큭, 우웃…!"

타카사기가 물러선다. 반격하지 않는다. 아니다. 할 수가 없는 것이다. 가면 사나이가 천하의 타카사기를 몰아붙이고 있다.

"으랴앗!"

왼쪽 하단을 노린다.

"…칫!"

타카사기는 칼로 튕겨냈다. 그게 아니다. 일부러 튕겨내게 만든 것이다.

가면 사나이는 칼을 두 손으로 잡았다.

"자기류! 비뢰신(飛雷神)…!"

양손 찌르기다. 몇 발 들어갈까?

생각하지 마. 뛰어넘어라, 한계를.

다 쏟아내라.

"오옷?! 우오옷…?!"

타카사기도 순간적으로 제한 장치를 해제했다. 가면 사나이는 그것을 알았다. 그러지 않으면 승부가 나버린다. 타카사기는 그렇게 판단한 것이다.

대단해.

응축된 짧은 한순간에 도대체 타카사기는 몇 개의 방어 동작을 취한 것인가? 가면 사나이가 내지른 8연발 찌르기. 가면 사나이의 칼과 타카사기의 칼이 접촉한 횟수는 총 4회. 가면 사나이가 절단

한 타카사기의 머리카락은 열두 가닥. 타카사기의 오른쪽 **뺨**에 작은 상처가 하나.

그것뿐이었다.

맹세할 수 있다. 가면 사나이는 끝내기로 들어갔었다. 여기에서 끝을 낸다. 그럴 마음이었다.

결과가 이거다.

타카사기는 볼품없이 엉덩방아를 찧었다.

그런데도 처웃고 자빠졌다.

가면을 벗으면 자기도 마찬가지로 웃는 얼굴일 거라는 자각은 있었다. 소름이 돋았다. 가면 사나이는 칼등을 자기 어깨에 댔다.

"일어서, 아저씨."

타카사기는 순순히 일어섰다. 목을 울리며 몹시 즐겁다는 듯이 소리를 내서 웃는데, 전혀 부끄러워하지 않는 기색이다.

"가는 곳마다 알짱알짱 나타나는군. 제법 지껄이게 되었잖아, 란타."

"바보…! 말하지 마. 일부러 얼굴, 숨기고 있으니까!"

"딱 봐도 알 텐데."

"그, 그렇지 않앗!"

란타는 힐끔 돌아본다. 그녀가 이쪽을 보고 있다.

지독한 얼굴이다.

상처투성이에, 피며 땀이며 그런 것들로 지저분해지고, 엉망진창이고, 그리고… 그리고, 우는 것처럼 보이기도 했다.

란타는 금방 눈을 피하고 다시 고개를 앞으로 돌렸다.

"움직일 수 있지?"

"…으, 응. 움직일 수 있어."

"좋아. 그럼 따라와."

"따라오라, 고…?"

타카사기가 칼끝을 이쪽으로 향한다.

"도망치는 건가? 란타. 아무리 그래도 나를 지나치게 얕보는데. 이 상황에서 도망칠 수 있을 거라고 생각하나?"

"그쪽이야말로, 이 나 님을 얕보지 말라고."

란타는 가면 속에서 히죽 웃고는 검을 칼집에 넣었다. 너덜너덜한 외투 안쪽과 옷에 달린 주머니 등에 숨겨뒀던 단도, 면도칼, 못, 돌멩이 등등을 집을 수 있을 만큼 움켜잡았다.

"자기류, 전진난풍(戰塵亂風)…!"

도약해서 회전하면서, 단도며 면도칼이며 못이며 돌멩이를 타카사기와 오크, 언데드들을 향해서 내던졌다. 말로 하는 것은 간단하지만, 실제로 해보면 어렵다. 란타는 언젠가 반드시 이 기술을 사용할 기회가 올 거라고 믿고서 틈만 나면 연습했었다. 그 성과가 지금 나타났다.

"뭐얏… 젠장…!"

타카사기가 칼로 단도를 쳐낸다.

그때에는 이미 란타는 착지한 후에 뛰어가고 있었다.

란타는 전진난풍 때문에 포위가 느슨해진 위치를 찾아냈다.

오크와 오크 사이로 돌진해서 빠져나간다. 다시금 칼을 뽑고, 그 앞에 있던 언데드를 베는 척하다가, 품 안으로 뛰어들어 밀어 넘어뜨렸다. 뒤를 돌아보고 확인할 필요도 없다. 유메는 따라오고 있다. 따라오는 정도가 아니라, 도중에서는 란타와 어깨를 나란히 하고,

오크와 언데드를 걷어차기도 하고, 뻥 차서 굴려버리기 시작했다. 엄청나게 발버릇이 나쁜 여자다.

"최고잖아…!"

"웅?! 무슨 말 했어?!"

"아무 말 안 했어!"

"란타, 네 이놈…!"

타카사기가 싸움에 패한 개처럼 멀리서 짖는다.

아주 약간은 기쁜 것처럼.

기분 나쁘다고, 아저씨. 걱정하지 마. 당신 숨통은 조만간 내가 확실하게 끊어줄 테니까. 그게 당신이 바라는 거지? 늙어 빠져 아무것도 모르게 되어 뒈지는 것도, 오랫동안 병을 앓다가 몸이 약해져 죽는 것도, 어느 날 잠이 들어 그대로 눈을 뜨지 않았다… 는 식의 편안한 죽음도, 당신은 싫어하잖아.

최후에는, 이게 자기 끝이라고 납득하고 싶다.

기왕이면 자기가 키운 놈의 손으로 막을 내려줬으면 좋겠다.

인간은 쇠함을 자각하게 되면 그런 생각에 사로잡히기도 하는 건가? 란타는 아직 알 수 없다. 그러나, 그때가 오면, 바라는 대로 죽여주겠다. 지금은 아니다. 그것은 아직 훗날이다. 어쩌면 내일일지도 모르지만, 오늘은 아니다.

란타는 쉽사리 포르간의 포위망을 돌파하고는 골목으로 접어들었다.

"숨, 차지 않냐?!"

"그쪽은 어떤데?!"

"여유 있는 것 같아, 일단, 오르타나에서 나간다!"

오르타나 안을 돌아보며 정세를 파악하고 싶다. 그런 욕구가 없다고는 할 수 없다. 하지만, 란타의 감이 알린다.

이 싸움은 진다. 오르타나는 함락된다. 시내에 머물러 있어봤자 위험할 뿐이다. 란타 혼자라면 괜찮다. 어떻게든 된다. 하지만… 유메가 있다.

북문은 이미 무너졌겠지만, 도망치려는 자를 노리는 무리가 분명 있겠지. 방벽 위는 이미 주 전장은 아니었고, 사실 거의 전투가 벌어지고 있지 않다. 안쪽에서 방벽에 올라가는 계단이나 사다리는 몇 개나 있고, 방벽 위로 올라가 버리면 반대편으로 내리는 것은 간단했다.

란타와 유메는 북쪽 숲으로 향했다.

숲에 발을 들이기 직전에, 유메가 고개를 돌려 오르타나를 봤다.

"가자."

란타는 유메의 손목을 잡아당겼다. 유메는 순순히 따랐다.

숲을 감싸는 깊은 어둠은 란타의 편이었다. 요즘 현저히 자기류가 많아지기는 했어도, 근본은 암흑 기사다. 어둠은 친구나 마찬가지다. 문득 생각했다. 암흑 기사 길드의 로드(도사)는 어떻게 하고 있을까? 다른 사람도 아니고 그들이니, 설령 승산이 전혀 없어도 마지막까지 검을 휘두를 것이다. 원 없이 싸우다가 암흑신 스컬헬의 품에 안기겠지.

유메의 손목을 잡은 채로 있다는 사실을 란타는 깨달았다. 아니, 잊어버리고 있던 것은 아니다. 잊어버릴 리가 없다.

어째서냐고. 어째서 놓으라고 말하지 않는 건가요?! 말해주지 않으면, 놔줄 수가 없잖아. 상식적으로 생각해서. 상식 같은 건 전혀 상관없지만.

무슨 말 좀 해봐.

벌레 소리에 섞여 유메의 숨소리와 서로의 발소리만이 들린다.

"음….."

란타는 발을 멈췄다.

"앗."

유메가 숨을 멈춘다. 그 직후였다. 이것은, 개인가?

늑대일까?

우오오오오오옹… 이라는 것 같은, 가느다란 포효가 들렸다. 란타는 처음 듣는 종류의 소리였지만, 유메는 그렇지 않은 모양이다.

"스승님! 스승님이야?! 나 유메야!"

"…아아! 역시 그렇구나!"

멀리에서 남자 목소리가 들렸다.

"누구야?"

묻자, 유메는 주저 없이 란타의 손을 풀었다.

"사냥꾼 길드의 유메 스승님인데, 이츠쿠시마라고 하는데!"

"…그, 그런가. 그보다, 좀 지나치게 흥분하는 거 아니야? 너."

"그야, 유메, 기쁘니까!"

란타는 묘하게 화가 나는 자신에게 당황했다. 이츠시마쿤인지 잇쿠시만인지 모르지만, 유메가 사냥꾼 길드의 사부를 몹시 따르는 것은 예전부터 알고 있었다. 무사하다는 걸 확인했다면 그것은 다행스러운 일이다. 열받을 일이 아니잖아. 응. 도량이 넓디넓은 나답지 않게.

이윽고, 수염 난 사냥꾼이 여덟 마리나 되는 늑대개를 거느리고 나타났다.

"스승님!"

유메가 폴짝 뛰어 그에게 안기자, 이츠쿠시마는 당황하면서도 안 아주고 자빠졌다.

"어, 응, 유메, 다행이다, 우선 다행이다…."

"엇갈려버렸으니까, 유메, 엄청 걱정했어."

"나도 네가 궁금했지만, 이 녀석들도 있고 해서, 일단 오르타나를 탈출해서…."

"늑대개들은, 전부 다 있는 거야?"

"…아, 알았어! 알았으니깟! 너, 너무 달라붙잖앗!"

란타는 참을 수가 없어져서 자기도 모르게 유메를 이츠쿠시마에게서 떼어놓았다. 유메는 불만스러워 보였으나, 이츠쿠시마는 오히려, 덕분에 살았다는 느낌이었다.

"저기 말이야, 유메. 너를 찾고 나서 갈 생각이었는데, 기다릴 필요는 없어졌어. 나는 쿠로가네 산맥으로 간다."

"우엥?"

유메는 고개를 갸웃거린다.

"코메카미 산맥…?"

"그렇게 안 들려!"

란타는 자기가 짜증을 내는 건지, 웃는 건지 잘 알 수가 없었다.

"코메카미 산맥이 아니야! 쿠로가네 산맥이잖아!"

"하지만, 유메한테는 그렇게 들렸으니까."

"…쿠로가네 산맥에는 드워프의 철혈 왕국이 있어."

이츠쿠시마가 말하지 않아도, 그 사실은 란타도 알고 있다.

"…그래서? 드워프 중에 아는 사람이라도 있는 건가?"

"내 많지 않은 친구 중 한 명. 고트헤르드. 성격이 까다로운 사내지만, 좋은 놈이다."

"이럴 때일수록 더욱, 오랜 친분을 다져두겠다는 이야기는 아닌 것 같은데."

"그래. 내가 생각하기에 오르타나는 함락된다. 엘프의 도시 아르노투도, 소문대로 당했지."

"그건 내가 보장해. …별로 보장 같은 걸 하고 싶지 않지만. 아르노투가 공격당한 날, 나는 그림자 숲에 있었으니까."

"그렇군…. 그렇다면, 드디어 다음은 철혈 왕국이다. 어쩌면, 쿠로가네 산맥이 우리에게 최후의 보루가 될지도 몰라."

"경고하러 간다는 건가?"

"과거에 인간족과 드워프는 손을 잡고 죽을 고비를 함께 넘겼다. 물론, 내가 알 바는 아니야. 하지만… 이대로 당하기만 하는 것도 마음에 안 드니까."

이츠쿠시마는 유메를 봤다.

"어떻게 할래? 같이 갈래?"

"유메는….."

망설이고, 마음을 정하지 못할 거라고 생각했으나, 유메는 이츠쿠시마를 똑바로 바라보며 분명히 고개를 저었다.

"안 가. 란타가 같이 있으니까. 게다가, 만나고 싶은 동료들이 아직 있거든."

"그런가."

이츠쿠시마는 아쉬워하는 것 같기도, 안도하는 것 같기도 했다.

분명 짐작이지만, 두 가지 마음이 다 있는 것이겠지.

정직한 남자다.

"얘들아, 인사해라."

이츠쿠시마가 명령하자 여덟 마리의 늑대개가 유메에게 몰려들었다. 늑대개들이 얼굴을 핥아대기도 하고, 여기저기 콧잔등을 눌러대고, 마구 몸을 비벼대서 유메는 몹시 기뻐하고 있다.

"웅냐, 흐밋. 늑대개들, 잘 있어야 해, 웅후훗. 포치, 또 보자."

"어이."

이츠쿠시마가 란타에게 말했다.

"유메를 부탁한다."

"할 필요도 없는 말이고."

"…가면으로 얼굴을 숨긴, 보기에도 이상한 놈한테 이런 말을 진지하게 하는 내 입장도 생각해봐."

"쳇."

란타는 가면을 이마 위로 올렸다.

"안심하고, 쿠로가네 산맥이든 어디든 가버려. …무사해. 당신이 길바닥에서 뒈지면, 유메가 슬퍼해."

"그래. 살아남는 건 잘한다."

이츠쿠시마는 늑대개들을 짧은 말과 손짓만으로 줄 세웠다. 덩치가 크고 아마 제일 나이가 많은 것 같은 늑대개가 먼저 달려 나가, 숲의 어둠 저편으로 사라져갔다.

"포치…."

유메는 무슨 말을 하려고 했으나, 늑대개들을 방해해서는 안 된다고 생각을 고쳐먹은 모양이다. 입을 다문다.

늦대개들이 잇따라 달려가고 이츠쿠시마도 그들을 따라갔다. 작별 인사를 하지 않은 것은, 일부러겠지. 이츠쿠시마의 심정을 생각하면, 가슴에 와닿는 게 있었다. 저런 수염 북슬남을 유메가 따른다. 그 점은 아무래도 마음에 들지 않지만, 나쁜 남자는 아니겠지. 미워할 수는 없다.

 늦대개들과 이츠쿠시마의 기척이 완전히 사라져도 계속 입을 다문 채로 있는 유메에게, 괜찮은 거냐고 물어보려다가 그만뒀다. 일부러 확인할 것까지도 없다. 괜찮으니까 유메는 남은 것이다. 란타와 함께 있는 것을 선택했다. 그야, 란타도 따라간다는 선택지도 있기는 있었지만, 두 사람에게는 하지 않으면 안 될 일이 있다.

 "…하지만, 어떻게 하면 되냐 이거지, 이제."

 란타가 작은 목소리로 중얼거리자, 유메가 웃어준다.

 "분명 어떻게든 될 거라고 유메는 생각하는데. 란타랑도 이렇게 만날 수 있었으니까."

 "헷…."

 그러네 하고 대답하자마자, 이 어둠 속에 유메와 단둘뿐이라는 현실이 이제 와서 절절하게 느껴져, 지독하게 진정이 되지 않는 기분이었다.

 "어… 어떻게 할까? 오르타나는, 뭐, 그러니까, 당장 뭘 어떻게 하는 것도 거시기한지도 모르지만… 나도 다치기도 했고, 피로 같은 것도…."

 "그러네. 어둡고. 밤이기도 하고? 쫌만 쉬는 게 좋을지도."

 "어, 응. 그러네. 응. 나, 나도. 녹초가 된 건 아니지만, 나는 터프하니까, 아무렇지 않지만, 그렇기는 해도 휴식은 중요하다거나 하니까. 응….”

“잘까?”

말하자마자 유메는 벌러덩 드러누웠다.

“여, 여기에서? 갑자기?!”

“아… 유메는 있지, 어디에서든 잘 수 있어. 여기는 바닥도 딱딱하지 않으니까.”

“…그, 그야 뭐, 나도 어디든 오케이지만. 철인이니까….”

란타도 땅바닥에 누웠다. 울퉁불퉁한 바위 위에서 비바람을 맞으며 잠든 적도 있다. 그에 비하면 여기는 푹신한 침대나 마찬가지다.

“너….”

“응?”

“…아니. 아무것도 아니야.”

하고 싶은 말은 엄청 많다. 물어보기 시작했다가는 한이 없다. 쉬려는 것 아니었어? 그렇다. 몸도 마음도 조금이라도 회복시킨다. 그것이 최우선이다. 구체적으로 이제부터 어떻게 할지. 생각하는 것은 나중에 해도 된다.

“란타.”

“응…?”

“있잖아.”

“응. …왜?”

“손.”

“…엉?”

“엉, 이 아니라, 손.”

“손이… 뭐 어쨌다고?”

"응응···."

옆에 누워 있는 유메의 손이, 란타의 손에 닿았다.

유메는 란타의 손을 잡았다.

"이렇게 하고 있자고. ···괜찮지?"

"괜···."

란타는 숨을 멈췄다. 그리고, 가늘고 긴 한숨을 내쉬었다.

"···괜찮긴 한데. 그야."

"그렇구나. 다행이다···."

유메는 많이 졸린 것 같다.

란타는 잠이 달아났다.

저기 말이야.

너 말이야···.

이런데? 이런 상태로? 잠을 잘 수 있을 리가 없지 않아···?

빨강에 가까운 홍차색 눈동자를 한, 몸집이 작은 안내역의 인도를 받아 나선 계단을 올라간다. 이 나선 계단 자체가 렐릭이라는 사실을 시노하라는 알고 있다. 렐릭이 아니라면 뭐라는 건가? 이 쇠로 만든 건지 돌로 만든 건지 구별도 안 되는 계단은, 어둡지도 밝지도 않은 텅 빈 공간을 빙글빙글 빙글빙글 돌며 위쪽으로 위쪽으로 뻗어 있다. 벽 같은 것은 없다. 그저 나선 계단만 있다.

끝이 없는 것 같았던 나선 계단이 갑자기 끝이 나고, 숲속 같은 장소로 나왔다. 위를 우러러봐도 태양도, 달도, 별도 보이지 않는다. 구체 모양의 조명 기구가 나뭇가지에 매달려 있기도 하고, 그루터기 위에 놓여 있기도 했다.

안내역이 돌아본다.

"주인님이 당신을 기다리신다."

퉁명스럽게 그 말만을 하고 가버리려는 안내역을 갑자기 불러 세워봤다.

"이름은?"

"앨리스."

"서 언체인은 좋은 주인님인가?"

"신용했다가는 괴물로 만들어버릴 것 같은 사람이다. 사람은 아니겠지만."

안내역은 희미하게 웃더니, 당신도 조만간 괴물이 될 거야 하고 시노하라에게 충고했다.

"이미 괴물인가? 반 정도는."

그런 말을 남기고 안내역은 없어졌다. 시노하라는 열리지 않는 탑 최상층을 돌아다니며 이 탑의 주인을 자기 힘으로 찾아내야 하게 되었다.

주인은 안락의자에 앉아 무릎 위에 올려놓은 책자에 텅 빈 골짜기 같은 눈을 떨구고 있었다. 높이가 높고 챙이 넓은 모자를 쓰지 않고 발밑에 놓아두었기 때문에, 시노하라는 약간 놀랐다. 안락의자 옆에 있는 나무는 속을 도려내 책장으로 만들었다. 그 나무의 수관은 나뭇잎이 서로 뒤엉켜 감옥 같은 양상을 보이는데, 반라의 여자 한 명이 안에 갇혀 있었다.

"왔나?"

서 언체인은 책을 덮고 시노하라에게 얼굴을 향했다. 그것이 얼굴이라고 불러도 되는 것이라면 말이지만. 그야, 얼굴이기는 하겠지. 그 면상은 마치 바다 밑에서 끌어올린 익사체 같지만, 길고 꼬불꼬불한 머리카락과 수염은 생기로 가득 차 있다. 당장이라도 털 한 올 한 올이 제각각 날뛰기 시작할 것 같다.

"정식으로 변경군에 참가하게 되었습니다. 인사를 드리려고요."

"자네가 있어주면 아무래도 든든해."

서 언체인은 뻣뻣한 동작으로, 그러면서도 소리도 없이 안락의자에서 일어서더니 책을 나무 책장에 꽂았다.

"어떤가? 모기스 총사의 상태는."

"기세등등입니다. 그분은 진심으로 왕이 될 생각인 모양입니다."

"왕이라."

서 언체인이 오른손을 들자, 어디에선가 하얀 지팡이가 둥실둥실 떠서 날아와 그 손에 안착했다.

"얼마 안 있어 노 라이프 킹이 깨어나 모든 왕들 앞을 막아서겠지."

"어디에 잠들어 계신 겁니까? 당신의 주군은."

서 언체인… 아인랜드 레슬리는 후후 하고, 목소리라고는 생각할 수 없는 기괴한 소리를 냈을 뿐, 대답하지 않았다.

"…당신, 은…."

수관의 감옥에 갇혀 있는 여자가 살며시 말했다.

"…누구…?"

"시노하라라고 합니다."

웃음 지으며 이름을 말하자 여자는 허망한 눈으로, 시노하라 하고 따라 말했다.

"…당신은… 나를… 알고 있나요…?"

"네. 아주 약간."

"…나는… 몰라. …이름, 밖에…."

여자는 고개를 젓는다.

"…다아크."

소환된 것인가? 여자의 가슴 앞쪽에, 그것은 눈에 보이지 않는 문을 밀어 여는 것처럼 해서 나타났다. 새카만 긴 실 같은 것이 얽혀 있다. 눈 깜짝할 사이에 사람 비슷한 형태를 이룬다.

"그것은…."

시노하라는 눈을 크게 떴다. 마법의 일종인가? 처음 본다.

"물러서."

서 언체인이 신음하는 것처럼 말했다. 반사적으로 시노하라는 뒷걸음질을 쳤다.

다크인지 뭔지가 기이한 소리를 내고, 흐름을 거슬러 소용돌이치는 것처럼 흔들리면서 커진다.

나뭇잎 감옥이 부서졌다. 여자가 낙하한다.

시노하라는 한순간, 떨어지는 여자를 받아줘야 할지 망설였다. 아니, 그럴 필요는 없었다. 다크가 여자를 안고 있다.

여자는 다크에게 안겨서 내려섰다.

마치 어둠의 날개를 단 것 같다.

"…나는… 시호루… 내, 이름과… 다크밖에… 하지만….'

여자가 서 언체인에게 시선을 던졌다.

"…시키는 대로 하면… 돌아갈 수 있다고….'

"맞다.'

서 언체인은 언제나 냉정하게 달콤한 말을 지껄인다.

이 괴물에게는 본심 같은 것은 존재하지 않는 것처럼.

"내가 바라는 것이 이루어지면, 너는 원래 세계로 돌아갈 수 있겠지. 네가 있던 세계. 본래 네가 있어야 할 장소로.'

— 다음 권에 계속 —

# 재와 환상의 그림갈 level. 16
## 이별의 이유조차 우리는 알지 못한 채로

2021년 2월 8일 초판 인쇄
2021년 2월 15일 초판 발행

**저자** · AO JYUMONJI
**일러스트** · EIRI SHIRAI
**역자** · 이형진
**발행인** · 정욱
**편집인** · 황민호
**콘텐츠4사업본부장** · 박정훈
**마케팅** · 조안나 이유진
**국제업무** · 이주은 김준혜 장희정 박경진 위지명 김부희
**제작** · 심상운 최택순 성시원
**한국판 디자인** · 디자인 우리
**발행처** · 대원씨아이(주)

서울 특별시 용산구 한강대로 15길 9-12
편집부 : 02-2071-2093  FAX : 02-794-2105
영업부 : 02-2071-2061  FAX : 02-794-7771
1992년 5월 11일 등록 3-563호

http://www.dwci.co.kr/

원제 灰と幻想のグリムガル 16
ⓒ 2020 by AO JYUMONJI
First published in Japan in 2020 by OVERLAP, Inc.
Korean translation rights reserved by DAEWON C, I, INC.
Under the license from OVERLAP, Inc., Tokyo JAPAN

ISBN 979-11-362-6405-3 04830
ISBN 979-11-5625-426-3 (세트)